Lydia Mischkulnig
Umarmung

Lydia Mischkulnig

Umarmung

Roman

Deutsche Verlags-Anstalt
Stuttgart München

Umarmung

Als ich mich abends hinsetzte, um das Buch von Ernst H. Kantorowicz über »The King's Two Bodies. A Study in Mediaeval Political Theology« endlich in die Hand zu nehmen und durchzuackern, und mir einen Schwarztee einschenkte, der mich über das muffig madige Wort Bergamotte nachdenken ließ, während sich das Aroma wie ein Geist aus der Kanne entfaltete, der mir das Lesen der Studie so behaglich wie möglich gestalten sollte, um so lange wie möglich durchzuhalten, läutete es plötzlich an der Tür.

Erst wollte ich mich nicht bemerkbar machen. War froh, allein zu Hause zu sein, hatte eine anstrengende Nacht und einen anstrengenden Tag hinter mir. Draußen wüteten heftige, ja katastrophenartige Schneefälle. Wer schlittert bei solchen Witterungsverhältnissen ausgerechnet zu mir? Die Haustür hatte offen gestanden, das Schloß funktionierte nicht. Deshalb das Geläute gleich heroben an meiner Tür. Ich horchte und konnte nichts hören. Da ich noch im Velourslederkleid steckte, das mir wie eine zweite Haut paßte, die ich nicht ausbeulen wollte durch das Herumlungern auf dem Sofa, also ohnehin noch einmal hätte aufstehen müssen, um mich umzuziehen, und da ich auch noch nicht angefangen hatte, mich mit den »Two Bodies« dieser unauflöslichen Körpergemeinschaft einer persona ficta und non ficta zu beschäftigen, nichts mehr essen wollte, mich aber unterhalten vielleicht und meine Neugier stärker war als jedes Interesse, schlug ich das Buch zu und legte es neben den Earl Grey, erhob mich und ging und öffnete die Tür.

Sofort sprang mich die Kälte an, wie ein starkes, wildes

Tier krallte sie sich in mein Gesicht. Sie wünschen? höre ich mich noch fragen. Eine schwarze Gestalt stand auf der Schwelle, völlig vermummt. Freudig überrascht, sagte ich noch: Du?!, denn es war meine Freundin LM. Ich hatte die Tür noch gar nicht richtig aufgemacht, da stellte sie ihren Fuß herein und stieß mich wie ein Rüpel beiseite und preschte, unaufgefordert und sich überstürzend, herein. Ihr Atem ging schnell wie der Atem eines gehetzten Tieres, der Blick flitzte über meine Wände, stürzte sich hinein in die dunklen Löcher meiner Zimmer. Sie raste, den Atem in immer kürzeren Intervallen ausstoßend, raste im Zickzack durch die Wohnung und sagte: Wo bin ich? In jedem Zimmer machte sie Licht, sah sich blitzartig um, stürmte ins nächste Zimmer, zuerst systematisch, eins nach dem anderen, dann, immer irrer, schoß sie kreuz und quer hin und her und schien nach irgend etwas für sie Elementarem zu suchen.

So geht das nicht, dachte ich. Seit Jahrzehnten führen wir Gespräche, hauptsächlich über Literatur und LMs Arbeit, die ich über alle Maßen schätze, ich dies LM aber niemals mitteilen dürfte, da ich sonst ihr Vertrauen, das sie in mich als ihre wichtigste Kritikerin setzt, verlieren würde. Ich wunderte mich über ihr plötzliches, panisches, aufdringliches, überrumpelndes und völlig aus ihrer Art schlagendes Verhalten. Bis ins Ausruhzimmer drang sie vor, wo Roger sich einen kleinen Arbeitsplatz eingerichtet hat, sich sonst aber nur der Fernsehapparat und das bequeme Sofa mit dem Beistelltischchen befinden, auf dem der Tee dampfte neben der noch immer daliegenden Studie.

Ich versuchte LM aufzuhalten, da schlug sie nach mir aus. Ich schreckte zurück und wurde wütend, denn Gewalt verachte ich. Was erlaubst du dir, höre ich mich noch fragen, meine Wohnung so aufgebracht zu betreten und dich hier zu verhalten, als wärst du in den eigenen vier Wänden?

Mein Haus steht immer offen für LM, doch nicht so offen, daß das Chaos der ungemachten Betten, der herumliegende Krimskrams des Kindes, das mit dem Mann zum Skiurlaub in die Berge gefahren ist, zu beleuchten und zu beäugen sind. Ich hatte weder Lust noch Zeit, das Chaos fortzuschaffen. LM ist mit den Augen nur so darübergeflitzt. Ich weiß, daß sie jedes Detail wahrnimmt und schamlos benützt, um einen Text zu erarbeiten. Sie wird über mich schreiben, wie ich jetzt über sie.

Ich schloß die Türen und folgte ihr, löschte hinter ihr die Lichter. Im Vorzimmer kam sie endlich zum Stillstand. Es war eiskalt, und der Wind heulte durchs Haus. Die Wohnungstür stand noch immer offen. Ich wartete. Sie betrachtete ihr Spiegelbild. Also auch mich im Hintergrund. Ich gebe zu, ich fürchtete mich oder war zumindest sehr verunsichert durch diesen Auftritt. Ich hätte über meine Schwelle springen und durchs Stiegenhaus davonlaufen können. Aber ich schämte mich meiner Furcht. Schließlich kenne ich LM. Ich zeigte mich kontrolliert. Hielt Stand dem Blick und fror dabei in der Tür. LM streifte den Mantel ab und gab der Tür einen Schubs, und ich sagte noch, das sei eine gute Idee, weil so nicht die ganze Wohnung auskühle. LM stieß ein verächtliches Lachen aus. Sie entdeckte die hervorgetretene Ader auf meiner Stirn, die ich aus ein paar Metern Entfernung im Spiegel selbst sehen konnte. Ich erschrak über diese Ballung, das Blut, das in mein Gesicht geschossen war. Erregung entstellt. LM sagte, geschieht dir recht, und ich wußte nicht, wieso sie das sagte.

Was hast du denn? fragte ich. Blitzschnell drehte sie sich zu mir um und sagte: Verarsch dich bitte selbst.

Da ich nie einen negativen Gedanken über sie gedacht, geschweige denn geschrieben, ihr also keinerlei Anlaß gegeben hatte, durch den sie sich verarscht hätte fühlen können, sie nie mißbraucht hatte, um mir vielleicht nur die Langeweile zu vertreiben, obwohl ich an Langeweile extrem leide und mich dann oft eine Sehnsucht nach dem Geist der LM packt, nach ihrem Witz und nach ihrem angenehm distanzierten Wesen, das mich aus der Reserve zu locken und mir, ja, ich muß es so ausdrücken, auch einen Erkenntniswillen, trotz aller Aussichtslosigkeit, daß Erkenntnis meine Langeweile vertreiben konnte, zu geben vermag, einen unsinnigen Lebenssinn, und ich sie deshalb nicht nur schätze, sondern geradezu liebe, war ich getroffen und wußte plötzlich, daß ich dennoch eine Grenze überschritten haben mußte und sie zu verlieren drohte.

Sie wußte, daß ich allein war in dieser Woche, und ich hatte ihr versprochen, sie gleich, nachdem ich meine Lieben zum Zug gebracht hatte, anzurufen, um sie zu einem gemeinsamen Frühstück einzuladen, es auch versucht hatte, doch war sie nicht zu erreichen gewesen. Auch nachmittags nicht, und weder am Sonntag noch am Montag noch am Dienstag. Heute noch hatte ich versucht, sie zu erwischen. Aber nur das Band war an, und zurückgerufen hatte sie nicht. Freilich, auch sonst war sie nie mit Anmeldung aufgetaucht. Ich wußte nicht, was sie hatte.

Setz dich doch, sagte ich.

Wohin? fragte sie spitz, mit einem unguten Ton, den ich nicht von ihr kenne. Sie folgte mir ins Ausruhzimmer. Sie setzte sich ohne weitere Aufforderung auf das Sofa. Ich blieb reserviert und goß ihr erst einmal Tee ein. Beruhigte mich selbst, um meine Unnahbarkeit zu erhalten. Ich bin, wer ich bin, dachte ich und gedachte das auch LM gegenüber zu bleiben.

Ich wollte mich gerade einlesen, sagte ich. Da ich wußte, daß sie an einem Roman arbeitete, in dem sie Geister, Doppelgänger und Psychotiker auftreten lassen wollte, um das Entrische, das Gespenstische der sich vollziehenden Jahrhundertwende, der Wirtschaftswende, der Kommunikationswende, der Politwende, der Kriegsführwende, der Fortpflanzungswende, der Menschheitswende darzustellen, hatte ich mich entschlossen, ein Buch über Identität und mich in ihrer Gestalt zu verfassen. Eine Art Ich-Wende hatte ich in Angriff genommen, um den Übergang von etwas Altem zu etwas Neuem zu beschreiben. Um mich nicht zu zerfransen, legte ich mich quer, also hin, und dachte nach. Wertesysteme fallen. Man muß wissen, wer man ist. Man ist, wohin man sich wendet. Man ist, wohin man gezählt wird. Wer sind die anderen? Was wollen diese von mir? Was will ich von diesen? Komfort? Meinen Frieden? Meine Geschichten? Neue Ingenieure betreiben Gesellschaftskunst. Sie schichten die Gesellschaft um. Wo bin ich? Wo lande ich? Wer sind sie, daß sie mich stören dürfen? In einem Brei von Material hatte LM eine Form gesucht, ein Konstruktionsprinzip, bei dem ich ihr gerne mit Rat zur Verfügung gestanden hätte und deshalb auch, auf ihren Tip hin, in die Nationalbibliothek gegangen war, um den sterblichen und unsterblichen Körper der englischen Könige zu ergründen, unter deren Herrschaft die Gesellschaft ein stetig wachsendes Rechtssystem, Parlamentarismus und Demokratie entwickeln konnte.

LM suchte eine Figur. Einen seelisch-körperlichen Überbau. Einen Schädel, der so groß war, daß er ihre Gedankenmasse fassen konnte. Agathe gehört aber mir. Ein Mensch, eine Frau, ein dreidimensionales Gebilde, das stirbt, oder auch nicht. Ich stand nicht nur Pate bei der Entwicklung Agathes. Ich habe sie gezeugt. Jeden kleinen Einfall, jedes Erlebnis dieser Agathe habe ich dank LM gefunden, den Fragen, die sie mir stellte, entlockt.

Wer ist Agathe? hat sie mich jahrelang gefragt und mich mit dieser Frage bis zur Hirnerweichung gequält. Dabei war klar, daß ich Agathe bin. Aber weil mir LM so nahestand, kann ich sagen, daß Agathe auch mit ihr zusammenfallen hätte können. Sie vereint alle Stimmen in sich, die der Mutter und Tochter, der Restauratorin und Zerstörerin, der Freundin und Feindin, der Ehefrau und Betrügerin, des Gesellschaftstieres und der Individualistin. Aber was, so wollte sie wissen, ist das Österreichische an dieser Agathe?

Wieso das Österreichische? fragte ich zurück.

Sie muß eine Kultur in sich haben. Wie bewegt sie sich? Sieht sie schlampig aus? Welche Haltung hat die gnädige Frau?

Als Österreicherin könnte sie die Musik lieben. Doch Agathe hört nicht. Sie ist wie ich.

Und sie muß fühlen, sagte LM. Genau das ist der Punkt. Was fühlt sie denn?

Da ich LM für *meine* Schriftstellerin halte, gebe ich ihr gern meine Stimme und alle Stimmen, die ich mir denken kann, die meine Biographie und mein Leben wiedergeben. Vielleicht ist es Eifersucht, die sie hergetrieben hat, um mir die Meinung zu sagen, da sie in ihrem Innersten weiß, daß sie nichts erfindet, sondern nur abschreibt, und das von mir, einer Unbekannten, im Verborgenen Wirkenden. Ich schätze ihre schriftstellerischen Fähigkeiten, aber ich kenne auch die Komplementärseiten. Sie hat mir Imaginationsschwäche vorgeworfen und Visionslosigkeit, dabei kam *sie* nicht weiter. Was ist das Österreichische? Sentimentalität oder Ressentiment?

Das alte Haus Österreich. Ich mag das Träumerische daran. Der Traum eines Häuselbauers. Wer ist der Häuselbauer? LM zimmert in den Trümmern ihrer Geschichte herum. Die Trümmer meiner Geschichte liegen in der Kapuzinergruft, wo die körperschaftlichen Relikte des alten Hauses Österreich in Särgen aufgebahrt sind.

Ich möchte nicht begraben sein wie ein Hund. Das Haus

Österreich ist eine Gruft. Das ewige Jerusalem, wo Gott wohnen soll, ist auch eine Gruft.

Glaubt Agathe an die Dauer oder an die Ewigkeit? Was davon hat einen Beginn? Glaubt sie an Gestaltung? Würde sie einem tausendjährigen Reich zustimmen, um ein ewiges Leben vorzukosten? Würde sie einem heiligen Jerusalem zustimmen? Ist dies umsetzbar, wenn man an die Autorität von Ingenieuren glaubt?

Im Grunde ist Agathe eine Ungläubige. Eine faule Heidin, die ihren Aberglauben nicht verlieren kann, wie es dem katholischen Gehabe entspricht.

Ich würde, wenn ich könnte, Sichel und Hammer mit Weihwasser von den Sünden reinwaschen und mit Königswasser die Macht zersetzen.

Geist besitzt der Österreicher, wie auch den Glauben an Geister. Das sei in England nicht so und auch nicht in Frankreich, und wie es in Deutschland sei, interessiere LM nicht, weil die Deutschen sich von einem Österreicher in die Hölle haben führen lassen.

Ich wollte verstehen, was sie mit ihrem in Arbeit befindlichen Roman zum Ausdruck bringen wollte. Da sie das Österreichische nicht greifen konnte, wollte sie Agathe begreifen.

Mein Ich ist ein Zufall. Mein Zellhäuflein hat sich auf österreichischem Boden herausgebildet. LM schätzt mich als Neurotikerin ein, da ich mich gegen die Heimat wehre, ihr dabei aber so verbunden bin, daß ich mich mit vierzig noch wehre. Und jetzt sitze ich im Schrankraum und bin froh über die altdeutsche Anrichte, in der ich die Kerzen gefunden habe. Ich sage, daß ich keine Neurotikerin bin, aber LM für eine halte, da sie mir einzureden versuchte, die altdeutsche Anrichte sei ein Sarg.

Agathe sitzt neben mir, und sie wird mich vielleicht befreien. Sie war bereits erfolgversprechend angelegt, von mir erfunden, von LM gefunden. Sie ist mir zum Greifen nah. Aber ich blicke zurück, und Schritt für Schritt gehe ich vor und fetze die Geschichte hin.

LM schaute an mir vorbei und stieß den Atem durch die Nase. Ich holte mir den Fauteuil vom Arbeitstisch meines Mannes und schob ihn heran. Vorsichtig, leise, damit ich meine aufgewühlte Schriftstellerin nicht weiter aufstörte oder gar zerstörte. Ich setzte mich hin und warf ihr einen kurzen Blick zu. Ich war stolz darauf, als Vorbild von meiner Autorin aufgesucht worden zu sein. Ich werde dir die beste Agathe sein, die es gibt, dachte ich. LM hätte nichts erfinden müssen, nur adaptieren ein wenig.

Es geht um Agathe? fragte ich die verstörte LM.

Niemand versteht etwas von Literatur, nur die, die sie erleben, stieß sie aus sich heraus. Aber wer will Literatur erleben? Denn wenn ich Literatur sage, meine ich das Erschütternde. Den Brief an den Vater, de Profundis und Teile aus Malina. Was bitte soll Agathe schlachten, damit der Text stark ist?

Sie hat oft und immer um Rat gefragt, sie hat sogar um Kritik gefleht. LM hatte sich aber immer taub gestellt, hatte dagesessen, unbewegt, und hatte mich reden lassen. Das wunderte mich nie. Ich ahnte, daß sie meine Ideen benützen würde. Daß sie mich aushorchte. Daß sie mich beobachtete. Agathe sah sie in mir. Ich sollte sie profilieren.

Ich weiß, daß sie das weiß. Aber trotzdem wußte sie heute mehr als ich.

Ich weiß, daß du zur Kritik zu faul geworden bist, zu faul zum Einwand, zu faul, mich zu stoppen, zu faul, mich aufzuklären, zu faul, mich zu einer Umkehr, zu faul, mich zu einem Neuanfang anzuregen, zu faul, mich zu prügeln, zu faul, mich mit mir und diesem Kasperltheater zu konfrontieren. Das sagt ja schon alles.

Welch ein Ende für eine Hauptfigur, die unbelebt im Regal sitzt. Ich schreibe ihr mit dem Bleistift ein »Agathe« auf die Stirn, damit jeder weiß, um wen es sich handelt, falls man den Körper findet.

LM sagte mehrmals »Agathe« vor sich hin, als wollte sie sich auskotzen. Sie hielt die Hände auf und sagte die Agathe-As, und die Vokale sammelten sich auf den Handtellern und verbreiteten sich mit dem Ä am Schluß. LM klatschte alles zusammen. Wen interessiert eine Figur, die sich schon in der Melodie ihres Namens für bedeutungslos erklärt, sich also selbst vernichtet! A-A-Ä. Ich bitte dich!

An einem Namen scheitert die Geschichte nicht, sagte ich und zeigte mich verständnislos.

LM warf den Kopf in den Nacken. Glaubst du, ich schreib über Brustkrebs? fragte sie.

Mir wird schlecht, wenn ich an Brustkrebs nur denke, sagte ich. Du wirst ihr doch nicht einen Brustkrebs andichten. So etwas Unappetitliches, sagte ich. Du schreibst doch nicht an einer Brustkrebsgeschichte? fragte ich.

Wenn sie Agathe heißt, entsteht automatisch eine Brustkrebsgeschichte. Agathe ist die Schutzheilige der Brustkranken. Also wird sie unweigerlich an Brustkrebs denken müssen, und deshalb hat sich der Brustkrebs schon eingeschlichen in die Geschichte.

Ich will keine Brüste, keine Mammographie, keine grapschenden Frauenärzte und schon gar keine Geschwüre, mir vielleicht auch noch offene, stinkende, unheilbare Brustkrebsgeschwüre vorstellen müssen, um sie gleich wieder wegzudenken und nicht darüber zu schreiben. Gewiß sind Namen nicht prägend, oder sie müssen nicht prägend sein. Eine Agathe muß sich den Teufel um Brustkrebs scheren, sie muß auch nicht leiden. Aber gerade dann, wenn jemand keine Symptome hat, ist es ernst um ihn bestellt. Nicht umsonst beginnt spätestens ab vierzig ein flächendeckendes

Krebsvorsorgeprogramm. Agathe wird sich ihr sexistisch ausgenütztes Fleisch zwischen Glasscheiben quetschen lassen, und natürlich wird sie währenddessen über die Bedeutung ihres Namens nachdenken. Ich würde mir ja etwas verschenken, wenn sie Agathe heißt und ich die Schutzheilige der Brustkranken einfach außer acht lasse. Nach Jahren sinnloser Arbeit komme ich dahinter, daß Agathe eine Puppe ist.

Laß das Kasperltheater mit der Puppe, der Sissi, dem Hitler und der Kapuzinergruft, hättest du sagen müssen, aber da du nichts gesagt hast, mich im Gegenteil sogar bestärkt hast, daß eine österreichische Gruftgeschichte zu mir paßt, hast du mich zum Narren gehalten. Ich bin nicht bockig, ich bin verzweifelt. Ich habe meine Zeit verschwendet, meine kostbare Energie in die Gruft getragen und mich vergiftet.

Vor den Särgen der Erzherzoginnen und der Schar von Kindersärgen erinnere ich mich, daß man über Tote nicht schlecht sprechen soll, sonst kommen sie und holen einen. Als Studentin der Archäologie hatte ich eine Kommilitonin abgelöst, die in Ägypten bei Ausgrabungen von Mumien volontierte und plötzlich zurück mußte. Diese Frau hätte eine Schutzheilige brauchen können.

Als Frau nach Ägypten gehen, sagte der Restaurator, bei dem ich damals in die Lehre ging, und brach ab und setzte fort, daß er also ihre Stellung, und er räusperte sich und korrigierte, ihre Stelle bei den Mumien nicht angenommen hätte.

Wochenlang schlief ich in einer Baracke, an einem Platz, an dem niemand sonst sein Bett aufgestellt haben wollte. Ich glaubte an keine Geister, Flüche oder Götter. Ich fand den Platz besonders geschützt, da ich die Wand im Rücken hatte. Wochenlang litt ich unter schrecklichen Beklemmungen und Ängsten, deren Ursache ich auf die Existenz in einer Nekropole zurückführte. Ich schlief mit dem Rücken zur Wand. Ich atmete schnell, pumpte die Luft in mich, und meine Lungen waren voll. Bevor ich platzte, trank ich eiskaltes Wasser, das das Luftvolumen in mir schrumpfen ließ. Durch die Mauern sickerte was, durch die Laken und meine Wäsche, durch die Haut an meine Knochen und Eingeweide. Ich war durchtränkt von etwas. Ich lag wach und hörte dem Schnarchen und Röcheln meiner Kollegen zu, inhalierte die schwarze, geruchlose, durchsichtige Luft und begann an immer ärger werdenden Bauchkrämpfen zu leiden, bis ich mich in medizinische Betreuung begeben mußte und man eine Nekrotisierung meines Darminhaltes feststellte und glücklicherweise noch etwas dagegen tun konnte.

Ich räumte meine Baracke und packte mein Werkzeug aus dem angrenzenden Geräteschuppen. Der Schuppen war direkt an der Wand zu meinem Bett angebaut. Ich stöberte im Regal nach meinen Sachen. Hinter dem Werkzeug entdeckte ich prallgefüllte Nylonsäcke. Gliedmaßen, Köpfe und Rümpfe von uninteressanten Mumien waren da reingestopft. Ich kann sagen, daß ich jede Nacht Kopf an Kopf mit tausende Jahre alten Schädeln schlief, getrennt durch eine dünne Bretterwand. Ich war entsetzt, daß mich diese Gebeine so affizieren konnten.

In Ö spezialisierte ich mich auf Metalle. Schmuck, Orden, Münzen. Bei den Zinnsärgen bin ich gelandet. Ich wollte Substanz, das schöne Leben in den Händen spüren, die Schönheit dem Tod entreißen und der Vanitas des Todes ins Antlitz sehen.

Mein Chef ist ein Mann, aber kein Unmensch. Er erzählte die Geschichte der vergewaltigten, eingesperrten, wer weiß wie oft vergewaltigten Kommilitonin, die sich angeblich, kurz nach ihrer Auslöschung, umgebracht hatte. Er verwendete in seiner Erzählung nicht das Wort »vergewaltigen«. Statt »vergewaltigen« sagte er »mausen«. Zurück in Ö, wurde die gemauste Kommilitonin von einem Waschzwang befallen. Angeblich duschte sie den ganzen Tag, mit immer heißer werdendem Wasser. Sie war unansprechbar und in einer Klinik. Man ließ sie duschen, so oft und so lange sie wollte. Man kontrollierte nur die Temperatur, damit sie sich nicht verbrühte, und damit sie sich nicht erhängte, war der Duschkopf einzementiert. Doch eines Tages – irgendwo und irgendwie hatte sie sich die Tauchsieder organisiert – verlangte sie nicht nach einer Dusche, sondern nach einem Vollbad. Niemand in der Anstalt war daraufhin stutzig geworden. Man gewährte es ihr, und sie war allein im Bad. Sie steckte die Tauchsieder ins Wasser, und als es wild kochte, stieg sie hinein. Der Kreislauf kollabierte. Über eine Stunde lag sie im kochenden Wasser, war gar und eigentlich konserviert.

Über sie wollte ich schreiben. Aber sie ist fort. Krebsrot war ihre Leiche. Schamrot, stelle ich mir vor. Das ist nun die Strafe. Alle sind ein bißchen von Geistern gejagt, aber wer ist schon so gequält wie diese Agathe? Vielleicht hat sie sich in mein Leben geschwindelt, mich kooptiert. Sie hat sich halt abgelagert. Ich nannte sie Agathe. Ich benenne sie nun um.

LM ist keine Vergewaltigte, eher eine Vergewaltigerin. Sie ist keine Verfolgte, sondern eine Verfolgerin. Deshalb ist sie bei mir. Sie sucht ein Dilemma.

Nebensächlich, sagte LM. Soviel muß gesagt werden zu einer weiblichen Hauptdarstellerin, die nicht jung, sondern erwachsen ist und in einem Alter, wo sie Stellung zu beziehen hat: Ob sie Kinder hat oder nicht, und wenn ja oder nein, wieso ja oder nein, ob sie einen Mann hat oder nicht, oder mehrere oder nicht, und wenn nicht, wieso nicht, und ob sie arbeitet, und wenn, wieso überhaupt nicht was ganz anderes.

Mit einer Frau ist man gebunden. Ein Jahr habe ich mir darüber den Kopf zerbrochen, wie ich Agathe auftreten lasse. Was sie anstellt und wie ich ihre Stellung erzähle, um ihr alles andichten zu können, was mir nahegeht. Ein Mann tut etwas, und das ist dann die Geschichte. Mit Agathe bin ich eingeschränkt. Und dabei ist sie die willfährigste Puppe.

Zuerst muß ich den Körper verschwinden lassen, dachte ich. Ihn zerschreiben, von innen nach außen wenden, dachte ich, und dann kam die politische Wende, und mit der Wende kamen die Habsburger in die Geschichte, und mit den Habsburgern Österreich und Hitler, und die zweite Republik, und wieder die Wende, und mit der Wende das Ende meiner Agathe-Geschichte. Und in das Ende der Agathe-Geschichte krachte der Terror, und mit dem Terror brach Agathe wieder auf, dabei krachten phallische Türme zusammen, aber da es zwei waren, waren die Türme für mich keine phallischen, sondern lactalische Symbole. Und ich wußte, mein Problem ist die Frau.

Ich riß die Fenster auf, als ich die Türme im Fernsehen einstürzen sah. Ich saugte die modrige Luft aus dem engen Hinterhof tief in die Lungen. Ich war dankbar, daß Wien so uninteressant und friedlich war, trotz grassierendem, radikalen Rechtspopulismus. Schreibzwang befiel mich. Agathe soll auferstehen. Der männliche Geschichtskörper, der immer terroristisch ist, wird sie nicht mausen. Ich fing mit ihrem Busen an.

Ihr Busen, ehrlich gesagt, stört mich. Ich bin eben überhaupt nicht lesbisch gepolt. Selbst herumliegende BHs stören mich. Wenn ich jemanden Agathe nenne und eine Hauptperson aus dieser Agathe mache, kann ich mir ihren Busen gar nicht vorstellen, aber wenn Agathe eine Frau ist, wird sie einen Busen haben müssen, es sei denn, sie ist eine Brustamputierte, also eine Lädierte, sagte LM.

Eine gesichtslose Frau wäre ja schnell gefunden. Aber eine geschichtslose? Eine körperlose Frauengeschichte. Was sagst du? Milch? Nein, danke, keine Milch. Ich trinke den Tee lieber schwarz. Wenn es schneit, denke ich, daß es die flockige Milch einer Göttin ist, die uns zudeckt und erstickt. Ist das nun weiblich oder bloß verrückt? Finde das milchgebende Organ appetitlich und du hast keine Probleme, dich in Agathe zu versetzen und aus ihr heraus zu schreiben. Wäre ich gestillt worden von meiner Mutter und nicht nur an ihr weiches, nährendes Organ gedrückt und fast erstickt, würde ich den Körper der Agathe annehmen können und aus ihrer Geisteswelt schreiben.

Ihre Augen sind nackt und starren. Die weißliche Haut ist käsig, schlaff, unterfettet. Die Nase ist zu fleischig, der Bauch zu breiig. Die Brust betrachtete ich gar nicht, der Po war verbeult, »durchgesessen« würde man zu einem Sitzmöbel sagen. Ich besorgte Messer und Spitze und näherte mich aus dem Hinterhalt. Schlich mich von hinten an die Hauptfigur heran.

Jetzt sitze ich in meinem Schrankraum und wundere mich über die Größe. Schaue nicht in die Augen der Agathe, sondern in die glotzenden Brüste und zücke die Spitze, mit der ich mich schriftlich bei Trost halte. Gehe ich so mit weiblichen Hauptfiguren um, weil ich nicht gestillt worden bin? Die Frauenmilchforschung besagt, daß dreiundachtzig Prozent der männlichen Nachkommen und nur ein Bruchteil der weiblichen Nachkommen gestillt werden in der österreichischen Sozialisation. In den meisten Fällen leiden die Tochtermütter an Stillhemmung. Sie fürchten durch das Stillen von Töchtern auf das Kreatürliche reduziert zu werden. Die Knäblein hingegen säugen sie ausgiebig, und da haben sie nichts dagegen, als Muttertier zu gelten. So wie meine Mutter sich erfreute am forschen, wachen, durchschauenden Blick des noch blinden, weiblichen Säuglings, so fühlte sie doch auch eine tiefe Befremdung angesichts meines nach ihrem Busen schnappenden Munds. Sie hat die Milch nicht vom Fleisch trennen können.

Wie die Stillhemmung sie befiel, befällt mich eine Schreibhemmung, wenn eine weibliche Hauptfigur von mir beschrieben werden soll. Ich richtete den Blick auf sie. Stift und Papier und eine Skizze. Sehe ich Agathe geschrieben, fallen mir Alter und Schönheit und eine Art Aufrichtigkeit an den Lettern dieses Namens auf. Oder ist es Redlichkeit? Redlichkeit nervt. Redlichkeit ist ein betuliches Wort. Ich fühle, wie mir jemand das Haar aus der Stirn pustet. Agathe ist mir sehr nah. Sie sitzt ja gleich neben mir und ist ziemlich schwer, und das Regal wird sie hoffentlich tragen, sie schaut auf das Blatt. Beobachtet, wie ich schreibe. Da sie so nah ist, berührt mich ihre Nähe überall. Ich flüsterte in ihr Ohr und sagte zu ihr, einer Lactalphobikerin, daß wir einander nähren könnten und voneinander schöpfen, daß die eine der anderen etwas zufließen lassen kann, daß wir einander säugen sollten.

Ich ging aus dem Zimmer, sagte LM, mir erklärend, daß ich die Frauen wie ein Mann lieben müsse, denn richtige Männer verfallen keiner Schreibhemmung.

Ich streifte mein Kleid glatt, vertrat mir die Füße und ging wieder zurück.

Da stand Agathe wie angewurzelt im Zimmer. Sie rührte sich nicht von der Stelle. Wie eine leere, starrende Hülle stand sie im Zimmer herum. Ich sprach sie an, sie antwortete nicht. Ich stupste sie an, und sie rührte sich nicht. Ich kommandierte sie wie einen Hund. Das Verständnis reichte nicht zur Befolgung eines Kommandos. Die Augen waren stumpf und leer und dumm. Wie eine Puppe stand sie da, erstarrt wie zur Salzsäule. Sie transpirierte. Die Haut glänzte wie Plastik. Sie war aber nicht aus Plastik, denn ich roch die Körpercreme, mit der sie sich eingerieben hatte. Ich leckte ihr über die Wange. Ich schmeckte das Salz. Da Agathe eine militante Nichtraucherin ist, provozierte ich sie mit einer

Zigarette. Ich zupfte mir eine Zigarette aus der Schachtel, direkt vor ihren Augen. Ich deutete mit der Zigarette nach dem frischen Obst, hielt die Zigarette und beschrieb im großen Bogen wie mit einem Stift den herrlichen Duft der reifen Himbeeren in der Schale auf dem Tisch, der von dort bis zu mir und um mich herum den ganzen Raum erfüllte. Dann zündete ich die Zigarette an, nahm einen langen, noch die letzte Bronchie verteerenden Lungenzug, lehnte mich zurück in den Fauteuil, schlug die Beine übereinander und blies den krebserregenden Rauch in ihre Richtung.

Ich selbst schwieg und verbot mir, die Nase zu rümpfen. Ich bin eine militante Nichtraucherin.

Respektlosigkeit hatte ich für Mut gehalten. Und ich fühlte mich stark, weil ich mir den Mut leistete, respektlos zu sein, und die Wohnung verstank, sagte LM.

Mitten im Raum stand LM, mit kurzgeschorenen Haaren, farblos, aschblond, von einem nebelfarbenen Grau durchsetzt, und spielte Agathe. Immerhin starrte sie mich an, sagte LM. Weil sie mit mir und mit einer Zigarette nicht gerechnet hatte.

Agathe schwieg, stand da, wie eine Puppe, ein leeres Kästchen in Menschenform, ein Sarkophag in Fleischfarbe und Lederkleid. Freilich hat Agathe Angst, denn sie mußte sich für wahnsinnig halten, weil ich bei ihr aufgetaucht war, eine Erscheinung, ein Geist in ihrer Wohnung, in ihrem liebevoll eingerichteten Wohnzimmer. Wie aus dem Koma erwacht, ganz ohne Gedächtnis, stierte sie. Ich trällerte ein Liedchen zur Zerstreuung. Pfiff eine fröhliche Melodie und guckte mich um und entdeckte auf dem Kaminsims die glasäugigen Vögel ihres angetrauten Tierpräparators. Es sind Trophäen und Pokale in einem. Die Tierpräparation ist eine Kunst mit eigener Fachwelt. Diese Fachwelt hat ihre eigenen Gesetze. Und nach diesen Gesetzen wird geurteilt und verurteilt. Die zwei ausgestopften Exemplare sind auf jeden Fall Prachtstücke. Das sieht sogar ein Laie wie ich. Wie aus dem Leben gerissen ist der Bruchteil einer Sekunde in Dauer übergegangen. Die Vögel drehen ihre Köpfe voneinander weg und schauen links und rechts in die Wand. Die Spannung ihrer sich gerade hebenden Flügel wird mit Draht unterstützt. Wohin immer sich die beiden Wendehälse gerade aufmachen wollten, la mort subite hat sie erwischt. Zu den Krallen der Vögel glänzten Metallplättchen. Von meiner Warte aus war es jedoch unmöglich zu lesen, was darauf stand.

Welche Trophäen könnte Agathe nach Hause bringen, und welche Preise pflegt sie abzustauben? Für Särge, die sie restauriert. Auch hierfür gibt es eine Fachwelt mit Gesetzen und Wettbewerben. Medaillen? Pokale? Oder Grabbeigaben? Ist sie eine Leichenfledderin? Sie verdient zumindest gut, seit sich diese Nische, in die gerade ein paar Särge passen, für sie aufgetan hat. Sie hätte sich die toskanische Silberschale auf dem Tisch kaufen können und die Früchte. Aber kauft sich Agathe privat irgendwas aus Metall? Vielleicht sollte ich die Silberschale gegen einen Marmorteller eintauschen. Das Zimmer ist dunkel und hölzern und irgendwie englisch durch den Kamin und den Sims und die Vögel und das Eisenbahnbild darüber. Es ist totenstill, könnte man sagen, nur ein Holzwurm tickt, und die Zigarette knistert. Ich rauche und verstinke die Wohnung. Agathe starrte entgeistert, was ich mir aber auch nur einbilden kann. Hast du Sägespäne im Kopf? fragte ich und zeigte die Zigarette, sie aufrecht zwischen zwei Fingern haltend, zeigte, wie der rauchende Phallus zu Asche würde, sich verkrümelte und abfiel. Da nirgends ein Aschenbecher bereitstand und Agathe keine Anstalten machte, auch nur den kleinen Finger zu rühren, um mir einen zu zeigen oder zu holen, oder die marmornen Obstschüsselchen zweckzuentfremden, schnippte ich die Asche einfach weg. Ich achtete darauf, daß die Asche nicht auf den Perser fiel, sondern auf das Blech vor dem Kamin.

Mein Blick glitt nochmals zu den ausgestopften Wendehälsen hin. Der eine schien seinen Blick mehr ins Zimmer gerichtet zu haben, starrte nicht mehr in die Wand, sein Schnabel zeigte auf mich, während der andere nun wirkte, als wollte er von dem Geschehen um Agathe überhaupt nichts mehr mitbekommen, er hatte seinen Kopf um hundertachtzig Grad nach hinten gedreht und starrte ins Eisenbahnbild. Kann es sein, daß man sich in diesem Zimmer, in dieser Wohnung, sehr wohl bewegte, bloß in einer entsetzlich gestreckten Zeitlupe? Darauf fiel mir das kurze Leben einer Eintagsfliege ein. Vielleicht vergeht auch für mich die Zeit irrsinnig schnell. Vielleicht bin ich die Fliege hier und sollte schleunigst verschwinden, bevor es zu spät ist, vielleicht bin ich diesen Himbeeren auf dem Tisch entflogen, wurde eingekauft und verschleppt von Agathe und habe mich jetzt hier auf dem Fauteuil niedergelassen und bilde mir ein, weiß Gott wer zu sein. Da fiel mir ein Vers von Klaus Merz ein: Jede Glut kürzt den Docht. Ich versuchte also ruhig zu bleiben, stürzte mich nicht in die Vorstellung einer Welt, die für mich nicht gedacht war. Warum sollte ich auch ein anderes Tempo empfinden und an den Tag legen als Agathe. Ich konzentrierte mich auf die beständigen Werte, die die Wände verkleideten: Poe, Kafka, Wilde, Barnes, Bachmann. Wer aber ist die Anonyma, dachte ich. Ich erinnere mich an meine Verwunderung. Weshalb wunderst du dich? Steht eben bei Agathe das Werk einer Anonyma herum. Ich flitzte über die Titel. Ich hegte sogar den Verdacht, daß Agathe unter diesem Pseudonym schrieb. Ich musterte sie argwöhnisch. Dann hätte LM eine Konkurrentin erfunden. Sie starrte stumpfsinnig vor sich hin. Agathe wäre mir bestimmt sympathisch, stünde sie nicht weiterhin wie eine Tote in einer Geisteswelt herum. Ich glaubte nicht, daß sie tot ist. Konkurrenten sind doch höchst lebendig. Sie denkt sich was. Diese Verstellung macht einen Sinn. Dabei könntest du so hübsch sein, sagte ich Agathe. Sie rollte nicht einmal mit den Augen. Sie blieb regungslos. Ich hätte mir zumindest eine Schreibschwierigkeit verpaßt. Ich hätte mich aufgefordert, sofort die Zigarette zu töten und zu verschwinden, wie ich aufgetaucht war. Sie brauchte nur das Buch, das sie in der Hand hielt, zuzuschlagen. Ich hätte die Polizei gerufen oder wäre hinaus in den Flur gelaufen und hätte um Hilfe geschrien. Es wäre so leicht gewesen, ein

Lebenszeichen von sich zu geben. Aber Agathe schwieg und dachte wohl, ich sei wahnsinnig.

Ich mag das nicht. Ich bin nicht nichts. Ich bin Gestalt, und sogar Gestaltung. Ich bemühe mich um Geduld, werde meine Hauptfigur mit Logik stopfen und beseelen, nicht bloß als Konstrukt behaupten. Denn alles trug sich zu, genau wie ich es schreibe. Ich stellte mich freundlich und sagte: Hallo, wie war dein Tag? Vielleicht kann sie nicht antworten, überlegte ich, vielleicht hat sie kein Sprechwerkzeug. Ihre Augen sind nach wie vor stumpf, als hätten sie noch nie ein Licht empfangen oder sonstwas reflektiert. Haben Sie Ihre Tage, vielleicht? fragte ich. Schlagen Ihnen Ihre Tage auf die Ohren? fragte ich. Nach wie vor machte Agathe keinen Mucks. Sind Ihnen die Tage zu Kopf gestiegen, oder handelt es sich eher um eine Umnachtung?

Was kann diese künstliche Hauptfigur reizen? Auf dem Kaminsims stehen Photos. Ihre unleibliche Tochter, ihr alter Mann interessieren mich nicht. Woher weiß ich eigentlich, daß die Dame Restauratorin ist? Mein Blick fällt auf einen Serviettenring. Zwischen den Wendehälsen. Der Serviettenring ist aus Elfenbein? Welch ein politisch unkorrektes Material! Das ist gut für Agathe. Fährt sie auf Safaris in Afrika und schießt illegal Elefanten? Ich erhob mich und machte einen Schritt, zeigte also Agathe, was Bewegung sein kann, wiederholte es für sie Schritt für Schritt und schnappte mir diesen Elfenbeinring. Er war ganz glatt und kühl, ich fühlte, da war mal Leben darin. Ich mag dieses Material, ich bewundere es regelrecht, und ich will es um jeden Preis besitzen, nicht umsonst würde ich beim Kauf eines Klaviers auf Elfenbeintasten bestehen. Viel lebendiger käme meine Musik dann daher, und doch ist mir persönlich Elfenbein politisch viel zu unkorrekt. Ich mag kein Schießen und Töten. Ich rutschte mit meinem Finger über den Elefantenzahn und schabte den vergilbten Belag ab. Das Material splitterte, und als ich weiterkratzte, splitterte es weiter ab und wurde politisch noch unkorrekter. Ich warf Agathe einen mißtrauischen Blick zu, bevor ich weiterdachte. Der Ring war nicht aus Elefantenbein, sondern aus einem menschlichen Knochen.

Genauer: Welchem Rückgrat hatte Agathe diesen Wirbelknochen entnommen? Und weshalb hat sie ihn poliert und ausgestellt zwischen den Wendehälsen? Fleddert sie Leichen und ist sie stolz darauf? Gibt es auch dafür eine Fachwelt? Oder halte ich ein Pars pro toto Agathes in Händen? Oder ist es ein habsburgischer Wirbel womöglich? Fürchtet sie Rache für den Diebstahl, die Leichenschändung, die Störung der Totenruhe? Deshalb die Totstellung?

Ich halte den Knochen fest. Ich gehe auf sie zu. Wie bleich diese Agathe ist. Ich halte ihr den Knochen unter die Nase. Woher stammt denn der, frage ich streng wie eine Mutter, mit stechendem Blick, der vielleicht zu stechend ist und Agathe einschüchtert und sie deshalb zu keiner Widerrede finden läßt. Meinem Ton konnte sie ja schon entnehmen, daß ich alles wußte und was ich nicht wußte ihr eben andichten würde. Und dennoch ist es mir unbegreiflich, weshalb sie sich nicht einmal einen Versuch leistet, eine Ausrede für die Fledderei zu erfinden.

Stimmt, dachte ich.

Stimmt doch, sagte LM in die Pause, in der ich stumm geblieben war und sie bloß fixiert hatte.

Woher hat sie das mit dem Knochen? Einem Alleswisser vorzuwerfen, daß er nicht alles weiß, lähmt.

Ich weiß, wovon ich spreche. Ich habe in vollem Bewußtsein, aus reiner Boshaftigkeit den Ehrenkodex der Restauratoren der Kapuzinergruft, niemals etwas aus den Särgen zu entfernen, verletzt und meine Vertrauensstellung dadurch ins Wanken gebracht, daß ich einen habsburgischen Wirbel gestohlen habe und nicht einmal wußte, wozu.

Der Schrein Agathe blieb geschlossen. Sie rührte ihre Zunge nicht.

Ich klemmte den Wirbelknochen wie ein Monokel in ihr Auge. Ich richtete ihren Kopf so ein, daß sie das ganze Zimmer sehen mußte. Dann führte ich mich wie ein Einbrecher auf.

Ich räumte den Kaminsims ab. Ich holte mit dem rechten Arm aus und fegte die Sachen herunter. Die Wendehälse flogen durchs Zimmer. Ich rechnete mit Protest. Oder vielleicht wäre Agathe bereit, ein Wirgefühl zu entwickeln, und mitzumachen, aber im Gegenteil. Sie behielt ihren Schweigestil bei.

Ich ging zu ihr hin, und Aug in Aug standen wir uns gegenüber. Soll ich weitermachen? fragte ich. Da sie schwieg, machte ich weiter. Ich warf die Möbel um. Auch die altdeutsche Anrichte wollte ich umwerfen, natürlich war sie zu schwer. Ich riß die unterste Lade heraus und leerte sie aus. Dann die nächste und die nächste, und zum Schluß kam die oberste dran. Ich wühlte in dieser Lade. Ein Schrei entfuhr mir. Ein Lustschrei des Erfolgs. Was mußte ich entdecken: Serviettenringe, Menschenknochen. Das konnte ich nicht wissen, auf diese Idee wäre ich allein nie gekommen. Agathe muß ein Eigenleben besitzen, und ich werde es schon herauskitzeln. Ich packte den ersten Wirbel und hob an und zog das auf eine Kordel gefädelte Wirbular eines kompletten Rückgrats hervor. Was bringt jemanden dazu, sich mit so etwas Grausigem auszustatten? Was bedeutet das Rückgrat in der Lade dieser schweigenden Agathe? Sag doch was, sagte LM und senkte den Kopf und schaute mich von unten an, flehentlich und doch mit dem lauernden Blick eines Raubtiers. Als hätte ich sie an den Knochen schnuppern lassen, den Appetit erweckt auf eine Inkorporation.

Tut mir leid, sagte ich, woher soll ich das wissen? Ich bin nicht deine Agathe.

Es war schwach von mir, mich aus der Affäre zu ziehen. Ich fühlte mich wie ein Verräter. Beim besten Willen war ich nicht imstande, ihr die Erklärung für den habsburgischen Wirbel zu liefern.

Auch ich besitze eine Anrichte, das einzige alte Möbelstück in der Wohnung, das wir längst hinauswerfen wollten, da es ein wuchtiges, tiefbraunes, altdeutsches Stilmöbel ist, das sich bereits in der Wohnung befand, als wir einzogen. Längst schon hatte ich Fotos gemacht und diese auch dem Dorotheum geschickt, um die scheußliche Anrichte unter den Hammer zu bringen. Ich hatte bereits mit dem Schätzmeister telefoniert und ihm die Ausmaße des Ungeheuers bekanntgegeben. Er hatte geseufzt und gesagt, daß es in Wohnungen kaum noch Platz für einen solchen Raumfresser gebe. Er wäre bereit gewesen, den Brennholzwert zu bezahlen. Da wir aber selbst einen Kachelofen besitzen, beschloß ich, das altdeutsche Unding privat zu zerhacken. Bis heute bin ich nicht dazu gekommen. Die Anrichte befindet sich nun im Schrankraum. Früher stand sie frei im Wohnzimmer, prominent und brutal wie ein alter Altar.

Als wir einzogen und die Wände abspachtelten, um alles neu auszumalen, fiel uns ein frisch gefärbelter Fleck genau über der Anrichte an der Decke auf. Ich war es, die sofort auf die Anrichte kletterte, und weil ich sehr groß bin und lange Arme habe, erreichte ich die Stelle mühelos mit dem Spachtel und schabte ein bißchen herum. Schon bald spürte ich einen Widerstand. Ich stocherte weiter und war begeistert, als die Splitter von menschlichen Schädelknochen und etwas weiter entfernt ein Projektil aus der Decke zu kletzeln waren. Die Anrichte steht noch heute an diesem Platz. Sie war zu schwer, um weggerückt zu werden. Trotzdem ist sie unsichtbar, denn nun sind Wände rundherum gebaut. Hier drin ist unser Schrankraum. Auch der Fleck ist versteckt. In der Lade der Anrichte liegt ein unvollständiges Silberfischbesteck. Wie LM bloß auf Menschenknochen kam?

Es ist zum aus der Haut Fahren, sagte LM, ich bin über die Seite dreißig nicht hinausgekommen.

Du machst dir zuviel Druck, sagte ich

Jeder normale Mensch, erwiderte LM und brach plötzlich ab.

Ich betrachtete meine Handinnenflächen und dachte an Hausfriedensbruch unter Freunden. Ab wann handelte es sich um Verrat?

Agathe, sagte LM, schaut mich nur an, wenn ich mich so positioniere, daß ich ihr in die Augen stiere. Sie ist genauso groß wie ich, aber halt kein Funke Grips. Vielleicht hat ihr Mann sie mit Gips vollgestopft. Vielleicht liebt er nur ihre Hülle. Vielleicht ist sie innerlich lange tot. Vielleicht ist das Rückgrat ihr Rückgrat. Wieder tauchte ich die Arme bis zum Ellbogen in die Lade und fischte ein Hechtmesser mit scharfer Klinge heraus, das zum Abhacken eines Menschenkopfes reicht.

Ich hielt es Agathe unter die Nase und wendete es. Nur das Messer blitzte und ihre Augen nicht. Der Blick war unerschreckbar. Ich setzte ihr die Spitze an und ritzte den Hals an. Ich rutschte mit der Spitze ins Genick, kräuselte mit der Klinge die graumelierten Haare. Ich fuhr mit der Spitze ihre Kurven entlang, zum schmalen Becken, das nie das Gefängnis eines Kindes war. Unbewohnt ist Agathe immer gewesen, und da Agathe unzugänglich ist, bleibt sie leer. Es geistert höchstens in ihr.

Ich lächelte blöde. Was LM mir da erzählte, war mir peinlich. Sie hielt die Hände an ihren Körper gepreßt. Sie modellierte an sich rum und stöhnte. Röchelte und stieß komische Laute aus, wie ein Geisterbeschwörer. Sie klopfte sich auf die Brust. Hörst du? fragte sie mich. Ich mußte genau hinhören. Sie bat mich, mein Ohr auf ihre Brust zu legen. Ich tat es und lauschte, während sie sich weiter auf die Brust klopfte. Ich hörte einen satten Klang. Nichts Hohles. LM raunte. Sie war so nah, daß ich die großen Poren ihrer sonst so fein wirkenden Haut sehen konnte, Schlaglöcher, Krater, Abgründe. Aus nächster Nähe sah sie fremd aus. Sie schlug sich mit der Handkante aufs Brustbein. Und sie sagte: Ich habe Agathes Thorax geknackt.

Ich wagte kaum zu atmen, um sie nicht von ihrer Idee abzubringen.

Ich habe Agathe berührt, sagte LM. Sie war aufgeladen, und ein elektrisches Knistern entlud sich. Ich überlegte, sie in eine Zwangsjacke zu stecken. Aber wo sollte ich eine Zwangsjacke besorgen können um diese Zeit? Vielleicht fesseln, um ihren Charakter zu verdichten, ihren Kern festzuzurren. Ich ging ins Schlafzimmer. Ich wühlte in ihren Kleidern. Ich wollte ihr etwas Enges anziehen. Ich fand nur elegante Sachen, ein Velourslederkleid und weiße Arbeitsmäntel, T-Shirts und Strümpfe. Ich nahm das steife Kostüm. Ich ging damit zu ihr hin. Ich zog sie aus. Ich schälte sie aus der Seide. Sie stand da, reizend, und in mir regte sich was. Mir floß der Speichel zusammen. Ich konnte nicht anders. Ich hatte eine unbändige Lust auf den Mann, der dieses appetitliche Stück Frau besaß. Wie von fremder Macht, die man vielleicht Eifersucht nennt, besessen, raste ich zur Anrichte, nahm das Hechtmesser und hackte ihr den Thorax auf. Ohne einen Muckser, wie gewohnt, blieb Agathe stehen. Nun halt aufgeschlitzt. Ich staunte über meine Kaltblütigkeit, meinen Mut und meine Treffsicherheit. Ich spaltete das Brustbein genau in der Mitte. Der Spalt klaffte die Fallinie entlang. Agathe ging es gut. Sie war so sanft. Ich steckte meine Finger in den Spalt und klappte diese Puppe auseinander.

Sie war besichtigbar wie ein enges, leeres Frauenzimmer, das auf einen Untermieter wartet. Ich legte meine Hand an die fleischig, weichen Innenwände und stellte fest, sie waren warm. Ich könnte Agathe betreten, dachte ich, und das tat ich auch. Ich stieg in sie ein. Zuerst hob ich mein rechtes Bein und schlüpfte in ihre Haut, wie durch den Schaft eines Stiefels schlüpfte ich in den Fuß. Ich trat in ihre Füße wie andere Leute in die Fußstapfen ihrer Väter. Ihre Beine und auch der Bauch und der Rücken paßten mir. Ihr hartes, ledriges Gewebe wirkte wie eine Stütze. Ich schlüpfte in ihre Arme und streckte meine Finger in ihre Finger vor. Stocherte herum und fand nicht gleich die richtigen Eingänge. Fuhr zunächst mal mit meinem Zeigefinger in den Mittelfinger. Als ich mit den Fingern spielte und mir die Hand schüttelte, baumelte ein leerer Finger wie ein unbelebter Zipfel an mir dran. Ich nahm also die Hand aus der Hand und korrigierte den Griff, fädelte die Spitzen in die Löcher und spürte, wie ich automatisch in die Fingerlinge flutschte. Ein pfotiges Gefühl ergriff meine Hände. Das ist das einzige. Sonst merkte ich keinen Unterschied zu vorher.

Augenblicklich fühlte ich wie Agathe, und ihr Gefühl fiel mit meinem Gefühl zusammen. Zum ersten Mal spürte ich keine Verdrängung. Mir grauste zwar vor der Berührung der Brüste, als ich meine in ihre hautigen Schalen schob, doch ich versuchte positiv zu denken und zu vertrauen, daß sich die Fremdheit, die sich samtig anfühlte und gar nicht scheußlich, durch das Verwachsen beseitigte. Ich legte mein Gesicht in ihr Gesicht, und da wir einander nicht ähnlich sehen, befürchtete ich Komplikationen bei der Anverwandlung. Aber ihre Züge legten sich über meine, und ich ragte durch und liftete mich so zu einem fast neuen Gesicht. Findest du nicht? Die Nase, die Lippen, die Augen, deckungsgleich, aber alles doch irgendwie jünger. Ein Glück, daß Agathe vollkommen zahnlos war. Stell dir vor, eine Frau in unserem Alter. Kein Wunder, daß sie nichts erwidern wollte, sie genierte sich für ihr zahnloses Maul. Durch mich bekam sie Biß. Da ich im Großen und Ganzen ihre Maße habe, höchstens eine Spur zarter bin und sie gerade deshalb perfekt auskleide, fühlte ich mich nicht beengt, wie du dir das vielleicht vorstellst. Nur das Pfotige in den Händen ist geblieben. Die Haut ist zu locker, mit einem zu großen Handschuh zu vergleichen. Da ich einer geistigen Tätigkeit nachgehe, Agathe aber als Restauratorin einer manuellen, hat sie natürlich gröbere und größere Hände als ich, dachte ich, die ich ja nur schreibe.

So wie sie größere Hände hat, habe ich einen größeren Kopf. Ich spürte das Dehnen und Spannen der Kopfhaut. Agathes Schädel war zum Glück leer. Ausgeräumt, wenn du mich fragst. Ich konnte es nicht begreifen, wirklich in Agathe zu stecken. Ich erlebte ein echtes Glücksgefühl. Ich wurde richtig gehalten, ich war zum ersten Mal geborgen. Ich wollte die Sinne probieren: Die Augen funktionierten reibungslos. Ich sah die Wendehälse, den Kamin, den Fauteuil, auf dem ich zuvor noch gesessen hatte, sah meine Kippe. Auch das Tränen hörte auf, vielleicht weil ich in Wahrheit keine Raucherin bin, ich spürte nur noch eine leise Übelkeit. Ich ging zum Fenster und öffnete es. Die frische Luft saugte ich gierig ein. Draußen schneite es wie verrückt, und der Schnee stob herein, ich schloß das Fenster wieder und hörte ein Ticken. Ich lauschte. Ortete. Der Holzwurm, dachte ich. Ich legte das Ohr auf den Tisch, den Fauteuil, die Türen und Türstöcke. Überall hörte ich das Ticken, und da fiel mir ein, daß ich vergessen hatte, meine Uhr abzulegen. Ich horchte also an mir herum, eindeutig, das Ticken kam aus meinem linken Handgelenk. Kein Wunder dachte ich, ich trage tatsächlich noch meine Armbanduhr, wenn sie auch nicht mehr zu sehen ist, subkutan geht sie weiter.

Da hörte ich jemanden am Schloß herummanipulieren, und ich dachte, es wird Zeit, wieder auszusteigen. Ich steckte meine Finger in den Schlitz am Brustbein und versuchte mir den Brustkorb aufzureißen. Da aber meine Fingerhäute zu flattrig waren, konnte ich nichts richtig angreifen, rutschte nur hilflos in der Haut herum, konnte keinen Halt finden. In diesem Augenblick öffnete sich die Tür, und der angetraute Präparator trat ein, in schweren Stiefeln und schwerem Wintermantel und einem Prügel Holz auf der Schulter. Wie angewurzelt blieb er auf der Schwelle stehen und schaute seine Agathe an. Ich schämte mich, denn als Agathe war ich ja ganz nackt, außenherum, und ich hatte diesen Mann nicht erwartet. Ich hatte ihn in dieser Rolle noch nie gesehen, aber ich erkannte ihn sofort. Meine Kleider lagen verstreut beim Fauteuil herum.

Das Phallische, das Konstituierende, das Wertesystem, die Ordnung, sagte LM. Sie nannte ihn Roger; lieber Roger. Sie sagte, sie habe seinen Namen nur ausgeborgt. Er blickte sie konsterniert an. Er warf seine Prügel hin und zog sich die Stiefel und den Mantel aus. Er knüllte Zeitungspapier zusammen und legte die Knäuel zu einem Häuflein in den Kamin. Er brach Äste und Stecken entzwei, knickte sie und baute eine Pyramide um das Papier. Er nahm ein Streichholz und zündete das Papier an. Es brannte sofort, und die Äste und Stecken erzeugten eine große Flamme. LM zerrte noch an sich herum, versuchte sich auseinanderzureißen, bemerkte aber, es hatte keinen Sinn. Sie betrachtete ihre Hände. An den Knöcheln waren sie zu faltig und zwischen den Fingern flattrig.

Sie ging sie einfach heiß waschen. Sie sagte: Ich habe sie in kochendes Wasser gesteckt, und die Pfoten sprangen ein. Sie passen seither.

Roger stocherte mit dem Schürhaken herum, schob die Scheite zurecht.

Ich ging zum Fauteuil, bückte mich nach meinen Kleidern und schlüpfte in die Stücke. Sie passten mir, bis auf die Paar Zentimeter, die ich nun mehr um mich hatte.

Ich dachte mir, am besten sei es zu gehen, und wollte aus dem Zimmer und ging auch. Neben dem Telefon lag eine Lesebrille und neben der Lesebrille Agathes Swatch. Ich konnte die billige Zeit, also die Zeit von dieser billigen Uhr, ablesen.

Roger beobachtete mich mit kalten Augen. Du hast wieder geraucht? sagte er.

Ich legte die Swatch an. Und lauschte. Was hast du mit deinen Händen getan, fragte er und nahm die pfotigen Hände in seine. Rote Haut. Klar. Das kochende Wasser. Er küßte sie. Das Zirpen der Quarze kam zeitgleich. So bemerkte er nichts. Ich werde mich in keine Diskussion verstricken lassen, ich sage, was ich erfinde. Ich wollte ja nicht weitermachen. Ich wollte eine Geschichte schreiben und mich dementsprechend verhalten. Ich hätte ihn unmöglich bitten können, mich aufzuschlitzen. Er hätte mich einliefern lassen, und dann würde ich auch noch in einer Zwangsjacke stecken. Außerdem hätte ich aus diesem Mann einen Mörder machen müssen. Das ist Roger natürlich keineswegs.

Ich wollte etwas sagen, sagte LM, mußte husten, und spürte plötzlich einen Knödel im Mund. Obwohl es ihr grauste, schluckte sie ihn hinunter. Hatte ich Agathe einen Lungenkrebs eingeschleppt? fragte sie sich.

Ich entsann mich des ersten Entwurfes der Agathe. Sie hustete und hatte einen blutigen Auswurf. Sie ist ein Hypochonder bis in die Knochen, da sie beruflich nur von Totem und Tabus umgeben ist, an deren Konservierung sie ihren Lebensunterhalt erarbeitet.

Beruhige dich, dachte ich, halte dich an die Logik, schließlich steckst du ganz gesund in Agathe, aber womöglich hat sich bei der Prozedur ein Gefäß verletzt.

Ich spürte ein Frösteln. Ich hustete, und meine Kehle zog sich zu. Es war, als würde nicht ich in meiner Gestalt eingeschnürt, sondern ich selbst mich mit jedem Organ einsaugen.

Ich hörte ein Klicken. Eine Kette von kleinen Klicken, als schlössen sich winzige Schlösser, als fielen winzige Türen zu. Gegen meinen Willen spürte ich meine Reaktion auf diese Vorstellung, nämlich einen Druck von innen nach außen. Ich hob meine rechte Hand, legte sie um das linke Handgelenk und nahm die Swatch der Agathe ab. Ich hörte mich sagen: Deine Zeit ist abgelaufen. Schluß aus.

Du tickst ja nicht richtig, antwortete Roger darauf.

Aber natürlich ticke ich richtig, sagte ich. Ich kämpfte gegen Agathe, und sie gegen mich. Ticken, Zirpen, Klicken, als hätte sich Agathe zu meiner Grille gewandelt. Ich wollte nach Hause. Fort. Ich stand da und horchte. Aus meinem Handgelenk tickte es in den Schädel. Ich konnte kein Wort mehr verstehen, da ich überall tickte, zirpte, klickte. Ich möchte, ich möcht! schrie ich.

Komm, sagte Roger, wiederhol dich nicht.

Roger, sagte ich, das ist alles nur eine blöde Geschichte, die du sofort beenden kannst. Nimm das Messer mit dem Hechtkopf und stoße es mir in die Brust.

Roger war völlig baff und sagte: Ich bin bestimmt kein Mann, der eine Frau umbringt. Mein Herz ballte sich wie eine Faust, setzte und holte aus und schlug mit gewaltiger Kraft wild um sich. Ich fiel fast in Ohnmacht. Roger zog mich und halb sank ich hin zu ihm auf den Fauteuil.

Ich klappte die Kiefer auf und zu und erwischte Rogers Kinn dabei, so ungeschickt war ich in meiner Aufregung und in meinem Pflichtgefühl, ihn aufzuklären. Er glaubte, ich küßte und biß aus Gier.

Der Geschmack in der fremden Zunge, oder die Fremde auf meiner Zunge, die Beweglichkeit und die Gebettetheit innerhalb der Zähne, der gesamte Sprechapparat funktionierte, so daß ich nicht mehr unterscheiden konnte, ob ich mit Agathes oder meiner Stimme sprach, als ich die Lippen bewegte, die Luft ausblies und die Zunge vorsichtig wellte innerhalb der geschlossenen Zahnreihen, um sie nicht zu zerbeißen.

Ich hätte mich nicht auf Roger einlassen müssen, aber jetzt, wo er da war, hing ich an ihm. Ich erprobte mein Tastgefühl. Tick. Tack. Samtige Distanz. Kurz darauf juckte es mich. Ich mag dieses Nebelgefühl nicht. Ich kratzte mich wild. Gerade dort, wo mich Roger angefaßt hat, mußte ich mich kratzen wie wild, hervorschaben aus dem Nebelgefühl, und je mehr ich mich kratzte, je mehr Kratzwunden ich hatte, um so wilder wurde ich. Ich schürfte in der Epidermis nach mir. Roger beruhigte mich. Ich wurde ganz taumelig und wollte diesen Taumel nicht. Ich hörte mich schwerfällig atmen und keuchen und sagen: Schlag mich. Roger war ziemlich verwirrt. Er streichelte an mir herum. Da mir dieser pathetische Satz »Schlag mich!« zu pathetisch war und ich mich nicht wiederholen wollte und mit Roger nicht zu rechnen war, dachte ich: Schlag dich selbst, holte aus, ballte die Faust und richtete sie gegen mich und versetzte mir einen Schlag mitten ins Gesicht. Ob ich bluten kann? fragte ich mich. Und gleich wußte ich die Antwort. Und ich konnte sogar mein Blut lecken. Roger erschrak fürchterlich, zuckte zurück. Ich blutete aus der Nase. Ich kostete das Blut und schmeckte Eisen. Blut ist ein unverdaulicher Saft. Und ich merkte gleich eine Knödelbildung im Magen. Dieser Knödel bin ich, dachte ich. Ich war total ungerührt. Ich muß mehr Blut sehen, sagte ich.

Um Gottes willen, rief Roger und sprang auf und raste aus dem Zimmer ins Bad und suchte nach Verbandszeug. Das kannst du nicht machen! rief er. Du bist verrückt, du wirst noch, das ist mir, das kannst du nicht machen! rief er. Wo ist es denn, wo hast du das Verbandszeug hin? Agathe!

Ich konnte ihm keine Auskunft geben. Ich wußte es ja nicht. Also suchte er nach dem Verbandszeug, und ich wollte mehr von meinem Blut sehen. Ich riß mir die Kleider vom Leib und nahm das habsburgische Rückgrat, diese entwendeten Knochen, und peitschte auf das Agathe-Kreuz. Ich spürte ein Zucken, aber keinen Schmerz, doch wenigstens ein Zucken. Ich hieb auf mich ein mit aller Kraft, schwang das habsburgische Lasso, und es schlingerte in der Luft, und ich, ganz entzückt über meine Körperbeherrschung und meine daraus resultierende Geschicklichkeit, ließ das Rückgrat einer ganzen Prinzenepoche in einer kunstvollen Achterschleife auf den Agathe-Rücken schnalzen. Und Roger kam, und es gefiel ihm. Stimmt das? Lieber Roger? Schrie sie?

Er sah die Striemen auf dem Rücken. Ja, die Haut blutete. Ich war unverletzt geblieben in meinem Panzer.

Wollte ich heraus aus dem Panzer, müßte ich mir mit spitzeren Instrumenten auf den Pelz rücken. Ich warf das Rückgrat hin. Roger kam durch das Vorzimmer angerast, mit Watte und Tupfer und Bandagen. Er warf alles hin und stürzte sich auf mich, um mich zu bändigen.

Ich saß auf dem Tisch und schaute stumpf wie Agathe dahin. Ich ließ mich verarzten. Mein Blick glitt über den Boden und suchte das Rückgrat. Es lag unter der Anrichte. Sobald ein Muskel zuckte, ich einen Finger rührte, wurde Roger hysterisch. Sei still, sonst! Das Gesetz des Stärkeren gilt, wenn ihm sonst nichts mehr einfällt. Er könnte mir mit seiner großen, behaarten Hand die Schulter zerquetschen.

Ich könnte seine Gewalt unterwandern, indem ich mich umbringe. Plötzlich staunte ich über die männliche Leistung, die eigene Körperkraft zu bezwingen. Ein Leben in dauernder Eigenzähmung führen. Das schien nun auch mich zu betreffen. Ich frage mich, wie ich diesem Schicksal entkomme. Ich frage mich, ob ich auch vegetativ in Agathe funktioniere. Ich rückte mich in ihr zurecht, nahm eine Korrektur vor und setzte mich bequemer auf ihr Sitzfleisch, hing mit meinen Organen lockerer in ihrem Rumpf.

Irgendwann würde der Stoffwechsel einsetzen. Ich wartete, bis wir, ich und Roger, uns beruhigt hatten. Dann wartete ich weiter. Ließ mich anziehen und wartete weiter. Ich hoffte, daß sich diverse Röhren und Abflußstränge Agathes mit meinen deckten. Ich aß die Himbeeren auf, wissend, daß sie wassertreibend sind. Nach einer halben Stunde war es soweit. Ich spürte, daß es an der Zeit war, die Toilette aufzusuchen. Ich kannte mich in der Wohnung aus.

Ich fand die Toilette gleich, denn die Wohnung Agathes soll mit dem Grundriß deiner Wohnung übereinstimmen, sagte LM. Bin ich dir zu unappetitlich, wenn ich sie bei dir auf die Toilette setze?

Ich unterdrückte ein Lachen, denn das war wieder typisch LM, die auf ihre liebenswerte Art alle Figuren auf die Toilette schickt. Agathe kann froh sein, wenn sie dort nicht eingesperrt den Rest des Romans verbringen muß. Was soll diese Fäkalfaszination, laß sie doch gleich in einer sauberen Welt, empfahl ich. Naja, warf ich ein, solange sie sich hinsetzt und du sie als wohlerzogene Frau herummarschieren läßt, kann sie in meiner Wohnung machen, was sie will.

Also gut, ich komme gleich, sagte LM.

Ich ging in die Küche und setzte Wasser auf. Ich hörte das Pritscheln aus der Toilette und drehte aus Fairneß das Wasser laut auf und ließ es rauschen. Agathe funktioniert, oder ich funktioniere in Agathe, sagte LM, als sie zurückkam. Jeder Mensch muß mal auf die Toilette, sagte ich im Spaß, doch erst wenn er muß und soll, aber nicht kann, weil er organisch kaputt ist, wird er sich tatsächlich wünschen, das ganze Stoffwechselprogramm zu beherrschen, und sich nicht mehr dafür genieren.

Also, Agathe funktioniert perfekt, und ich bin auch ganz gesund, und ich fühle mich wohl und noch mehr als das, ich fühle mich richtig zu Hause bei dir, sagte LM.

Und ich ließ mir diese Spielerei gefallen.

Am liebsten ist ihr meine Wohnung, wenn niemand sonst hier ist. Man kann sich nicht unterhalten, weil das Kind unterhalten sein will. Das Kind, wenn es gut unterhalten ist, wird ja auch mich zurückunterhalten eines Tages, und doch gebe ich zu, frage ich mich, wie ich das aushalte in einem kompletten Familienhaushalt, der ja die gesamte Privatheit auffrißt und gleichzeitig nur Privatheit schafft. Hast du noch Interesse an einer Äußerung zu den Verhältnissen rund um dich herum? frage ich mich.

Wie ist das eigentlich mit einem Stiefkind? Und wie geht's Roger mit einer Stiefmutter als Frau?

Da ich LM kenne und weiß, daß sie keine Kinder hat, weil sie keine wollte, doch stets mit Neugier meine Mascha begutachtet und prüft, um zu sehen, ob sie aus dem offenen Haus in schlechte Gesellschaft gerät, in der LM sich gerne aufhalten würde, um daraus schreiben zu können, sagte ich nichts. Sie lauerte auf den Bruch meines bisher friedlich verlaufenden Ehelebens. Ich weiß, daß sie mich auslacht und denkt, du paßt dich jeder Lebenslüge an, deine hin und herfließende Anschauungsweise, dem Grundkonzept von Gut und Böse in deiner banal katholischen Dichotomie folgend, eignet sich hervorragend dazu. Das einzige, was flexibel ist an dir und erweiternd noch dazu, ist dein zerfließender Körper, der sich in den besten Restaurants von Roger füttern läßt zum Trost, daß woanders Kinder verhungern.

Die erste Frau ist ihm tragisch schnell weggestorben. Abgemagert auf fünfunddreißig Kilo in wenigen Wochen. Fünfunddreißig Kilo. Sicher, das ist wenig, aber doch mein Idealgewicht. Sie war eine schöne Frau. Eine elegante Kellnerin.

Vorsicht, heiß. Ich schwenkte das kochende Wasser hinüber zur Kredenz.

Das Leben an sich ist sinnig, wie es auch an sich unsinnig ist. Kinder zu erziehen bedeutet, keinen Selbstmord zu begehen. Für LM heißt das, in Lüge glücklich zu leben. Hat Mascha zuviel Zeit verbracht mit LM? Mascha mag LM.

Im Gegensatz zu LM, die gerne auf Schwellen steht, überschreite ich Schwellen schnell. Ich mag keine Rahmen um mich. Ich mag nicht zwischen den Räumen stehen. In Übergängen stecken. Kommen gute oder schlechte Zeiten? Lieber vom Regen in die Traufe als ewig im Regen am Rand der Traufe stehen. Von heute aus betrachtet, bin ich so alt wie Agathe, als sie ins Gras beißen mußte. Ich lebe dank des gynäkologischen Vorsorgetamtams. Bevor ich mich dem Horror hingebe, daß meine Mascha ausgelöscht werden könnte, obwohl sie eines Tages ausgelöscht sein wird, sie aber an meinem Grab stehen soll und ich nicht an ihrem, sofern wir immer so nah beeinanderbleiben, daß eine Bestattung innerhalb des Familienkreises überhaupt stattfinden kann, fällt mir in brutaler Deutlichkeit auf, wie egal mir dagegen der Tod ihrer wie auch meiner Mutter war. So brutal egal. Meine Gleichgültigkeit, ja Erleichterung über ihren Tod half mir, Kontakt zu Rogers Töchterchen zu knüpfen. Wie sie an Rogers Hand mitlief. Ich lächelte, und sie lächelte, und das war's, und das ist es.

Ich stellte den Tee aufs Tablett. Whiskey.

Mein Gehirn stieß das widerliche Zirpen kleiner Krebse während ihrer kurzen Begattungsakte aus. Dieses Zirpen ist ein Phänomen bei Schalentieren. Möglicherweise ist das Zirpen ein verhallendes Echo ehemaliger Lustschreie der Agathe. Mein Handgelenk juckte und der Reiz zog in den Kopf, mit jeder vergehenden Sekunde ging eine Zelle im Körper zugrunde. In meinen Adern kribbelte das Blut, als hätte jedes Blutkörperchen Hunderte Beinchen, mit denen sie meinen Körper wachtrippelten. Als drängten alle Sekunden der Zeit, die ich mit der Erfindung Agathes zu erschreiben beschäftigt war, durch meine Gefäße, mischte sich das Praeteritum ihrer imperfekten Gesamtheit mit meiner Person und warf den Mix ins Jetzt. Agathe, mein Geschöpf. Ich hatte mir nie den Kopf darüber zerbrochen, welche von uns die ältere ist. Ich fühlte die Abstoßung und die auktoriale Gewalt, die mich in diesen Körper zwang. Als wäre ich Tochter und Mutter in einem. Sozusagen schwanger mit mir selbst. Ein Zusammenfall. Düsternis. Verfinsterung.

Du hast übrigens ein hübsches Kleid an, sagte LM.

Ich wollte mich gerade umziehen, sagte ich. Darf ich dich kurz allein lassen.

Bleib doch so. Ich schau dich gerne an, sagte LM. Wo hast du's denn gekauft?

Second Hand, antwortete ich.

Es gibt nichts, was dir nicht paßt.

Kostüme zum Beispiel passen mir überhaupt nicht.

Sobald ich meine Figur betone, bemerke ich, daß ich verschwinde.

Ich bückte mich und kniete mich und legte mich hin und streckte den Arm und angelte das Rückgrat unter der Anrichte hervor, und bei allen Bewegungsabläufen spürte ich keine störende Falte, nur das Spannen im Rücken.

Agathe, so kann ich sagen, ist mir gewachsen. Meine Fäuste sind zu schwach, um meine Lebenskraft niederzuschlagen. Der Gedanke an Spitzes und Scharfes und Erstickendes macht mir angst. Ich redete mir beruhigend zu, daß ja nichts passiert sein kann, da alles nur ein Gedankenspiel ist, und daß ich jetzt natürlich nicht sterben werde, wenn ich nicht will.

Ich öffnete das Fenster und stellte mich auf das Fensterbrett. Draußen schneite es arg. Die Welt in der Durchzugsstraße unter meinen Fußspitzen war zauberhaft. Eine tiefe Beklemmung erfaßte mich, und ich stand und atmete, und die vorstehenden Zehen begannen einzufrieren.

Wenn sie Agathe in den Tod gesprungen hätte, wer weiß, ob sie lebend hervorgegangen wäre.

Sie schloß also wieder die Flügel. Sie setzte sich in den Fauteuil neben dem Kamin und starrte ins Zimmer auf den Fleck, wo Agathe gestanden hatte.

Die Wendehälse nervten. Auch das blöde Eisenbahnbild. LM warf sie ins Feuer. Immerhin brannte es ja noch. Sie legte die Hände in den Schoß, und die Finger berührten einander. So wie ich sie jetzt aneinandergelegt habe, lagen sie auf ihrem Schoß, und sie faltete sie, und die Innenflächen berührten einander, und was glaubst du, wie sie sich anfühlten?

Pfotig, sage ich nur.

Gönne dir eine Pause, dachte ich. Vielleicht einen Urlaub, fahr in die Berge, oder noch weiter weg, in den Süden oder Osten oder geh ins Kino, in »North by Northwest«.

Das muß ich mir überlegen, sagte LM. Sie räumt nämlich immer erst auf: Also, was machte sie mit den blöden habsburgischen Knochen?

Da Knochen nur bei höchster Temperatur rückstandlos bis auf die Asche verbrennen, sonst nur den Kamin verschlacken, warf ich sie nicht ins Feuer. Ich holte einen Sack aus der Speisekammer, steckte das Rückgrat in den Sack und stopfte alles zusammen in den Müll. Ich raffte mich auf und setzte den ersten Schritt Richtung Tür. Ich weiß nicht, was ich mir dachte, als ich bei Agathe eindrungen war, mich quasi in den Fauteuil gezaubert hatte und von diesem aus agiert, aber nun, als ich die Wohnung verlassen wollte, mußte ich entdecken, es gab keine Tür. Ich stand in einer Wohnung, die aussah wie deine, aber es gab kein Entkommen. Wäre ich gesprungen, ich hätte scheußlich ausgesehen. Ich setzte mich hin und versank in Pölstern und Gedanken. Ich habe mich hierhergedacht, also kann ich mich aus dem Fauteuil wieder hinausdenken. Wie ist denn Roger hier aufgetaucht? Entweder war ich abgelenkt oder gestört und verblieb deshalb in der Wohnung.

Ich habe mich stets gefragt, wer sich bei dir umgebracht hat. Vielleicht war's eine Frau. Immer nur hatte ich mir einen Mann vorgestellt. Gut, dachte ich. Ich bin eben in einer von mir geschaffenen künstlichen Persönlichkeit, werde mich aus dem Kokon metamorphisieren und alle Rätsel überfliegen.

Hat dir Roger nicht aus der Geschichte geholfen? fragte ich.

Du magst Agathe nicht, sagte LM.

Ich lachte fast und sagte: Stell dir vor, dein Geliebter betrügt dich mit ihr.

Sie räusperte sich, legte die Hand um ihre Tasse, und ich wartete auf ein Wort. Herzlos schaute sie mich an. Sie kniff die Augenbrauen zusammen und sagte: Du unterliegst einem Denkfehler.

Ich gewahrte die Hitze, die mir in den Kopf schoß, genau

in das prall gepolsterte Ziel meines Zorns. Will LM mir sagen, daß sie nicht die Geliebte meines Roger ist? Laß mich in Ruhe mit ihr, höre ich dich, lieber Roger, sagen.

Er nimmt keine Notiz von ihr, wenn sie bei uns ist. Es hat Zeiten gegeben, in denen sie nächtelang bei mir saß und über ihren Schreibzustand referierte. Für Roger ist Schreiben ein Job. Der Schriftsteller geht einer Tätigkeit nach und muß ein paar Sätze zu Papier bringen, basta. Roger ist an Ergebnissen interessiert, an Seiten und Büchern. LM an möglichst wenig Platzverschwendung. Ich sitze zwischen den Stühlen. Sagt LM: Schreiben ist ein Zustand, sagt Roger: Schreiben ist ein Job, sage ich: Schreiben ist eben eine Prozedur.

Ich verachte LMs Schilderungen vom Nicht-Schreiben-Können. Seitenweise quälte sie mich schon damit. Ich muß viel aushalten, um es mir nicht mit ihr zu verscherzen. Wie alle Autoren ist sie verletzlich und eitel, und ich, in die Kritikerrolle gedrängt, bin wie alle Kritiker zutiefst eitel und extrem leicht kränkbar, wenn ich ihr ihren Unsinn verdeutlichen muß. Ist LM verzweifelt, weil ihr nichts Gescheites einfällt, bin ich der Verzweiflung nahe, weil ich ihr auf Grund ihrer Sätze nichts Gescheites sagen kann. Weshalb sie mich als ihre Gesellschafterin und nie als ihre Kollegin akzeptiert. So bildet sich ein Teufelskreis, aus dem mich nur eine Frage hinausführt: Was hast du zu sagen, LM? Damit setze ich sie stets schachmatt.

Roger als Präparator hat natürlich sein Wesen. Oder soll ich sein Unwesen sagen? Zumindest bewahrt er vorm Verwesen, auch wenn ich jetzt kalauere.

Ich will keine Gruft mehr. Nicht mehr sagen müssen, mein Mann, der Präparator. Er soll sein uraltes Werkzeug packen und verschwinden. Nachdem LM die Wohnung also nicht verlassen konnte, formal Agathe darstellend, ging sie in die Küche suchte nach einer Idee. Irgendwie kam sie auf die Dritte-Mann-Methode.

Sie ging auf die Toilette, beugte sich über die Muschel und steckte sich den Finger in den Hals. Sie wollte sich über das Kanalsystem aus der Wohnung verflüchtigen.

Die Knochensplitter sind eine Tatsache. Jede Tatsache kommt eines Tages ans Licht. Das mit dem Rückgrat war ja nur ein rachsüßer Liebesdienst.

LM kitzelte das Gaumenzapferl. Da sie nichts gegessen hatte, kam keine Kotze. Sie wusch sich die Hände und holte Handtücher und schlug die Hände darin ein. Duschen, sagte sie sich, frische Wäsche anziehen und gehen. So tun, als wäre nichts geschehen. Schuhe anziehen, Mantel anziehen und den Schlüssel nehmen und fortgehen. Dazu wird sich eine Türe schon öffnen lassen. Sie ergriff die erstbeste Klinke und riß die Tür auf.

Roger kam gerade aus dem Schlafzimmer, rieb sich die Augen und schaute verwundert, fragte: Wo warst du denn heute nacht? Er trug einen Pyjama und war ganz dünn gestreift. Wie hinter Gittern. Obwohl er unbekümmert ist, hat er ein ernstes Gesicht aufgesetzt. Er tat vielleicht nur so. Sie ließ ihn auf sich zukommen. Er führte sie in die Küche. Begann ein Frühstück zu richten. Er ging zur Spüle, wollte gebrauchte Teebeutel wegwerfen.

Wie in den meisten Haushalten steht bei Agathe der Müll unter der Spüle. Roger hob den Deckel und musterte den Müll. Legte die Teebeutel in die Spüle und wühlte im Müll.

Er tat so, als hätte es die letzte Nacht nicht gegeben. Als hätten wir einen Zeitsprung gemacht. Gehört der ganze Dreck dir? fragte er oberlehrerhaft.

Er bückte sich und angelte sich das habsburgische Rückgrat. Willst du es verscherbeln, fragte er, oder hast du mit Nekrophilen rumgemacht?

Er tut so, als hätte sich Agathe bei irgendwelchen Perversen herumgetrieben.

Kann er wirklich glauben, ich treibe mich mit nekrophilen Perversen herum?

Er steigerte sich in seine Aufregung, wurde wütend und schrie herum. Er beschimpfte mich als Fledderin und Schänderin. LM bestätigte und hoffte, daß er nun endlich ordentlich zuschlagen würde.

Er packte auch zu, schnappte sie und warf sie vor die Tür. Er schleuderte ihr noch den Mantel und die Handtasche nach und drosch die Tür ins Schloß.

Es geht um mich. Aber wer bin ich? Eine kindische Frage. Und noch kindischer ist, wenn ich mich frage, was will es, dieses Ichige? Denke ich nach über meine Lage, gibt es keinen Grund zu verzweifeln, denn ich denke, ich bin nicht Agathe. Ich befinde mich in bequemen Verhältnissen, habe Geld und lebe gegenüber der Hofburg, also in der inneren Stadt. Mein Lebensziel ist es, das Idealgewicht zu halten. Ich faste, um nicht an Delikatessen zu verfetten. Ich vereinige mich am Schreibtisch mit Disziplin gegen die Völlerei. An manchen Tagen, wenn ich mit meinem Schreiben nicht weiterkomme, schon beim Frühstück weiß, daß die unruhige Nacht nur erschöpfend war, gelingt mir die Disziplin nicht. Ich starre aus dem Fenster anstatt auf den Schirm meines Laptops. Nach kurzer Zeit knurrt mein Magen. Ich schlage den Laptop zu und gehe in die Stadt, essen. Ist der Geist gelähmt und läßt sich mittels Zweifingersystem nicht wachklopfen, werde ich wahnsinnig vor Lust und muß sie mit Fressen besänftigen.

Früher bin ich noch zum Hohen Markt spaziert und von dort durch die Tuchlauben in die Belle Etage vom Meinl am Graben. Heute nahm ich den kürzesten Weg in die Stadt. Herunterstürzende Dachlawinen sollen einen Hausmeister verschüttet haben. Früher hätte ich geschrieben, beim Meinl trifft man sich zu einem feinen Gericht und befindet sich in schlechter Gesellschaft, die gut angezogen ist. Heute sag ich: Wer ein gutes Essen will und wem die Leute egal sind, der gehe hin, das Essen dort ist sensationell. Agathe war sehr gut angezogen, und ich war froh, daß ich nicht neben ihr saß und billig wirkte. Ich ließ mich füttern. Albanische Froschschenkel, die in Schwechat ausgerissen worden sind. Gelbstichige Foie Gras aus Leobersdorf.

Ich esse auch gern zu Hause, leere eine Flasche Port und versuch, aus Roger einen Reiz zu beziehen. Wenn er schweigt, schweigt er aus Höflichkeit. Das Rückgrat ist für ihn inexistent. Wenn er sagt, er möchte mir nicht ins Schreiben pfuschen, bitte ich ihn, nicht mir nicht ins Schreiben zu pfuschen, sondern LM, damit sie mich nicht quält. Natürlich schreibt sie in Agathe auch. Sie hackt wie besessen auf die Tastatur ein, um sich zu befreien.

Je blinder für Agathe, um so flinker die Finger, und ich bewege mich durch ihr Konstrukt. Infrarotlichternde Spitzen markieren den Weg. Ich schreibe dagegen: Wo bist du, verdammte LM?

Einmal schrieb ich: Agathe war müde. Sie hatte keine Lust sich zu wehren. Ein andermal schrieb ich: Er wußte, daß sie Hunde nicht mochte. Trotzdem hatte er einen Hund mitgebracht. Der Hund war gelehrig, doch leider gefräßig. Er schnappte sich das Rückgrat und fraß es. Was so nicht stimmt. LM hat diese Stelle nie gestrichen.

Mich wird die Faulheit fressen. Die Faulheit ist ein Bär, und er wird mir sein Fell über die Ohren ziehen. Ich verdrehe alle Bilder und sehe alles falschrum. Anziehen statt abziehen. Ich bin in einer anderen Wirklichkeit. Lactalphobie, Pfotigkeit.

Mir ist nichts Trauriges widerfahren, nichts Schreckliches, kein Unglück, oder soll ich sagen, ich habe kein persönliches Unglück erlebt und kann deshalb auch kein unpersönliches beherrschen? Ich suhle mich im Minderwertigkeitswahn. Lese meinen Kafka und sinke in mich. Was heißt hier »dein Kafka«? Das ist ein Allerweltsautor. Meine Bachmann, als wäre ich die Todesartenvollendung. Mein Wilde, als wär das irgend jemand, zu dem ich Kontakt hätte haben können, hätte ich zu seiner Zeit gelebt. Ich bin mit meiner Selbsteinschätzung zumindest über die Seite dreißig hinausgekommen. Woher die Lust, sich mit diesen Geistern zu unterhalten?

Freilich ist Agathes Rückgrat ein Weg. Der Hund soll es fressen. Die einen wollen nicht begraben sein wie ein Hund, die anderen werden von Hunden gefressen.

Sie ist in Wien in der inneren Stadt. In den Wendejahren, wo der Abschaum in Schmarren und der Schmarren in Abschaum wechselt, wo sich Agathe den aufgeweckten Emanzerln anschließt. Sie pocht auf Demokratie und weibliche Identität, braucht aus Mangel eine Rolle, die sie bis zur Selbstaufgabe spielt. Gertrude Stein sollte Agathes Vorbild sein, denn Gertrude Stein hat es lustig gehabt. Entweder lustig oder mod*er*n, aber nicht mit Agathe m**o**dern. Oder wenigstens mod*er*n m**o**dern. Bin ich zu genial für einen genialen Freundeskreis?

Mir gefällt die Janusköpfigkeit dieses Wortes. Ich habe es aufgeschrieben und die Buchstaben lange angeschaut. Je länger ich diese Buchstaben betrachtete, desto verliebter war ich in diese Synthese von Gegenteiligkeit. Leider ist dieses Wortspiel schon bekannt. Meine literarisch nicht praktizierende Nachbarin hat es entdeckt. Ihre Stimme klingt mir noch im Ohr. M**o**dern und mod*er*n. Ich summe das tiefe **o**, und schmettere das hohe **er**, krieg es nicht mehr fort, sag es überall her und trag es überall vor. Ich habe sie mir aufgeschrieben, diese Singesilben, in großen, schwarzen Lettern. Habe sie aufs Fenster geklebt und durch die Ringe auf die revitalisierte neoklassizistische Fassade gestarrt. Je länger ich durchblickte, um so genialer erschien mir Agathe. Meine Nachbarin heißt Agathe.

Sie zupfte gerade am Immergrün, das ihre Fenster umrankte. Ich wollte sie rufen, um nach dem Begriff zu fragen, für das, was ein Wort mit zwei Betonungsmöglichkeiten ausdrückt, das jeweilige Gegenteil von sich sagend. Da sie eine hochbegabte und gefragte Germanistin ist, weiß sie den Fachbegriff bestimmt. Ich ging zum Fenster und wollte es öffnen und rufen. Da überlegte ich: Wie meine Frage ausdrücken? Ich starrte durch das **o** und das **er**. Ich ließ das Fenster geschlossen, weil: Mir fehlte der Begriff vom Begriff. Wie heißt, was ich nicht weiß? So ein Nichtwissen bringt mich in einen semiotisch semantischen Würgegriff.

LM wollte nicht verstehen, was ich meinte. Blumentopf-Erde und Blumento-Pferde. Natürlich sagt das nichts Gegenteiliges aus. Schlag im Lexikon nach.

Na wie denn?

Ich kannte einen weltbekannten Alleswisser. Dieser Mann war so gescheit, daß es unmöglich war, ihn wegen eines Begriffs anzurufen. Er hätte böse Bemerkungen gemacht und den Nichtwisser verachtet. Er verabscheute es, als Zeitungsgenosse Zeitgenosse zu sein. Er vergab keine Literaturpreise, sondern Tapferkeitsprämien. Seine Verachtung drückte sich in der Bewunderung für den Mut fast aller Autoren aus. Oft bedauerte er seine Einsamkeit. Dabei hatte er eine Geliebte. Er meinte nicht körperliche, sondern geistige Einsamkeit. Seine Geliebte hatte einen netten Körper, und in diesem steckte eine gute Seele.

Er behauptete, daß ihr Germanistikstudium zwecklos gewesen sei. Sie war sehr nett und wirklich ein guter Mensch, was ja eigentlich das Wichtigste ist. Man muß sich ja nicht mit Nobelpreisträgern zum Kaffee treffen. Sie war okay, aber halt kein Intellekt, geschweige denn hat sie eine rhetorische Figur im Kopf. Hätte ich sie angerufen und ihr die Frage von m***o***dern und mod***er***n gestellt, sie hätte mir geantwortet: Du, man muß ja nicht alles wissen.

Trotzdem wollte ich sie mit meiner Frage impfen. Denn das Bescheidwissen übers Nichtwissen erzeugt Lust auf Wissen. Ich rief sie also an. Erzählte von meinem Job, meiner Familie und meiner bevorstehenden Heirat. Sie erzählte von ihrem großen Mann, dem Alleswisser. Wie nebenbei stellte ich die Frage von m***o***dern und mod***er***n in bezug auf diese Beziehung. Was meinst du mit Janusköpfigkeit? fragte sie.

Ich sah sie nie wieder.

Die Janusköpfigkeit von mod***er***n und m***o***dern erörterte der Alleswisser bei einem Dinner. Welch interessante Frage sich da seine Geliebte habe einfallen lassen, sagte er. Beginnt sie zu kapieren? fürchtete er. Natürlich vertiefte er sich in seine Wälzer. Denn er spürte das Graben und Nagen des fragenden Geistes. Seine Geliebte saß da und dachte und dachte. Er überlegte hin und her. Will wirklich sie das wissen? habe er sich gefragt, sagte er.

Könnte sie überhaupt eine solche Frage kreieren? fragte er mich.

Wer denn das wissen wolle? habe er nur gefragt. Und sie sei richtig aufmüpfig geworden. Fragte frech zurück, ob er ihr diese Frage etwa nicht zutraue?

Worauf er sein Haupt wieder gesenkt und gedacht habe, nun sei es also aus mit der seligen Ruhe. Es war zu einem ersten großen Streit zwischen den beiden gekommen. Die Gemeinschaft wurde zum Problem. So gesehen, war es besser gewesen, sich zu trennen. Ihm sei nicht egal, was sie von ihm denke. Sie schimpfte ihn einen Snob. Ihm war es recht gewesen, daß sie *nicht* über ihn nachgedacht hatte. Die Vorzeichen hatten sich geändert. Sie verließ ihn.

Die Geliebte hat sich zur Apothekerin gemausert. Sie arbeitet in der inneren Stadt. LM war dort gewesen. Die ehemalige Geliebte habe sie nicht sofort erkannt. LM suchte Hilfe. Vielleicht stand zuviel Kundschaft herum. LM sprach leise, und die Stimmung war hektisch. Sie beugte sich über den Tresen, und die andere versuchte sie zu verstehen. Kannst du mir aus dem M**o**dern helfen? fragte sie zart.

Da huschte ein Geistesblitz über das Apothekergesicht, sie erinnerte sich sofort und sagte: Brauchst du wieder Stoff? Den kriegst du in der Bibliothek.

Genau im Loch des tiefen **o**, das an meinem Fenster hängt, lächelt die Nachbarin und winkt mir zu. In aggressiver Langeweile schaue ich durch das Medaillon und tue so, als sähe ich sie nicht.

Vielleicht läßt sich Agathe sinnvoll anagrammieren, schrieb ich. Ich hoffte auf einen legasthenischen Glücksfall. Wozu bekannte Verfahren abwickeln? Ich drehte den Computer an und schaltete mein Modem ein.

Das Internet ist eine Herberge. Agathe ist Datei, hier darf sie sein, wer ich will. Ich jagte meine Datei durch den Backbone, Stammdaten aus Österreich, Restauration anonymer Identität, lactalphobisches Verhältnis zur Muttersprache und einen peinlichen Kastrationszwang zum Vaterland. Herkunftssuche. Bereit zur Wenn-Dann-Sprache.

Wenn ich zu Hause sitze, stelle ich mir vor, ich bin ein Weltenkind. Ich ernähre mich aus erdumspannendem Datenbrei. Gigantische Schiffe ziehen ein Netz durch den Ozean. Gewaltige Winschen lassen armdicke Glasfaserkabel aus dem Schiffsbauch laufen. Bei niedrigster Knotenanzahl verbinden Schiffe die Kontinente mit Kabel. Ich navigiere durch das Branchenverzeichnis. Ich stoße auf einen Friedhof. Willkommen in Memopolis.

Ich klickte in den Sternenhimmel und Nebelschichten über sumpfiger Landschaft. Eine Frau mit langem roten Haar schimmerte durch den Nebel. Ihre Gestalt war schlank und in weiße Schleier gehüllt. Ich fuhr mit der Maus über ihren Schädel, der Nebel lichtete sich. Die Gestalt hob ihr Engelsgesicht und schlug die Augen auf. Sie schwebte heran und hielt ein dickes Buch in der Hand. Man konnte die Eintragungen, die Namen der virtuell Beerdigten, der Einwohner von Memopolis, erkennen. Ich klickte Agathe an. Musik zu den Vertragsbedingungen. Jeder Menschen hat das Recht auf Vermächtnis und Gedächtnis. Agathe. Ich hielt mich am Kabel fest. Kopf unter Milliarden Köpfen. Der Friedhof der Leichendateien öffnete sich. Agathe Habsburger. Für jeden Menschen ist ihre Botschaft weltweit abrufbar. Die virtuelle Agathe modert nicht. Sie hat nicht lange gelitten. Sie saß auf dem Sofa. Ihre Arme waren aufgebockt. Der Rücken mit Pölstern gestützt. Die Stimme war schwach. Sie sagte: Ich bin die tote Frau Rogers. Ich bin deine Mutter. Du wirst dich kaum mehr erinnern. Ich vermisse dich. Ich bedaure, daß du zu jung warst, mich kennengelernt zu haben. Ehre und achte deine Stiefmutter. Ich wache.

Mir vergingen Hören und Sehen. Hier verabschiedete sich eine Agathe von ihrer Tochter. Sie erhob sich und schleppte sich heran. Die Hand wuchs ins Bild. Klick. Die Kamera fiel um und filmte weiter. Ich sah einen großen Ausschnitt der Wohnung. Ich sah an der hinteren Wand die dunkelbraune schwere Ecke von einem altdeutschen Möbelstück. Ich dachte sofort an einen Altar. Ich zog den Stecker aus der Dose und entzauberte das ganze Theater.

Draußen ist stockfinstere Nacht und es schneit fürchterlich. Es gibt nur eine Sprache auf der Welt, die von allen verstanden wird. Der Mensch ist so programmiert: Wenn, dann. Um diesem Programm auszuweichen und die Sprache zu unterwandern, muß der Mensch im Kreis gehen.

Da in Agathe kein Platz ist, um im Kreis zu gehen, dreht sich LM um die eigene Achse, und wenn man sich dreht, dann wird einem schwindlig. Und wenn einem schwindlig ist, dann zentrifugiert sich die Gedankenmasse, und wenn sich die Gedankenmasse zentrifugiert, dann schöpft sich eine Geschichte ab. In diesem Fall Agathe. Die echte Agathe.

Und wenn Agathe tot ist, dann gibt es einen Grund. Mein Schweiß tropfte aus den Poren dieser Braut. Ich spürte ihren Hauch.

Mein Gott, schau, mir stellen sich die Haare auf, sagte LM und riß weit die Augen auf.

Ich höre noch das Knacken ihrer Knochen, als sie die Finger ineinander verschränkte. Ich höre einen Schuß. Agathe hat in unserer Wohnung gewohnt, Roger.

Der billigste Zeitvertreib ist die Sorge. Die meisten Leute machen sich Sorgen, ohne daß sie Sorgen haben. Gewiß, man kann sich immer Sorgen machen. Um das Leben an sich wie auch um das Leben danach. Ich war nie gläubig. Ich sorge mich bloß um den Verbleib meines Leichnams. Unter keinen Umständen will ich begraben werden wie ein Hund.

Die Sicherheit, ein ordentliches Begräbnis zu erhalten, garantiert laut Recherchen nur die Mitgliedschaft bei einer Glaubensgemeinschaft. Zumindest, so dachte ich, kann ich mit einem Bekenntnis sorglos ans Sterben denken. LM war bereits über dreißig, als sie mir gestand, bisher noch bei keinem einzigen Begräbnis gewesen zu sein. Wir fuhren hinter einem Leichenwagen her, der den kurzen Sarg eines Kindes transportierte. Unter einer weißen Rosendecke war der kurze Sarg verborgen. Ein Rosenhügel im Heck. LM saß schweigsam neben mir und guckte auf den Rosenhügel, als sie plötzlich gestand, daß sie auch noch keinem Toten ins Gesicht geblickt habe. Ich wunderte mich. Denn mir gegenüber hatte sie so getan, als sei der Blick ins Antlitz Toter das Natürlichste für sie seit ihrer Kindheit. Vielleicht ist sie deshalb gestört. Der Tod muß ein Bild sein. Man muß ihn im Auge behalten. Eine Art Überwachen. Auch wenn es ein Selbstbetrug ist. Aus Angst, ein Toter schlüge plötzlich die Augen auf und überwache ihr Leben, schlug sie ihre zu. Sogar, als ich den Kindersarg überholte.

Ich nahm sie mit zu mir nach Haus. Meine Familie war phänomenal. Das heißt: die *Mutter*. Sie sah bis zum Schluß frappant jugendlich aus, was auf eine hohe Altersfähigkeit schließen ließ. Sie lebte mit einem neuen Mann zusammen. Für mich war er ihr dritter. Ich kannte ihn schon ein Weilchen. Da er angeheiratet war, war er natürlich ein Genfremder. Die Blutsverwandten der Mutter zeichnen sich durch einen genetischen Defekt aus, der sich positiv auf die Lebenserwartung auswirkt: Der angeboren niedrige Blutdruck dieser Leute verursacht eine verlangsamte, gleichmäßige Pumptätigkeit des Herzens, was eine geringe Abnützung des Organs mit sich bringt. Ich selbst besitze diesen Defekt nicht.

Wer mein Vater ist, ist angeblich nicht bekannt. Der neue Mann, der bereits alt aussah, als er ins Haus kam, gab sich gern der latent vorhandenen Müdigkeit hin, die der Mutter oft als Faulheit ausgelegt worden war. Der verlangsamte, fast schleichende Kreislauf, der den mütterlichen Körper bewegte, erzeugte eigene Lebensumstände. Vielleicht war es ihr zu mühsam, mich in die Arme zu schließen. Die Kraft reichte bloß für zwei, drei schwächliche Männer. Sofort fiel LM auf, daß im Garten mehrere Ruhestätten errichtet waren und zum Faulenzen einluden. Die Liegestühle standen aufgeklappt in Gruppen herum. Eine Hollywoodschaukel befand sich im vorderen und eine im hinteren Gartenteil. Zwischen den Birken hing eine Hängematte. Der Mann schlief seltsamerweise zusammengekauert auf einem gußeisernen Stuhl. Er hätte sich hinlegen und ausstrecken können. Der schlafende Mann auf seinem gußeisernen Stuhl hatte aber offenbar die wenigen Schritte bis zur vorderen Hollywoodschaukel nicht mehr geschafft. Die Arme waren vor der Brust verschränkt. Sein Kopf hing auf die Brust hinunter, baumelte am durchgebeugten Hals. Er erwachte nicht, als wir mit dem Wagen über den Weg an ihm vorbeifuhren, das Auto vor der Garage abstellten, ausstiegen und die Türen zuknallten.

Hier bin ich aufgewachsen, sagte ich. Ich bin das Mädchen, das zwischen den Ruhestätten spielte, den neuen Mann nicht weckend, da er sonst vielleicht abhaute. Das Grundstück war groß und verwildert. Steinige Pfade führten durch das Gras und trennten die Ruhestätten, verbanden sie aber auch, wie die Hollywoodschaukeln am Anfang und am Ende, mit den Liegestühlen und der Hängematte. Man konnte zwischen Nickerchen und Nickerchen kürzere oder längere Wege zurücklegen, wenn man wollte. Der schlafende Mann auf seinem gußeisernen Stuhl verschlief die Pause zwischen den Nickerchen. War vom Wege abgekommen und auf den unbequemen Stuhl gesunken. Die Mutter schlummerte auf der hinteren Wiesenhälfte. Selbst die Katze schlief eingeringelt in der Hängematte. Mich befiel Müdigkeit. Auch LM gähnte. Ich bot ihr an, die Katze aus der Hängematte zu scheuchen, damit sie sich hineinlegen und von der anstrengenden Reise erholen könnte.

Mir selbst war die Sonne zu stark, und ich zog es vor, ins Haus zu gehen und irgendwo oben ein kurzes Schläfchen zu halten. Schon auf der Veranda stand eine Chaiselongue mit Hocker für lange Beine. Eine gestrige Zeitung lag am Boden. In der Küche tranken wir ein Glas kaltes Wasser. Wir setzten uns auf die gleichschenkelige Eckbank, auf der wir uns beide hätten hinlegen und ausstrecken können. Der tönerne Christus hing wie immer schlapp an seiner Stelle.

Mutter betätigte sich kunsttherapeutisch. Die Begabung war evident, doch allen ihren Werken, wie dem Christus, fehlte der Pepp. Er hat die Arme ausgebreitet und hängt an seinem wegnickenden Kopf. Er ist nicht gekreuzigt. Das Kreuz fehlt. Die Mutter war zu faul. Er soll hängen, das ist genug Aufwand für einen Mann. Der Christus war roh. Farbe und Ausgedörrtheit einer Mumie. Die Uhr tickte, und der Zeitvergleich mit meiner Swatch ergab, daß sie vorging. Die Katze trottete um die Ecke und schnupperte. LM streckte die Hand nach ihr aus, und die Katze trottete heran und begann zu schnurren. Sie schmiegte ihr Köpfchen an LMs Knöchel und legte die Wange in ihre Hand. LM kraulte das Tier unterm Kinn und im Nacken. Ich sagte liebevoll: Na, lebst du noch?

Die Katze war zugelaufen. Niemand weiß, wie alt sie ist. Für eine Katze aber lebt sie sicher schon weit über ihre Zeit. Obwohl sie hier, gerade auf diesem Grundstück sehr gefährlich lebt, sagte ich, lebt und lebt sie, und sie ist meine ewige Begrüßerin.

Das Grundstück sei zwar eine Insel der Ruhe, wie LM wohl bemerkt habe, doch rundherum rase die Zeit dahin. Der Verkehr auf der stark befahrenen Bundesstraße fordert jährlich zahlreiche Opfer. Viele Katzen seien darunter. Diese Katze aber, mit dem süßen, schnurrenden Motor, war eine Ausnahme. Alle anderen Katzen starben, sobald sie geschlechtsreif waren, da sie dem kehligen Röhren, den beängstigend lauten Lockrufen der Fortpflanzung nachgeben mußten. Niemand im Haus hatte die Geschlechtsreife der Tiere bedacht, und so war eine rechtzeitige Sterilisierung oder Kastration verabsäumt worden. Die Tiere folgten ihrem Trieb und überquerten nachts die Straße. Vom Scheinwerferlicht blind, liefen sie in den daherpreschenden Tod. Wer bremst schon wegen einer Katze?

Die Katzenleichen wurden nie auf dem eigenen Grundstück bestattet. Sie lagen im Straßengraben auf der anderen Seite, mit blutverklebtem Fell, austretender Gehirnmasse in den Augen.

Der Mann klaubte die abgerissenen Pfoten zusammen und warf alle Teile auf einen kleinen Haufen, Kadaver. Er grub kein Loch. Er holte Benzin und überschüttete den Haufen. Dann zückte er das Feuer, und die Flammen fraßen die Tiere und das Ungeziefer und desinfizierten das Gras und beseitigten den Geruch der Kadaver im Straßengraben, der Füchse hätte anlocken können. Tollwut war eine gefürchtete Seuche. Mit der Schaufel stieß er in die Tiere und in die Flammen. Wie ein Held kam er sich vor mit seiner Schaufel und stieß die Pfoten, den Schwanz und die auseinanderfallenden Wirbel ins Zentrum der Flammen. Immer warnte er davor, Benzin ins Feuer zu schütten. Die Stichflamme könnte mich erfassen.

Die Katzen zerfielen nicht zu Asche. Sie verklumpten, und übrig blieb ein glosender Brei aus Schwärze und Schlacke und Rückgrat, das die geliebte Katze, als Wirbeltier mit mir verwandt, veranschaulichte. Ich bestand darauf, wenigstens die Überreste zu beerdigen. Er holte die Sense und mähte das Gras, bevor er ins Erdreich stach und eine Mulde ausschaufelte. Ich hielt die Sense und stand dabei wie der Tod. Die bröcklige, steinige Straßenranderde rollte über das verschmorte Tier.

Dann nahm er mich bei der Hand und sagte, jetzt kann nichts mehr passieren, und stellte sich mit mir und der Schaufel in der anderen Hand an den Straßenrand, und wir warteten auf eine Verkehrslücke und überquerten die gefährliche Straße. Die Schaufelspitze tippte auf den Asphalt und erzeugte einen hellen Klang. Ich trug die Sense. Auf dem Grundstück, wieder in Sicherheit, lief ich frei, und der Mann sank in den erstbesten Liegestuhl und ruhte.

Die Schaufel trug ich in den Schuppen und stellte sie neben die Sense. Ich roch Benzin. Ich nahm die Sense und die Schaufel und trug sie hinaus. Ich hob ein Loch aus und begrub die Sense. Ich trug die Schaufel zurück und desinfizierte mir die Hände mit dem Benzin.

Der Nachbar, der vor seinem Unfall ein fleißiger Arbeiter gewesen war, gewohnt in aller Frühe aufzustehen, hätte die Sense schon bei Tagesanbruch gebraucht, um ein Stück Wiese für ein Grab abzumähen. Sein geliebter Hund lag im Koma beim Tierarzt. Den Kadaver wollte er holen und zu

Hause bestatten. Zuerst schimpfte er über die verschwundene Sense, dann aber, als sein Hund noch einmal hochkam, lobte er ihr Verschwinden.

Ich hatte mich immer gern bei den Nachbarn aufgehalten. Die Frauen arbeiteten fleißig, wie auch die Männer. Im Gegensatz zum eigenen Haus, wo nie gearbeitet wurde, nicht einmal ein Mittagessen hergestellt, duftete es dort nach Kümmelbraten und Hundefutter. Zu Hause wurde Gasthausfraß erhitzt, während drüben, im Nachbarsland, Fleisch geteilt und liebevoll gebraten wurde. Die Hundespeise bestand immer aus minderstem Fleisch, doch verstanden es die Frauen, aus Knochen und Fett und Flachs durch liebevoll langsame Erwärmung einen gemütlichen Brei für das Tier herzustellen. Die Katzen bekamen Dosenfraß.

Nie hatte ich die Mutter arbeiten gesehen, und trotzdem war sie immer erschöpft, dachte ich. Drüben sind die Frauen dauernd tätig gewesen, und niemand hat sich Erschöpfung geleistet. LM hätte keine Ruhe in jenem Haus gehabt. Mir waren diese Leute sehr sympathisch. In meinem Haus war es so still, daß es schon nicht mehr still war. Man hörte das Schnarchen und Röcheln in jedem Zimmer, durch alle drei Stockwerke. Im Sommer sei das nicht das Problem, da der Verkehr der Bundesstraße das Geröchel und Geschnarche der Schlafenden schlucke, sagte ich LM.

Ich zeigte ihr das Wohnzimmer, einen äußerst gemütlichen Raum mit einem großen Sofa. Das Sofa hatte die Ausmaße zweier im rechten Winkel zueinander gestellter King-Size-Betten. Über dem Sofa hingen drei Miniaturabbildungen von Bachstelzen. Auf dem Tisch lagen eiförmige Bachsteine, die ich gern in die Hand nahm, weil sie, da sie lange im Bachbett gelegen hatten, von klarem Wasser umspült, ganz glatt waren. Ich zeigte die Stelle, wo ich auf der Treppe die Nächte durchgewacht hatte.

LM hatte oft von ihrer Schlaflosigkeit berichtet.

Sie wachte auf ihrer Treppe und fürchtete sich vor dem Ungeheuren.

Ich wachte auf meiner Treppe und wartete ungeduldig auf die Siebenschläfer. Nachts auf der Treppe war ich umhüllt von Dunkelheit und Lärm. Die Treppe knarrte, das Holz des Dachstuhls arbeitete. Die nachtaktiven Tiere lieferten sich Verfolgungsjagden im Gemäuer. Im Nachbarhaus waren tags wie nachts stets die gleichen Geräusche zu hören. Die jungen Eheleute hatten mit den alten gestritten. Man teilte das Haus, trennte sich jedoch nicht, man teilte nur die Aktivitäten geschickter auf. Die einen belebten tags, die anderen nachts das Haus. So überkreuzten sich die Lebensbereiche nicht. Schweigend arbeiteten die Männer an der Erweiterung des Hauses.

War der alte Nachbar nicht zu Hause, winselte der Hund vor Sehnsucht. Das eisige Schweigen der zerstrittenen Frauen konnte er nicht ertragen. Ich tröstete ihn oft. Die Schwiegertochter begann das Tier zu hassen, weil es zuviel winselte, wenn sie tagsüber schlafen wollte.

Die alte Frau werkte tagsüber in der Küche, kochte den Hundebrei und wusch die Arbeitskleidung ihres Mannes in der Waschküche. Die junge Frau begann mit ihrem Werk, wenn sich die Alte hingelegt hatte. Auch sie kochte und wusch, nur der Hund bekam von ihr keinen Brei, dafür aber von mir, damit er nicht winselte, weil sein Herr im Gasthaus war, dort sein wohlverdientes Bier trank. Schwer und fett war der Hunderumpf. Die Beine krümmten sich unter dem Gewicht. Das Geschlechtsteil war weiß befellt, mit bräunlichen Punkten und glatzigen rosa Stellen gesprenkelt. Ich kletterte über den Zaun und spähte durch die geöffneten Fenster des Nachbarhauses nach der sogenannten bösen Schwiegertochter, die nur die Schöne sein will, und beobachtete sie beim Aufdrehen der blauschwarzen Strähnen auf Lockenwickler. Eitelkeit und Emsigkeit beruhigten mich. Hatte sie nichts zu tun, pflegte sie eben sich. Sie ließ mich zusehen, und ihr Blick war gütig. Im Haus der schlafenden Leute herrschte Ignoranz.

Kurz nach dem Antritt seines wohlverdienten Ruhestandes erlitt der alte, stets fleißig arbeitende Nachbar einen Freizeitunfall. Nach sechsundfünfzigjähriger Tätigkeit als Vorarbeiter und Hilfsarbeiter aller Art, war er zur Untätigkeit gezwungen und von seiner Frau aufopfernd gepflegt worden. Nun war er gelähmt. Ich brach die Besuche schlagartig ab. Das Röcheln des sterbenden, schwerstbehinderten Mannes, der früher vor Anstrengung schnaufte und ein kräftiger Atmer gewesen und nun, als schwer Sterbender, ein ringender Atmer geworden war, ängstigte mich. Lärm war Leben. In meinen Nächten wartete ich auf die Siebenschläfer. Schaben, Scharren und Kratzen. Wie ein Heer ziehen sie ein und fallen über das Gemäuer her. Sie laufen und jagen einander, nisten und knistern, manchmal hörte ich sie piepsen, und da ich allein war, machte es mir nichts, zu ihnen durch Wandritzen zu wispern. Ich gab Klopfzeichen. Rundherum tobten sie, und ich war geborgen.

Komm, geh hin und verabschiede dich, geh hin und drücke ihm deine warmen, jungen Lippen auf den Adamsapfel und ersticke sein sterbendes Ich. Sein Auge funkelte, als ich auf der Schwelle stand und ihn ausspionieren wollte. Er wurde gewaschen, rasiert und gewickelt. Sein vom Schlag getroffener Körper mußte von der Frau entkleidet werden. Sie versorgte ihn wie ein Baby. Er war hilflos, konnte nur den Kopf und die Augen bewegen. Er konnte schlucken und die Organe funktionierten. Aber sonst hatte er alles verloren. Seine Augen funkelten, als ich auf der Schwelle stand und mich auf die Spitzen hob, um ihn etwas von oben hinab betrachten zu können. Er hörte das Rascheln des Rockes, und blitzschnell drehte er die Augäpfel her. Er hatte seine Sprache verloren, war angewiesen darauf, daß ihm die dringlichsten Wünsche von den Augen abgelesen wurden. Seine Schwiegertochter kannte ihn gut genug, um das Notwendige, das er brauchte, um sich noch einmal gut zu fühlen, zu verbieten oder mißzuverstehen. Sein Bier war ihm heilig gewesen, und das war gestrichen worden. Die alte Nachbarsfrau stritt nicht mehr mit der jungen Nachbarsfrau über die Gabe des Bieres. Beide waren sich einig. Er bekommt keines mehr. Mit seiner Krankheit war nachts Stille im Nachbarhaus eingezogen. Auch der Hund hatte keinen Grund mehr zu winseln, seit der Alte ans Bett gefesselt war.

Der Nachbar wurde mit Suppe und nicht blähendem Brei verköstigt. Der Mann der Mutter ging zu Weihnachten hinüber, und ich sah, daß er geschnittenen Speck eingesteckt hatte und Bier in der Sakkotasche mittransportierte. Männer halten auch gegen die Vernunft zusammen, lernte ich.

In der stillsten Nacht, die ich je erlebt hatte, schneite es katastrophenartig. Es gab keinen Verkehr auf der Bundesstraße, kein Geläut aus dem Dorf war zu hören, der Schnee erstickte sogar Schlaf. Der Mann der Mutter wachte aus Sorge, daß die Schneemassen das Dach eindrücken könnten. Ich wartete auf sein Schnarchen, wollte raus auf die Treppe, wartete auf meine Siebenschläfer im Bette.

Gegen vier Uhr früh läutete es in jener Winternacht Sturm.

Der Tod bringt Schwung in jede Bude. Die junge Nachbarin, die zuvor ihren Schwiegervater immer nur als Schwiegervater angesprochen hatte, rief nun: Der Vater! Der Vater! Der Mann der Mutter stürmte die Treppe hinunter und wieder hoch und schlüpfte in seine Weihnachtshose. Die Mutter sprang aus dem Bett und polterte die Treppe hinunter, riß die Haustür auf und flüsterte hektisch ins Geschrei der jungen Nachbarin. Ich lag zitternd im Bett, weil ich die Stille schon nicht mehr ausgehalten hatte. Aber hektisches Flüstern ist das Letzte. Die Mutter, die der Tod zwar aus der Ruhe, aber nur zum Flüstern zu bringen vermochte, sagte: Bitte leiser. Der Tote werde vom Geschrei auch nicht mehr lebendig. Dann erhob sie die Stimme und rief im scharfen Flüsterton: Ja, wo bleibst du denn? Ich hörte den Mann der Mutter. Er öffnete den Kasten und raffte ein paar Kleidungsstücke zusammen, lief damit zur Treppe und warf sie hinunter, und die Mutter tadelte: Nicht alles. Und er antwortete: Ich weiß ja nicht, was.

Im Badezimmer wurde das Wasser aufgedreht. Es klopfte in der Leitung. Dann wurde das Wasser wieder abgedreht. Türen gingen auf und zu, und Geflüster und »der Vater«, »der Vater« war zwischendurch zu verstehen. Dann schnappte die Tür zu und das Schloß ein, und das Knirschen und Knarzen des zusperrenden Schlüssels gingen durchs Haus. Stille und das abklingende Klagegeschrei von draußen. Stille. Die Katze mit ihrem feinen Gehör spitzte nicht einmal mehr die Ohren.

Es gab keinen Mucks, kein Miau und kein Wort war zu denken, für das Ungeheure, das Brutale, das Entsetzen, das sich in der Brust bildete und ausbreitete unter den zugekniffenen Katzenaugen. Das Kind vernichtete seine körperliche Erinnerung an den Rest dieser Nacht. Stellte sich tot. Vertrauen wird geschlachtet. Aber das ist ja nichts Neues. Dieses Kind ist das Kind hinter dem Grabstein. Es kann Agathe sein.

Für einen Augenblick waren die sogenannten Eltern abgehauen und Agathe war sich selbst überlassen. Der Nachbar ist tot. Na und. Endlich leben, dachte Agathe. Jetzt geschieht, was einmal sein muß. Jetzt hat das Warten ein Ende. Niemand ignoriert, daß der Tod anklopft, daß er durch das dreistöckige Mutterhaus marschieren wird. Jetzt kommt die Gewißheit. Alle werden geholt. Ich will mit zu den Nachbarn. Ich war vollkommen ruhig und überlegt. Ich zog mich leise vornehm an, so wie ich es erwarten würde, daß man mir als Toter gegenübertritt. Das Flüstern, ein Zischlaut. Was verstand ich? Schützen, schützen, schützen. Wer will mich schützen? Die Zischlaute schossen durch die Tür. Ich schlang gerade die Seidenquasten meines Gürtels um, schlüpfte in den Eiskunstlaufpullover, das Kettenhemd, als die Haustür ins Schloß gefallen und der Schlüssel gegen den Uhrzeigersinn gedreht worden war.

Ich schlug mit dem Fleischhammer auf das einbruchsichere Zylinderschloß, zertrümmerte Eloxal. Dellen und Splitter. Setzte mich auf die Stufen. Wartete. Zählte. Suchte. Ging herum. Schnüffelte. Legte den Fleischhammer zurück und nahm den weißen Trichter aus der Küchenlade. Was wollte ich mit dem Trichter? Ich drehte ihn hin und her. Ich stellte ihn hin. Der Trichter war das Geisterkind. Ich steckte ihm Engelshaar an und nahm das Geisterkind mit. Wir spukten durchs Haus. Ich steckte mir die erste Zigarette an.

Neben dem Männerbett stand aus Brettern und Ziegeln zusammengebastelt ein Bücherregal. Der dritte Mann der Mutter verwahrte hier verbotene Bücher. Ich konnte noch nicht flüssig lesen. Man hatte mich dem Schutz des Hauses ausgesetzt. Ich war frei und sah mir die verbotenen Bilder an. Es gab ein Buch, das mich besonders reizte. Es waren Fotos von Nackten drin. Ich schnappte mir das Buch mit den Nackten.

Agathe zog das Buch heraus und versteckte sich damit. Gelbe Schrift auf schwarzweißem Untergrund. Holocaust. Sie beleuchtete die Zeichen und schlug die erste Seite auf. Sie wußte noch nichts von dieser Geschichte. Schreckensbilder zucken im Fernsehapparat. Licht und Dunkelheit wechseln taktisch ab. Die Bilder in diesem Buch waren fix auf Papier. Nackte Leute standen in einer Schlange. Die Männer interessierten Agathe nicht. Die Frauen, so mager, daß ihnen nicht mehr anzusehen war, ob sie überhaupt

Frauen waren. Sie standen in einer Reihe am Rande zur Betrachtung frei für Agathe. Die ausgemergelten Körper, die glatt erscheinende Haut der Toten in den Gruben. Unter den Leichenmassen suchte sie nach dem Unterschied zwischen Mann und Frau. Agathe genierte sich für die Nacktheit, die Entblößung dieser Entblößten durchs Foto. Agathe hat einen schändbaren Körper. Sie kaute sich die Nagelhäute auf. Es sei nicht ihre Schuld, einen solchen Körper zu haben, aber sie genierte sich, entblößbar zu sein wie diese Toten. Sie ekelte sich vor den Druckstellen der eigenen Hüftknochen, vor der Bauchdecke, vor dem Keuchen. Der Anblick dieser Körper stillte zwar die Neugier, verwandelte aber das eigene Körpergefühl in Entsetzen. Agathe suchte die Frauenskelette, in jeder Stellung spürte sie sie auf, und sie begann die ermordeten Frauen und sich zur Ermordung hinstellenden Frauen aus den Seiten zu kratzen.

Agathe schlug das Buch zu. Noch war sie ein Kind. Daß Kinder gleich ermordet wurden, las sie später. Kinderopfer wurden ausgestellt. In einem anderen Buch: *Life*. Ein Mädchen läuft auf die Kamera zu, ihr sind die Kleider auf der Haut verbrannt. Der Tod ist nicht schlimm. Man hätte sie zum Nachbarn mitnehmen sollen. Agathe wünschte sich zum ersten Mal kein ewiges Leben. Wer ewig lebt, erlebt irgendwann einmal das Verbrechen. Die Möglichkeiten, was man alles auch mit ihrem Körper anstellen kann, versuchte sie sich nicht auszudenken. Mit der Zeit spürte sie eine Gleichgültigkeit, schlief viel, auch tagsüber, und ihr Körper entwickelte dieses Gefühl von Pfotigkeit. Als könne sie eine dicke, dämpfende Hornhaut vor Identifizierung schützen. Der Lebenstrieb macht stumpf.

Agathe schaltete die Taschenlampe aus. Die Siebenschläfer jagten nicht durchs Haus. Sie flüchtete ins Bett. Sie flüchtete in die Sandgrube. In die Schneewittchenwelt. Der gläserne Deckel liegt auf. Tot lebt es sich sicher.

Das Grab des Hundes existierte nicht mehr. Huflattich wucherte überall. Agathe und Roger gingen durch den Wald. Die Schottergrube war stillgelegt. Eisenteile rosteten im Grundwassersee. Hin und wieder brach ein helles Rieseln die Stille. Ein Stein krachte. Knacken und Echo. Wie tief war die Sandgrube? Tief genug. Ein türkisblauer See war aus dem Boden gesickert. Die Baggerschaufel lag wie ein rostiger Schöpflöffel daneben.

Wollen wir schwimmen gehen? fragte Agathe, und sie gingen hinunter und entdeckten am Grubenrand Parasole. Wilde Rosen wuchsen unten am Grund, Rittersporn und Löwenzahn.

Agathe zog die Strümpfe aus und tauchte die Zehen in das türkisblaue Wasser. An den steilen Grubenwänden kletterte Immergrün empor. Die Sandgrube wucherte zu einem Paradies im Souterrain. Ein rostrotes Gitter lag im Wasser. Wegen des Rostes wagte sich Roger nicht ganz ins Wasser. Roger behauptete, daß ein Schluck dieses Wassers Typhus auslösen könne. Agathe tauchte die Zehen ein und dachte über ihren Zehen. Der See war rund wie eine Lupenlinse. Die Zehe war dick, weißlich, aufgeschwemmt und glatt wie bei einer Puppe aus Bakelit. Bis zu den Knöcheln traute sie sich ins Wasser. Die Kälte pickte mit tausenden Schnäbeln in die Fesseln. Aufgeschwollen und teigig wirkte die Zehe, an der eines Tages ein Namensschild Agathes Leichnam bezetteln würde.

Sie pflückte Rosen und Beeren. Sie sagte: Ich möchte gar nicht mehr weg von hier. Roger sammelte Nüsse unter den Haselstauden und knackte sie mit einem Stein auf. Sie setzten sich an den See und aßen die Beeren und Nüsse. Ihre Blicke trafen sich im türkisen Grundwasser.

Ich würde gern immer so leben, sagte Agathe. Pflücken wir die Parasole, gehen wir nach Hause, essen und verdauen wir. Ich will weg, weil ich weg muß.

Du langweilst dich, sagte Roger. Du bist verwöhnt. Komm, genieße, die Luft ist warm.

Sie legte sich zurück, und die Sonne schien in die Sandgrube, auf Bauch und Brust. Da die Bundesstraße viel höher lag, Verkehrslärm nicht unter das Straßenniveau dringen kann, herrschte Stille bis auf die Knacksgeräusche und das Rieseln von Kieseln in der Grube.

Man sollte das Haus dieser Agathe-Familie, den Wald und den Garten, so LM mir gegenüber auf dem Sofa, in die Sandgrube setzen und einen Glasdeckel drauflegen.

Das Haus läge an einem See, und das Gitter würde man herausnehmen und entrosten und bepflanzen. Agathe sähe aus wie Schneewittchen und lebte in einem Wintergarten. Die Mutter war froh, daß die Tochter auf ihre alten Tage noch einen Prinzen gefunden hat, der sie zum Aufstoßen bringt, zum Leben erweckt. Und der alte Prinz war froh, eine Frau gefunden zu haben mit einer bösen Mutter, denn solche Töchter haben das Liebsein intus.

Agathe brachte sich in kürzester Zeit das Lesen bei. Sie schlich zum Handapparat und lautete im Kopf die Buchstaben der Bilduntertexte zusammen. Die Mutter war stolz auf die Intelligenz des Kindes. Dem Mann, ihr zweiter oder dritter, kam das komisch vor. Er schrieb Kindergeschichten, die Agathe nicht lesen mochte. Später hieß es, sie habe sich zu früh für traurige Sachen interessiert. Sie fühlte sich zu diesem Kafka hingezogen, als wär er ihre Schwester. Ihre Vereinnahmung war übel. Jüdische Männer wurden von den Antisemiten als unmännlich, also weiblich hingestellt. Der weibliche Körper ist anscheinend immer und überall das Letzte. Kafka hätte nicht einmal ihr Freund sein können, und sie ist und bleibt Agathe.

Sie verschmähte die Geschichten des Mannes der Mutter. Sie las die Kommentare unter den Bildern aus seinem Handapparat. Die Erschießer kamen zu Wort. Nach ein paar tausend Ermordungen täglich waren sie müde. Manche begannen nachts nachzudenken über ihre tägliche Tätigkeit und fanden plötzlich keine Ruhe. Die Erschießer sollen stumpf und mit aufgerissenen Mäulern dagesessen haben, das Echo der Schüsse im Kopf hin und her fetzen hörend, immer hin und her fetzen hörend, weshalb sie suspendiert werden mußten, weil sie keine ruhige Hand mehr hatten. Andere schossen im Morgengrauen weiter. Rekorde wurden verzeichnet.

Das Böse gehört zu den Menschen, es ist überall, auch hier in diesem Raum, es entsteht dauernd, außer man schläft, und gerade dann. Agathe lauschte. Es war still in der Mauer. Sie hatte den Siebenschläfer erlöst, erschlagen, erlöst. Wenigstens sein Geist sollte zurückkommen. Sie schlief nicht mehr. Erst als der Tag anbrach, nickte sie ein. Sie begann seltsam zu riechen, weil sie sich monatelang weigerte zu duschen. Sie zog sich überhaupt nicht mehr aus. Sie schlug die Bücher aus dem Handapparat nicht mehr auf, sie begann das Gesehene zu zeichnen, kehrte in den vorsprachlichen Ausdruck zurück.

Die Freundinnen brachten ihr Fotos. Herausgerissene Seiten aus Sexzeitungen. Der Mann der Mutter hatte so etwas definitiv nicht in seinem Handapparat. Die Freundinnen brachten ihr Sexzeitungen mit. Sie fanden sie bei Vätern, Großvätern, Urgroßvätern, Onkeln, Großonkeln, Uronkeln, Brüdern. Mit Kohle und Rötel zeichnete Agathe die Fotos ab. Lernte die weibliche Anatomie. Sex, Folter. Körper für Körper legte sie einen Akt an.

Agathe wollte mit erlangter Geschlechtsreife, daß die Freundinnen selbst posierten. Die Freundinnen waren nicht feig. Sie zogen sich aus vor dem Agathe-Blick. Alle dicken Weiber waren Prostituierte. Die Gesichter waren unwesentlich. Agathe malte fett. Die Mädchen besaßen einen veräußerbaren Wert. Sie verkaufte ihre Akte an die gewissen Jungs. Später genoß man die Magersucht.

Agathe zeichnete die Frauen in den Warteschlangen. Gute Bilder, expressiv. Augenhöhlen, Rippenbögen, Kahlköpfe, Kugelgelenke, ausgemergelte Geschlechter. Wer sich nicht bedecken konnte in der Sekunde des Abdrucks, wurde von Agathe bedeckt. Die Mutter hörte das Rascheln von Papier, das Kritzeln und Spitzen, und sie spürte Veränderung in Agathe. Bevor sie sich erhob und neugierig heranmachte, malte Agathe die Körper zu. Die Mutter war begeistert vom Strich der Tochter, und trotzdem wich sie zurück. Agathe schämte sich für das Wissen und die Unkenntnis der Mutter, die nicht begriff, die Zeichnungen kamen ihr selbsterdacht und gerade deshalb so erstaunlich vor. Irgendwann begann die Geschichte mit dem Gekreuzigten. Kopf mit Dornenkrone, Brustkorb mit Stichwunde. Das Gesicht des Gekreuzigten geriet zu weiblich. Eine Bekannte fühlte sich angesprochen. Sie hängte es neben die Studie durchgenagelter Füße.

Das Treppenhaus war vollgehängt. Agathe wollte an die Kunstakademie. Sie nahm die KZler aus dem Rahmen und steckte sie in die Mappe.

Ich kann mich nur an eine abstrahierte Flasche mit langem Hals erinnern, dachte ich in diesem Augenblick und erinnerte mich an die eigenartige Mischtechnik eines Portraits.

Ich habe die rosa Fleischfarbe gerührt und die in der Reihe Stehenden angemalt. Das Leichenweiß ist fettig und hat viel Grau in sich. Ich habe jede Seite rosig angeschmiert. Komisch, daß nie jemand etwas gesagt hat. Ich habe die übermalten Seiten zur Aufnahmeprüfung vorgelegt. Hitler wurde abgewiesen, ich zynischerweise durch die Übermalung seiner Verbrechen aufgenommen.

Ist das nicht der richtige Werdegang für Agathe?

Oder ist sie eine ganz andere? Eine Täterin? Eine Selbstmörderin! Was geschah ihr durch Roger? Sie war Kellnerin geworden, keine Restauratorin. Sie war krank und starb sehr früh. Wer weiß, was ihr erspart geblieben ist.

Roger brachte mir einen Siebenschläfer mit. Das ausgestopfte Tier steckt im obersten Regal im Schrankraum.

Das dreistöckige Haus war alt und groß und kostspielig. Die Nässe sickerte in die Mauern. Die Wände schimmelten, und die Luft roch modrig. Vielleicht wegen der Schneemassen in jenem langen Winter. Sogar die Siebenschläfer verließen das Haus oder waren erfroren. Im Frühling verfing sich das letzte lebende Exemplar in der doppelt verglasten Dachluke. Niemand konnte sich erklären, wie es zwischen die Scheiben geraten war. Es geschah, wie eben alles geschieht, das man sich nicht erklären kann. Endlich war der letzte Feind, der die gekalkten Mauern des Mutterhauses befleckt, gefangen und sichtbar.

Der Mann fuhr in den Baumarkt, und er kaufte eine Leiter und ich einen Käfig für das herzige Tier. Eine Leiter, die vom Erdgeschoß bis zur Dachlucke reichen muß, mit einem kleinen Personenwagen zu transportieren, ist ein Theater. Die richtigen Schnüre und Handgriffe fehlten, die Skiträger waren verrostet und nicht zu montieren. Die Leiter war für das Auto viel zu lang. Man brauchte ein rotes Tuch.

Zu Hause stellte er die Leiter hin, und da der dritte Mann nicht schwindelfrei war, malte er den Teufel an die Wand, daß er wegen eines Siebenschläfers abstürzen werde. Ich erklärte mich bereit und kletterte die Leiter hinauf. Die Mutter schloß derweilen auf allen drei Etagen die Zimmertüren. Der Mann hielt die Leiter fest. Ich rüttelte am Hebel der Luke. Ich stieß einen Warnschrei aus, denn der Hebel gab sofort nach, die Luke öffnete sich abrupt, klappte auf, und der Siebenschläfer fiel an mir vorbei, die drei Stockwerke hinunter, hinunter, hinunter durch die Spindel im Stiegenhaus und klatschte auf der untersten Stufe im Erdgeschoß auf. Bewegungslos blieb er liegen. Ich atmete erleichtert auf. Seine Augen glänzten wach und schauten zu mir herauf. Der Brustkorb hob und senkte sich schnell, doch weder die weggestreckten Beinchen noch den buschigen Schwanz konnte der Siebenschläfer bewegen. Sein Rückgrat war durchgehackt.

Wo ist die Katze?

Die Katze zog die Lider über den gelben Augen zusammen.

Friß ihn! Friß ihn!

Die Katze saß auf der obersten Stufe, schleckte sich das Mäulchen und putzte sich hinter den Ohren, rieb den linken und den rechten Augenschlitz. Kein Appetit.

Ich stieg hinab. Sprosse für Sprosse näherte ich mich dem querschnittgelähmten Tier. Die Katze zuckte mit dem Fell. Weder Jadginstinkt noch Spieltrieb.

Die Fahrt zum Tierarzt hätte über eine Stunde gedauert. Der Mann nahm die Zeitung, schubste den Siebenschläfer mit der Schuhspitze drauf. Er wickelte ihn ein und trug ihn hinaus. Nach einer Weile kam er wieder herein und sagte: Ich kann's nicht.

Die Katze sprang auf den Diwan, rollte sich hin, legte den Kopf auf das Sprunggelenk der rechten Vorderpfote und peitschte mit der Schwanzspitze in Zeitlupe den Diwan. Die Mutter richtete sich für den Tierarzt her. Vertrösterin in der Stunde des Todes. Der Mann sah fern.

Ich trat ins Freie, suchte den querschnittgelähmten Siebenschläfer. Sein Maul stand offen. Die Zähne waren weiß und dünn, wie mit einer Zickzackschere aus Papier geschnitten. Blut sammelte sich im Mäulchen. Der Brustkorb hob und senkte sich schnell. Ich holte die Schaufel. Ich versteckte sie hinter dem Rücken. Das Blut perlte zwischen den Zähnchen, und die Perlen zerplatzten an den Spitzen. Die Augen glänzten. Ich schlug das Tier in die Zeitung ein. Ein Schlag mußte genügen. Die Zeitung mit der Nachricht über einen Brand im Bärental färbte sich, Blut mit Schwärze vermischt. Der metallische Knall versetzte den Mann der Mutter und die Mutter in Aufregung. Blut war auf die frischgekalkte Mauer gespritzt. Die Mutter bekam einen hysterischen Anfall.

Sie wischte auf und weg. Er vergrub den Siebenschläfer. Ich ging zur Katze, schlief tief und fest und schnell. Ich hatte keine Angst, keine Scham, keine Kraft. Ich war wie vom Körper losgesagt, fein, eigentlich.

Im obersten Stockwerk angekommen, zeigte ich LM mein ehemaliges Zimmer. Sie schlief hier ein. Und ich ließ sie schlafen und fuhr weg.

Als sie erwachte, war es draußen bereits stockdunkel. Unten hörte sie Stimmen und die Rede vom Glück, daß alles so wunderschön verlaufen sei im Leben, keine Krisen, keine Probleme, alle seien versorgt und sorglos. Sie stand auf und wollte die von sich begeisterte Familie suchen. Sie wollte sie begrüßen und sich für die Gastfreundschaft bedanken. Sie ging also hinunter und betrat die Küche, in der das Paar gerade nachtmahlte. Sie überschritt gerade die Schwelle und setzte zum Grüßen an, als das Paar sie mit zu Tränen gerührten Augen betrachtete. Man hatte sie bereits eng ins Herz geschlossen. Im Zimmer war es so heiß, daß sie zu schwitzen begann. Sie sollte sich zu Tisch setzen und mitessen. Das Paar saß eng beieinander. Beide senkten die Köpfe tief, um die Suppe zu löffeln, und stießen dabei mit den Köpfen fast zusammen. Die Katze hockte auf dem Boden zwischen dem Thron der Frau und dem Thron ihres

Vize. Sie wurde von beiden Seiten mit Wurstzipfeln gefüttert. LM wunderte sich über meine Abwesenheit.

Ach ja, die Agathe, sagte die Mutter. Ich sei vor Stunden in die Stadt gefahren, um im Kaffeehaus zu schreiben. Ach, wer weiß, was mir einfällt.

Ihr Lächeln und Strahlen waren ein Schutzschild, sagt LM. Auch die Alterslosigkeit war ein Schutzschild. Ewige Jugend ist ein Schutzschild.

LM fragte nicht weiter nach Agathe. Sie wollte nicht nachhaken und lästig sein, diese harmoniesüchtige Frau in Verlegenheit bringen. Immerhin sei sie die engste Verwandte Agathes. Auch ich würde sie nicht erröten sehen wollen. Sie hat Angst, tiefer zu gehen. Agathe hatte die Kraft gehabt, einen Siebenschläfer zu erschlagen. Das Kind hätte auch die Kraft gehabt, eine Mutter zu Tode zu bringen. Wer weiß, wer in dem Kind steckte? Wer weiß, was es schreibt? Wer weiß, wann und wie es die Mutter töten komme. Man konnte an dieses Kind nicht glauben, denn alles war ihm zuzutrauen. Eifersucht, Rachlust, dachte ich.

LM wagte es gar nicht aufzuschauen.

Sie bedankte sich für die Einladung und entschuldigte sich für die Ungeselligkeit am Nachmittag.

Erholen Sie sich nur, Fräulein, sagte der neue Mann an der Seite der Frau, die Fahrt sei lang und anstrengend genug gewesen. Auch er erhole sich stets von Strapazen. Obwohl man ja nur sitze, sei man doch überanstrengt und erschöpft.

Der Mann blickte auf die Uhr, ließ die Gabel auf seinen Fleischteller sinken und richtete die Augen auf die Röstkartoffeln aufspießende Frau, als er fragte: Wo bleibt denn das Kind?

LM lachte höflich, denn sie dachte, es handle sich um einen Witz.

Die Tochter ist eine Frau, sagte LM. Sie warf ein, daß sie diese Frau, die er als Kind bezeichne, schon sehr lange kenne.

Na, sagte der Mann, mit drängendem Unterton, wann ist das Mädelchen denn aufgebrochen? LM wunderte sich über seine beharrliche Verniedlichung.

Die Mutter lächelte und sagte: Wird schon ein Weilchen her sein. Sie blickte zur Uhr.

Die Zeit stimmt nicht, sagte LM.

Und die Frau antwortete: Was brauchen wir überhaupt eine Uhr?

Ich habe die Batterie gewechselt, sagte der Mann erbost.

Ja, aber wann? sagte sie spitz.

Oder wo? sagte LM. Und wer weiß, bei welcher Uhr?

Ist schon richtig, sagte er und sah sich um, ich bin im falschen Raum.

Ich weiß, wie wichtig Zeit für LM ist. Daher auch ihr Einfall mit der Swatch am Anfang dieser Geschichte. Sie wirft immer wieder einen Blick auf die Uhr, um zu wissen, wieviel ihr vom Tag noch beschieden ist. Wieviel Vergangenheit schon existiert. Ruhelosigkeit gibt ihr das Gefühl total sinnvoll genützter Lebenszeit.

LM hatte mich einmal zu *ihrer* Familie mitgenommen. Ein ähnlicher Fall. Entzückende Leute. Nur umgekehrt. Die falsche Mutter war die dritte oder vierte Frau des Vaters. Grund zum Saufüttern. Dreistöckiges Haus. LM hatte mich abgesetzt und war in die Stadt weitergefahren, um ein wenig zu schreiben. Ich erzählte dem Paar, wie hoch ich die Tochter schätzte.

Ich berichtete von den Erfolgen der Tochter. Die Frau tat erstaunt. Sie sagte: Ja, hast du das gewußt? Ja, kann sich das einer vorstellen?

Ich berichtete von den Ansprüchen der Tochter, denen sie mit Identitätsverweigerung zu antworten drohte.

Immer so bockig, seufzte der Vater. Sie habe es weit gebracht, aber ob es jetzt weitergehe mit ihr? Möge sie ihren

Platz nicht bloß finden im Leben, sondern auch halten, denn das sei ein ganz anderes Kapitel.

Die Frau des Vaters lächelte. Das hast du schön gesagt, sagte sie.

Ich lächelte auch, man muß dankbar sein und ein bißchen nett. Aber es sei ja nicht so, sagte ich, daß sie es schwer habe.

Freilich, sie kann ja auch charmant sein, sagte die Frau. Vor allem zu Fremden.

In diesem Haus, das vor Gastfreundlichkeit strotzte, rundete sich meine eckige Fremdheit ab. Ich schwieg, aß, lächelte und war gerührt über die Eintracht aus beharrlichem Desinteresse aneinander. Sie stritten nur kurz über den Zeitpunkt des Aufbruchs der Tochter.

Und Sie? fragte die Frau. Schreiben Sie?

Ich nickte, aber das sei nicht zu vergleichen.

Dann sind Sie Kollegen?

Sie fragte nach meinen Titeln, und ich zählte ihr die Titel für das geplante Manuskript auf, das ich eines Tages zu Ende bringen will.

Das stimme doch nicht zusammen, sagte der Vater.

Die Frau sagte: Sei nicht so korrekt. Sie kann sich halt nicht erinnern.

Der Vater behauptete, zwei Bücher mit von mir genannten Titeln bereits im Wohnzimmer ins Regal gestellt zu haben. Der Wille zur Bildung muß nicht im Kopf sein, er kann sich auf den Wohnungscharakter beschränken, hatte LM mal gesagt. Die Wohnung war regelrecht austapeziert mit Büchern, sie rechneten sich schon über die Heizkostenersparnisse durch den Dämmungswert des Papiers. Meine Bücher sollen der Unterhaltung dienen und nicht meinem Unterhalt, dachte ich. Ich verdiene genug Geld mit der Metallrestauration. In dieser Nische gibt es eine eigene Fachwelt mit Gesetzen und Publikationen und Wettbewerben für die erbrachten Leistungen. Im dreistöckigen Vater- wie auch im dreistöckigen Mutterhaus gab es die gleichen Bücher.

Aber wir lesen kaum, sagte die Frau hier.

Aber wir lesen kaum, sagte der Mann dort.

Er glaubte, ich gelte als Geheimtip. Ich war geehrt. Dieses Buch, handelt es nicht von Angelo Soliman?

Ich war schon im richtigen Raum, aber offenbar war da zeitmäßig etwas durcheinander geraten. Ich kostete in der Vergangheit meine Zukunft vor.

Ich verstieß gegen LMs Grundsatz: Hör dir deine Leser an, und du weißt, was du schreibst. Das müde werdende Paar bot mir Salat an.

Etwas für den Kopf, sagte die Frau.

Schreiben ist schwer, sagte er.

Malen und musizieren ist viel schwerer, sagte sie.

Sie legte ihre Hand auf meine. Die Berührung war schalig. Ich denke, das ist es, die taube Berührung, wenn sich etwas pfotig anfühlt.

Die Frau hatte eine dicke Haut. Ich betreibe Kunsttherapie, und zwar nicht schlecht, sagte sie.

Toll, sagte ich, mit glaubhafter Bewunderung.

Ich hatte den eindeutig klaren Wunsch, einen glattgeschliffenen Bachstein von mir zu schleudern.

Sie lehnte sich zum Mann und legte ihre schwere Hand auf seinen Arm. Wie von Geisterhand berührt, schreckte er hoch und sagte ungefragt und laut: Ein Genie ist meine Frau.

Die Frau lächelte: Du bist mein allerschärfster Kritiker.

Ich habe nie kunsttherapiert, sagte er. Und Sie? fragte er mich.

Bevor ich antworten konnte, sagte die Frau: Das würde ich ihr aber nicht geraten haben.

Ich schwieg und hielt zu meiner Freundin.

Sie hat sich meine Bilder nicht einmal angeschaut, sagte

die Frau. Dabei gibt es ein Portrait von ihr. Ich habe sie so fest ins Herz geschlossen. Und das ist der Dank dafür.

Zeigen Sie es mir?

Sie holte das Bild. Es hatte die Form eines Herzens. Nicht das klassische Gesicht meiner Freundin war abgebildet, sondern ein verknoteter Knoten, eingeschlossen. Es ist ein Entwurf. Man müßte ihn tätowieren.

Als wir mit dem Essen endlich fertig waren, erbot ich mich, das Geschirr wegzuräumen, was das Paar mit hochgerissenen Armen abwehrte. Ich solle mich nur im Wohnzimmer ausruhen. Ich sank auf die Couch, die Lider fielen mir fast zu. Das Paar schloß die Küchentür. Das Geschirrklappern störte mich nicht. Ich nahm meine ganze Kraft zusammen und riß die Augen auf und schaute auf das Bücherregal. Aufarbeitungsliteratur, Kunstgeschichten, Bildbände zu Tier-, Pflanzen- und Unterwasserwelt, nichts aber von der angestammten Tochter. Plötzlich wurde ich neugierig auf das, was ich geschrieben haben sollte. Ich strich über die Bücherrücken. Und ich las meinen Namen, und ich wußte, es handelte sich um den Rücken meines Erstlings! Ich war aufgeregt. Ich schlug das Buch auf. Was werde ich geschrieben haben? Gleich auf dem Schmutzblatt konnte ich meine Handschrift erkennen. Da sehe ich wieder meine Treue zu LM. Ich beginne mit einer Widmung an sie. Pfotig das Sehen, pfotig das Lesen und pfotig das Erkennen. Doch wie geht sie mit mir um? Meine hochgeschätzte Freundin hat ihren Namen ausradiert und statt dessen hingeschrieben: Ein Aufguß der Konkurrenz. Kümmere dich um den eigenen Dreck, laß deine Finger von Soliman. Ich starrte in den offenen Kamin. Die Fingerspitzen meiner Hände berührten einander wie vorsichtig schnuppernde Tierchen.

Einen Moment später hörte ich den Fiat einfahren und das Brodeln des Kaffees in der Küche.

Die Stimme des Mannes, rufend: Na, Gott sei Dank!

Die Stimme der Frau: Na, endlich!

Ich schob mein Buch zurück und setzte mich artig hin. Die Frau stand in der Tür, mit dem Tablett in der Hand. Sie kam näher und musterte mich.

Agathe! rief jemand. Er oder sie oder war es LM?

Die Frau blieb stehen, beugte sich herab. Ihr Atem blieb in meinen Wimpern hängen. Jetzt ist sie angekommen! hauchte sie.

Aber ich war schon weg.

Sie haben meine Bluse geöffnet, dachte ich. Ich solle Kaffee und Hauptsache Flüssigkeit, Flüssigkeit zu mir nehmen. Milch wäre nicht schlecht. Ich roch den nach Nikotin stinkenden Arzt, als ich erwachte. Ich solle ins Krankenhaus. Alle Werte überprüfen. Auch meine Finger stinken nach Nikotin. Ich lutsche daran. Ich hätte wahnsinnig gern eine Zigarette. Während ich mich einschreibe, umschreibe, beschreibe, abschreibe, stelle ich fest, daß ich schon richtig unterschreibe, schreibe ich LM.

Ich kenne ihre Technik. Sie konglomeriert. Klatscht alles zusammen. Wer LM, Agathe oder ich wirklich sind, ist unerheblich.

Ich muß mich aus dem Weg räumen, damit ich weitergehen und durchdringen kann.

Im Augenblick des Todes waren alle abgehauen, und Agathe war im Würgegriff ihrer Vorstellung. Der Nachbar ist tot. Na und? Wenn sein Leichnam nicht mehr der Nachbar ist, wo ist dann der Nachbar hin? Der Adamsapfel hüpfte vor den Augen des Kindes, als die Feuchte klebte und die Kälte aus den bleichen Lippen wehte, während die Katze schlief im eingetretenen Nest des Ruhekissens. Gab es nicht irgendwann eine Schwester? Ja, es gab eine Schwester, doch war sie noch nicht verfügbar. Sie schlummerte noch. Wer hat gedroht, du kommst in ein Heim? Es war die

Mutter. Bevor sich das ungheure Entsinnen auf das Kind herabsenkte, nahm es von sich selbst Besitz, aber wie, das weiß ich nicht. Plötzlich war ich ein Drilling, links und rechts von mir lag ich.

Die junge Nachbarsfrau befürchtete, nach dem Tod des Herrn würde der Hund nicht mehr aufhören zu winseln. Das Klimpern seines Hundehalsbandes ist hell in meiner Vorstellung. Der Hund lief am Zaun entlang. Der Herr war tot, und der Hund hatte seither nicht einmal gewinselt. Als hätte er seinen Herrn nun immer um sich. Als befände er sich in seinem Totalschutz. Der Hund lag hinter dem Zaun und leckte sich sein Geschlechtsteil. Sobald er Agathe witterte, richtete er sich auf und hechelte durch die Maschen. Er ließ sie nicht aus den Augen, witterte und winselte traurig, als verließe ihn sein Herr und schwebe zu ihr. Agathe lief sofort ins Haus und zog den Bikini aus und ordentliche Kleider an. Sie band sich sogar ein Kopftuch um. Die Angst vor blöden Geistern und der Seelenwanderung des röchelnden Nachbarn, den sie in seiner Hilflosigkeit ausspioniert hatte, legte sie mit dem Kopftuch erst ab, als der blöde Hund endlich verendet war.

Kiloweise lagerte noch das Futterfleisch in der Gefriertruhe. Die Eisbrocken wurden herausgenommen und in die Scheibtruhe gedonnert. Der tote Hund wurde auf das Eis gelegt. Die Scheibtruhe stand noch eine Weile im Hof herum. Die Fleischbrocken tauten. Rund um das Grundstück wurde gestorben. Die Katzen nährten den Boden. Wilder Hanf wuchs auf der Verkehrsinsel und vermehrte sich bis herüber. Für die meisten Leute ist der Tod Tabu. Dabei züchten sie Salat, beispielsweise. Der Salat ist auf Totem aus Totem gewachsen. Na und? Da ich mit zunehmendem Alter immer größere Lust auf Gartenarbeit verspüre, stecke ich meine Hände gern in Beete und Rabatten, nicht so gern in Blumentöpfe, da mir Blumentopferde zu weit hergeholt ist.

Agathe hat Sehnsucht nach einem eigenen Haus im Grünen. Litt sie in meiner Jugend an Landflucht, so kann sie heute von einer Landsucht sprechen. Sie befühlt mit der Erde ihren zukünftigen Aggregatzustand.

Sie faßt sich sozusagen und verfaßt so die passende Rede auf sich. Wort für Wort verklumpt das Ich.

Auf seinem letzten Weg wurde der Hund von mir begleitet. Ich folgte der blutigen Spur. Der Baggerführer, ein guter Freund des Mannes der Mutter, fuhr mit der spitzzackigen Schaufel ins Schotterreich. Der Hund wurde durch den Wald zu seinem Grab geradelt. Der Leib zitterte auf dem Eis in der über Wurzelgebein rumpelnden Scheibtruhe. Der Gestank des Futterfleisches war entsetzlich. In der Sandgrube wartete das Grab. Die Scheibtruhe wurde gekippt, und der Hund plumpste ins Grab. Sein Fressen rumpelte nach, fiel über ihn her, könnte man sagen. Dann schaufelte der junge Nachbar das Erdloch zu. Im Sommer begatteten sich Katzen auf dem wilden Fleck.

Ich malte ein Grab. Ich radierte den Hügel auf meiner Wunschliste weg. Zermarterte das Agathe-Gehirn, wie ein Leichnam am besten zu bestatten sei. Asche interessiert sie nicht. Sie will kein Feuer. Sie will nicht atmosphärisch umhüllen, lieber umhüllt sein.

Während der nächsten Regenperiode weichte die Erde auf, und der Hügel sank ein.

Die Frau ging mit Roger in den Wald. Sie zeigte ihm zuvor den Straßengraben, wo die Lupinen wuchsen. Sie zeigte ihm die Sandgrube, wo der Huflattichteppich eingesunken war. Agathe sagte, daß sie lieber wie ein Hund irgendwo bestattet werden wolle als wie ein Mensch unter tausenden Toten. Von Gesetzes wegen ist es nicht erlaubt, größere Tiere, geschweige denn Menschen wild zu verscharren. Der ungewidmete Boden verlaugte. Als Tierpräparator gibt es für Roger nur eine plausible Bestattungsform, das Feuer, denn es soll Schluß sein. Er glaubt, wie so viele tausende Menschen auf der Welt, an kein echtes Ende in der Erde.

Zerstoße die Knöchel mit dem Stössel. Pulverisiere die Asche. Ist sie fein wie Teufelstabak, dann leere sie in den Wind. Der Staub verblase und vermische sich mit Atemluft. Ich werde dich nicht verstreuen, Roger, dein Grab soll nicht der lebendige Lungenflügel eines Körpers sein. Tot ist, was nichtsnutzig ist. Ich möchte parthenogenetisch gezeugt und von einer Jungfrau zur Welt gebracht werden. Agathe will ein selbständiges, angstloses Leben.

Agathe. Agathe. Agathe. Sagt LM.

Sie saß im Internetcafé am Hohen Markt der Inneren Stadt. Hätte ich Anna und nicht eine Agathe erwählt, welche Geschichte hätte sich dann eingestellt? Anna ist nicht so modrig. Anna ist auch nicht modern. Anna ist ein Palindrom, und sie wird eine Parthenogenetikerin erzeugen. Kann sich ein Mensch in einen Menschen verlieben, weil er Trost braucht?

Roger warf seinen alten Ehering in die Themse und zog mich zurück in sein altes Wien.

Roger, wieso liebst du mich?

Woher willst du das wissen?

Das sagt mir mein Gefühl.

Und wenn es dich verläßt?

Tötet sich jemand aus Liebe?

Wer?

Sie?

Wie sah es hier ohne Sandgrube aus?

Ein Hügel mit Föhrenbewuchs und Fliegenpilzen. Bleib bitte bei der Sache und antworte.

LM erzählte mit einer Kaltblütigkeit, was ihr diese Frau

aus Memopolis erzählt haben soll: daß sie das neue Glück von Roger und Mascha nicht blockieren wolle.

Solange man gesehen wird, gibt's kein Vergessen, und man soll nicht vergessen. Man sollte dir ein Schandmal setzen, sagte ich.

Ich kann nichts dafür, sagte LM. Agathe hat sich als Opfer dargebracht.

Ich höre ein Klopfen. Ich stehe an der Wand des Schrankraums. Ich klopfe an. Der Siebenschläfer soll aufwachen.

Roger hat ihn für mich ausgestopft, damit ich mich wohl fühle in der Wohnung. Die Knochensplitter. Maschas Freude, hier zu sein. Sie hat ihr Wohlgefühl. Sie war von Anfang an wie daheim.

Ich meine, fragte LM, ich meine ja nur, aber könnte Roger auch einen Menschen ausstopfen?

Immer wieder rufen Leute an. Ob es rein technisch möglich sei, sich mumifizieren zu lassen. Man kann sogar die Haut straff erhalten, weiß ich von Roger. Sich verjüngen und ewiger Verstaubung anheimfallen. Soll er mir ein Mausoleum bauen? Der Wintergarten sei mein Sarg.

Ich zeigte LM die Skizzen zum geplanten Umbau. Sie hörte nicht auf zu erzählen.

Sie saß vor dem Monitor, und Agathe schleppte sich ins Off. Am Ende war das Bild leer, bis auf die altdeutsche Ecke. Man hörte einen Schuß. Gebell. Ein ganzes Leben zerlegt sie in kleine Module und Denkschübe, indem sie behauptet, daß sich Agathe hier umgebracht haben könnte. Erzeugtes und Erzeugen müssen auseinanderfallen. Wenn die Siebenschläfer in der Täfelung trippeln und mich in einer vertrauten Geräuschkulisse wenigstens aufnähmen! Rogers Frau kann sich rein technisch betrachtet hier umgebracht haben. Wenn die Siebenschläfer aus der Täfelung quellen und Agathe fressen – ach, wer weiß.

Es hieß: Agathe hätte sich nicht an die verbotenen Bücher heranmachen sollen, die schmählich lächelnden Gesichter der Mörder, die gleichgültigen Augen der Verhöhnenden nicht sehen sollen. Agathe hätte sich nicht mit den Gleichgesetzten des *gefolterten Geschlechts* gleichsetzen sollen. Psychologen, Männer, nicht wissend, was das Weib wolle, wußten, was Agathe brauchte. Erweckung des Mitspieltriebs. Agathe trank eiskaltes Wasser und spülte sich damit die Bürsten und Kämme der Barbies hinunter. Sie schluckte Heftklammern und Reißnägel. Der Körper war Puppe. Er hielt Folter aus. Agathe präparierte sich gegen Schmerz. Sie kratzte sich. Sie riß sich die Haut auf, bis das Blut sickerte. Die Schrammen auf dem Skalp verkrusteten. Ihr Haar litt darunter. Sie sah aus wie eine Taube in der Mauser.

Sind Agathes Eltern schon tot? fragte ich mal.

Ich kann's mir nicht vorstellen, sagte LM, ihre Erinnerung ist noch so frisch.

Ich hatte mir einen schönen Abend vorgestellt, mit der Lektüre über die zwei Körper eines Königs. Endlich wollte ich erfahren, wie viele Körper denn eine Königin hat. Statt dessen hörte ich mir Entstellungs- und Bestattungsweisen an. Gleichzeitig dachte ich wieder, daß ich gestern meinen Spaß hatte und dehalb geduldig sein kann. LM hat ja nette Augen. Von ihrem Blick fühle ich mich nur angerempelt. Ich bin eine höfliche Person. Ich schenke Tee aus. Nicht einmal ihre Lider schließt sie. Ihre Augen sind dunkel und tiefliegend, wie aus geöffneten Gräbern glotzen sie mich an. Mir ist kalt, und ich hole die Decke und wickle mich in die Decke. Woher nimmt sie diese Offensive? Sie steckt in Agathe. Daß ich nicht lache. Hysterikerin.

Wie sie herschaut, diese Braut.

Was hast du gesagt?

Rede du nur, ich lasse mich nicht stören. Ich denke an die Labsal von heute nachmittag. Der Masseur hat mein Bindegewebe gelobt. Er hat mich durchgeknetet, und dann hat er mich gepeelt. Ich lasse lieber Männer an mich ran. Er knödelte an meinen Wirbeln herum. Bearbeitete das Rückgrat. Ich habe da einen wunden Punkt. Berührt man ihn, könnte ich aufschreien. Der Knabe geht sensibel damit um. Er kennt mich schon. Er weiß, was es heißt, wenn nur die Hülle zählt. Er kennt die Geschichte von Soliman. Stell dir vor, dein Vater ist ausgestopft, sagte er.

Angelo Soliman war ein fleißiger Mann, hochgebildet und angesehen. Er lief in schwarzer Haut herum. Er ging gebückt, vorsichtig jeden Schritt setzend, erlaubte er sich nicht, laut aufzutreten. Vielleicht wußte er, was bevorstand. Er wollte schon zu Lebzeiten untergehen. Für Franz II. war er ein Objekt: Soliman, der hochfürstliche Mohr. Am Hof hat ihn der Schlag getroffen. Noch in der Stunde des Todes wurde ein verkappter Künstler geholt und zu Angelo Soliman geschickt. Franz II. wünschte sich ihn: Er benötigte Soliman für eine Menschengruppe in seinem k.k. Hof-Naturalienkabinett.

Nur die Erde hat das Recht auf Haut und Knochen, sagte die Kirche. Angelo Soliman sei kein Selbstmörder und außerdem ein Getaufter gewesen. Die finale Terrarisierung stehe jeder Gotteskreatur zu. Soliman war ein verwester Kämmerer. Er war ein Mohr und ein musealer Artikel. Er schlurfte den tiefen Graben entlang zum Hof herauf. Vielleicht war er glücklich, aber ein freier Mann war er nicht. Sein Körper gehörte einem Fürsten.

Mein Körper gehört mir. Ich habe ihn heute morgen im Salon kneten und die Haut beleben lassen. Der anmutig, feingliedrige, feingesichtige und feinsinnige Soliman, der aus dem afrikanischen Dschungel kam, sah sich als einer der ersten Bewunderer die Zauberflöte an. Im Jahre 1796 wurde er von einem Abt, dem sogenannten Abbé Eberl, beschickt. Wartete man den Totenschein ab? Die Herzschläge setzten aus. Die Haut wurde in der ersten Stunde nach Eintritt des Todes abgezogen und auf ein Holzgestell gespannt. Gestalt und Gesichtszüge erschienen frisch und echter als echt. Franz II. zahlte gut. Soliman wurde angekleidet und mit einer Federkrone geschmückt. Mir wurde im Schönheitssalon das Haar gefärbt und der Schädel in Alufolie gehüllt.

Der Kaiser persönlich gestaltete im Schweiße seines Angesichts den Schaukasten für die Menschengruppe mit. Er polierte die Tapire und steckte büschelweise Steppengras in den Sandboden. Eberl bürstete das Bisamschwein. Der Kaiser kämmte Soliman. Er war stolz auf das Stück und er fühlte sich gütig. Das ehrwürdigste Grab ist ein gläserner Sarg. Die Eingeweide wurden gesondert bestattet, fast wie bei den Angehörigen der Familie Habsburg. Sie schleppten die ausgestopfte Hülle in die authentisch afrikanisch gedachte Ursprungskulisse. Ich lag am Ufer meines römischen Sees, im Liegestuhl, als ich Roger über Soliman erzählte. Roger war entsetzt. Nur weil er ein Neger war? Zum Neger gehört der Kuß, ein Brot oder ein Knochen, durch die Nasenscheidewand gestoßen. Es ist wie mit dem Wort Weib, da kommt auch immer etwas dazu. Es steht nicht allein für sich. Es kommt meist etwas Pejoratives dazu. Wir haben dann über den Neger gestritten. Der Masseur, der sich als ein Schwarzer sieht, sagt, daß er Neger nicht mit sich verbindet. Roger findet am Wort »Neger« nichts auszusetzen. Er hat es gelernt, zu den Schwarzen Neger zu sagen, und er findet nichts Rassistisches dran. In ein paar Jahren sagt man bestimmt auch nicht mehr »Afro-American«. Der Masseur sagt, »Neger« dränge ihn bloß in eine ungute Befindlichkeit. Die vereinnahmte Hülle ist für ihn ein Skandal. Für mich ist es schon ein Skandal, daß sie vereinnehmbar ist. Kaiser Franz II. hatte mit der Zeit eine vierköpfige Negertruppe beieinander.

Ich stellte mir Josepha Soliman vor. In Maschas Alter muß sie gewesen sein, als sie zum ersten Mal einen Affen in

Schönbrunn sah. An der Hand ihres Vaters lief sie vergnügt über den Kies auf den Käfig zu. Und nun stand sie vor dem Schaukasten und sah ihren Vater als Exemplar einer Rasse, gefiedert und ausgestellt. Sie verließ Wien. Ihr Sohn verleugnete seine Abstammung.

Der Abbé Eberl überreichte Josepha das Schreiben der Regierung. Ganz absichtslos sei Angelo Soliman hier ausgestellt. Im k.k. Naturalienkabinett geschehe keine Pietätlosigkeit, die eine Ehrenbeleidigung für die Nachkommen sei. Angelo Soliman sei in natürlicher, ihm angestammter Umgebung ausgestellt. Mehr könne nicht verlangt werden. Kostbare Tiere stünden um ihn herum. Abbé Eberl musterte das feingliedrige Gesicht des Töchterleins Solimans. Sie konnte sich ihrer Haut nicht sicher sein.

Ich hatte keinen Vater. Ich stellte ihn mir auch als Objekt vor, rumlungernd, in einer Bar als Ursprungskulisse. Ich hatte die Siebenschläfer, die unruhigen Geister, stets auf Jagd nach dem Bösen, sie hatten ihn angeknabbert, denn die Hülle war aus Cellophan.

Ich stieg in die mit Moor gefüllte Wanne, und in den Fliesen spiegelte sich der silberne Turban. Ich nahm zwei Löffel Zucker zum Mokka. Freilich, sagte ich mir, den Löffel in die Tasse steckend und umrührend, darf man nicht zuviel vermischen. Denn ich darf nicht vergessen, selbst wenn ich in Josepha steckte und LM in Agathe, bin und bleibe ich ein Mensch mit Gefühl. Und Gefühl ist Erfahrung, laut Rilke.

Feuer und Wasser. Das sind Elemente. Soliman verbrannte. Ich ging schön hergerichtet nach Hause. Die Haustür stand offen.

Wie bestattet man jemanden, der nur gewesen ist und von dem es aber nichts Verwesendes mehr gibt? Denkmal, Mahnmal, Schandmal. Ich höre Scheiterhaufen knistern, und so weiter, und so weiter. Es ist das Feuer im Kamin. Ich will nicht in die Zukunft schauen. Manche Menschen verdienen Beton. Kaiser Franz verdiente eine Strafe am eigenen Leib. Ich nahm sein Rückgrat erst mit nach Hause und später mit nach Rom.

LM hat es besser. Sie kann sich abfinden. Sie hat sich eine Sprachhaut zugelegt. Sie formuliert in ihren Figuren. Ich könnte das nicht aushalten, würde mich verlieren. Ich brauche echtes Material.

Durch meine Stiefmutterschaft hat mein Interesse an ihrer Arbeit abgenommen, wie auch ihr Interesse an mir. Ich bin es müde und erschöpft, mir sagen zu lassen, daß alles stirbt. Ich schreibe ja selbst ein wenig. Ich zerfleische mich nicht, sondern schreibe zur Erbauung und Erhaltung meiner Lebensbejahung. Vielleicht werde ich durch ein Werk den Geldsegen eines mittleren Angestellten ausgeschüttet bekommen und kann dann meinen Dienst in der Kapuzinergruft quittieren.

LM sitzt wie gelähmt vor ihrem Agathe-Manuskript, dreihundert Seiten dick mit einer Million Zeichen gefüllt, sitzt und bekommt Zitteranfälle, weil sie diese Zeichen zwar lesen, aber nicht aussprechen kann, da es sich eigentlich um Töne handelt, Schattierungen und Nuancen, die nicht meinem Geschmack entsprechen, sondern dem LMs, die malt mit der Sprache, ich aber eher das Skizzierte, Gezeichnete lieber habe, weil es mir auf den Punkt gebracht scheint. Sie malt und übermalt, bis es ihr paßt. Jetzt hat sie sogar sich selbst übermalt. Ich setzte an ihrer Stelle den spitzen Bleistift an. Schlank und direkt soll sie sagen, was los ist.

Ich verachte Menschenschänder. Schänden sie Namen, schänden sie Menschen.

Ich bin gern eine Hauptfigur, diene gern als Quell generell, aber ich wäre gern umarmt von LM und nicht bloß begleitet von der Wiege bis zur Bahre. Es ist schon nicht leicht zu verkraften, daß ihre Größenphantasie eigentlich ich bin. Ich leide üblicherweise an Selbstzweifeln. Deshalb mein Perfektionismus. Meine Distanz. Meine Teamunfähigkeit. Meine Arbeit in der Gruft, wo ich an alten Hüllen rumbastle. Meine Wörter sind ja alle verfehlt, Geräusche sind ja wenigstens in der Lage, eine Sozialkulisse zu erschaffen. Meine Verfehlung liegt darin, daß ich nicht falsch verstehe, aber nichts sage, wirft mir LM vor. Mir fehle die innere Stimme. Die Empathie.

Ich hasse den Zensor Event, den die österreichische Kulturpolitik für die Biedermeierzeit zu Beginn des 21. Jahrhunderts eingesetzt hat.

Höre, sagt LM, und sie sagt: Ich stecke in Agathe!

Mit ein wenig Geschick könnte ich sie als meinen Ghostwriter bezeichnen. Dieser Vorwurf würde sie für immer vertreiben. Ich weiß eines genau: Verlieren will ich sie nicht. Ich brauche sie zur Erhöhung, und sie braucht mich zur Erdung. Sie ist mit mir immer durch dick und dünn gegangen. Ich darf behaupten, daß ein Großteil ihres Werkes durch mich zustande gekommen ist. Mein Vorteil ist die Fähigkeit Plots zu schmieden, rote Fäden zu spinnen: Rückgrate zu verlegen, durch die labyrinthischen und teils aussichtslosen Gedankengänge. Ich darf behaupten, daß ich zumindest die Gabe besitze, ihr Chaos zu einem Labyrinth umzuordnen. Keinen Text hat sie veröffentlicht, der nicht durch meine Kontrolle freigegeben worden wäre. Ich bin also auch für sie nützlich. Wie ein Richter der Gerichtsmedizin über die Freigabe eines Leichnams entscheidet, urteilte ich über die Freigabe ihrer Texte. Besteht Verdacht auf Fremdeinwirkung? Ist der Text zersetzend oder schon zersetzt, oder liegt es an mir, ihn zusammenzusetzen oder zu zersetzen? LM begleitet ihre Figuren. Sie ist eine treue Seele. Doch sie empfindet sie als abgelebt und gestorben, wenn ich mit ihren Figuren nichts anfangen kann. Es fließt nicht, brauche ich nur zu sagen, und sie weiß, was ich meine. Kein Kreislauf, kein Leben, nur Styx.

Ich habe ein feines Gehör, und sie soll ihre inneren Stimmen haben. Soll sie doch stereo reden.

Ich schweige täglich bei der Arbeit. Auch in der Wohnung schweige ich viel. Maschas Deutsch ist nicht gut. Ich selbst studiere meinen Ausdruck, um perfekt zu sein, um Mascha verbessern zu können. Wenn ich englisch spreche, glaubt Mascha, ich habe ihre Mutter gefressen. Mein Englisch war und wird stets verbesserungswürdig bleiben, mit Mascha kann ich nicht englisch sprechen, ich kann ihr nicht die Muttersprache verderben.

Die Provinz, in der ich aufwuchs, hatte sprachlich viel zu bieten, und doch war diese Provinz ein Ausbund von Sprachrassismus. Ich bewegte mich in einem Sprachendreieck: Slowenisch, Deutsch und Dialekt. Innerhalb dieser Grenzen gab es kein Wort für mich. Ich war ein- wie ausgeschlossen. Weder mein Name noch meine Sprache legten meine Identität fest. Ich sprach eine Niemandssprache, urlautige Sprachgebärdung. Jenseits der Grenzen fing die Sprachwelt an. Ich ging fort, um eine Sprache zu entwickeln. Ich sage daher in meiner ichigen Sprache: Ich bin Agathe.

LM fragt: Was sagen Agathes Leute, wenn sie mit einem Präparator nach Hause kommt?

Der Rotwein ist schwer, lähmt die Zungen. Aber hier unterliege ich schon einem Irrtum. Agathes Leute trinken keinen Rotwein. Sie saufen Bier und Schnaps. Man lallt nicht. Man ist trinkfest.

Die beste Frau ist eine tote Frau, sagt der Mann der Mutter und gratuliert Roger zum Tod der ersten Gattin. Agathe starrt den Mann der Mutter ungläubig an. Wie kann er diesen Unsinn sagen? Wie kann er so verletzend sein?

Roger lachte begreiflicherweise nicht, denn er ist ein Gentleman. Der Mann der Mutter ist ein Geschlechtsrassist, und noch dazu ein depressiver Sprachknecht. Er trägt unter Schnapseinfluß Witze und Gedichte vor. Freunde hören ihm zu, Männer, die seine Freunde sind, weil sie mit versagen, sogar am Versagen versagen. Schnapsflaschen klirren, Gläser werden zertrümmert, niemand hört zu, alle grölen, auch dieser Vater, der Mann der Mutter.

Der vortragende Mann hatte kleine Zähne und einen Schnauzer. Er brüllte und grölte. Die Stimme ging links und rechts durchs Ohr direkt ins Hirn. Die Männer grölten ihm zu. Sie hoben die Gläser und stießen sie über den Köpfen der Frauen zusammen. Die Gläser warfen sie auf den Boden, und die Frauen zuckten mit den Wimpern.

Noch immer liest dieser überflüssige Dichter seine überflüssigen Worte aus dem Reigen seiner Agathe. Die Frauen finden es toll, daß der Mann schreibt, obwohl er ihnen Lebens- und damit Entfaltungsraum abspricht.

Die Kellnerin kreischt in das begleitende Grölen der Männer und spricht dem Typen, der sie gerade betatscht, ein Lokalverbot aus. Der Dichter mit den kleinen Zähnen brüllt: Musik! Wo ist jetzt die Musik, verdammt, und irgendwo zupft ein halbwüchsiger Knabe das Cello. Ein halbwüchsiges Mädchen steht herum. Es ist die Tochter des Dichters, die Anhimmlerin des Cellisten. Die Kellnerin findet es nicht gut, daß sich hier ein so junges Ding befindet. Sie steht mit niedergeschlagenen Lidern bei den Instrumenten.

Die Frauen werfen sich Blicke zu und verbinden sich, sie werden den Abend ausharren und ein wenig mitsaufen, das Gegröle ertragen. Der Dichter mit den kleinen Zähnen liest einen Reigen über seine Tochter Agathe. Er verwechselt Avantgarde mit Gegröle, Progressivität mit schlechtem

Benehmen, Tiefe mit sexistischer Reduktion. Kurz, er denunziert seine halbwüchsige Tochter, und niemals wird sie jemand aus der Altersgruppe der Musiker noch einmal treffen wollen. Dabei ist der Reigen des Vaters nicht zu verstehen, denn er ist so schlecht geschrieben, daß ihn niemand verstehen kann. Doch das ist jetzt uninteressant, denn jetzt wird gegrölt, und der Schnaps kreist in den Köpfen. Die Frauen sind auch schlecht, denn sie reigen mit, und sie lassen es zu, daß dieser Mann so spricht. Sie denken sich: Er hat recht! Die Schuld am männlichen Frust liegt beim weiblichen Geschlecht.

Eine von diesen Frauen wird zu Hause geschlagen. Ihr Mann ist ein Maler. Er ist so genial, daß sie ihm die Schläge verzeiht. Die anderen Frauen übersehen das blaue Auge. Sie haben gelernt, den Ausdruck der Gewalt beeindruckend zu finden. Sie solidarisieren sich nicht dagegen. Sie wenden sich den künstlernden Tätern zu, trösten die Schläger und Gröler, legen die Arme um die hängenden Schultern der Versager und ermuntern sie zu weiterem Ausdruck. Die Körper bäumen sich auf, Schnaps rinnt aus Nase und Mund.

Der überflüssige Dichter mit den kleinen Zähnen bietet heute zur Feier des Tages seine leibhaftige Agathe an. Er liest so deutlich, wie er noch kann. Sprachlich stellt er ein Faß auf. Die Mutter sitzt an der Theke und raucht leise eine Zigarette vor sich hin. Der Dichter unterdessen sagt, diese Tochter ist eine Hure, denn jede Frau ist eine Hure, und meine Tochter ist eine Frau und ergo. Das allgemeine Gegröle bestätigt ihn. Schnapsfluß. Frauen, die diesen Dreck schon hundertmal gehört haben, verlassen langsam und unauffällig das Lokal. Die Geschlagenen bleiben sitzen, erholen sich während des Auftritts des Mannes, solange er sein Image pflegt, schlägt er nicht. Seid ihr bereit zur Konfrontation? ruft der Dichter. Die Besoffenen, denen der Schnaps im Mund wieder zurück in den Magen fließt, applaudieren und glucksern brüllend: Gib's ihr, hicks!

Währenddessen sitzt die Mutter an der Theke und raucht fertig und verlangt die Rechnung für ihren Wein. Ihr reicht es nun doch. Komm, Agathe. Sie soll auf dem Schnapsfaß tanzen. Wild klopft ein Takt. Das Mädchen spuckt aus. Die grölende Schar brüllt: Augen auf! Augen auf! Schnaps wird nachgeschenkt. Das Mädchen hätte einen Thron verdient, doch sie stammt aus einer Faschingsstadt. Sie läuft durch das Lokal, weicht den grapschenden Worten aus. Die Mörder grölen ihr nach: Auf dich warten wir noch! Die Mutter steht an der Tür und hat einen Fuß hineingestellt und winkt und treibt das Mädchen an. Vor lauter »schnell, schnell« stolpert die Tochter über die Stufen hinauf, denn wir befinden uns in einem Kellerlokal. Oben fällt sie über die Schwelle ins Freie, wo der Winter tobt und eine eisige Kälte, und das Kind ist fast nackt, kein Wunder, daß die Mutter zwischen Tränen und Wut hin- und hergerissen ist, denn sie muß sich den Mantel herunterreißen, der kleinen Agathe umhängen und sich dabei selbst nicht nur bis auf die Knochen für den unseligen Mann mit den kleinen Zähnen genieren, sondern auch noch frieren.

Im Lokal lungert der Dichter mit den kleinen Zähnen weiter und säuft Schnaps. Er jammert vor sich hin und wird von allen ausgelacht, weil er die falsche Frau und die falsche Tochter hat, bei seiner Berufung. Da seht ihr, wie sie mich reingelegt haben, sagt er nach der Schrift. Plötzlich kapiert er was. Erstaunlich, er hat genug. Nun muß er fort und alles hinterlassen. Agathe nahm Abschied, und er ließ das Werkzeug fallen auf Jahre.

Wir sind im Mutterhaus. Für die Mutter war Roger zu alt. Sie sagte: Ein toter Mann ist der bessere Mann, dann mußt du nicht mit den besten Jahren für sein Sterben bezahlen. Agathe staunte. Mütterliche Offenheit.

Die Hochzeit fand im Winter statt. Der See war zugefroren. Ein *gefühlvoller Männerchor* brach ein und versank. Ich nahm dies als gutes Omen.

Als wir aus der Sandgrube kamen und Mascha die Parasole vor sich hertrug, sagte ich, daß sich meine Mutter freue, Mascha um sich zu haben. Als die Parasole fertig waren, setzten wir uns zu Tisch, und die Mutter war nicht da. Man gewöhnt sich an nichts. Man gewöhnt sich nur an Methoden, etwa miteinander nicht umzugehen und sich nicht sehen zu lassen und dennoch zu quälen. Sie mochte meinen Bräutigam nicht. Ich mag die Gruft nicht. Ich gewöhne mich nicht an das Zinn und die Gruft. Ich bin routiniert. Styx halt. Ich restauriere die Schiffe. Tja, ich schaute Mascha an und entschuldigte mich für meine böse Mutter. Und plötzlich sagte Mascha: Die beste Mutter ist meine tote Mutter. Ich sagte plötzlich: Für meine Mutter ist die beste Tochter ein Sohn. Das verstand niemand.

Roger quetschte eine Zitrone, verfolgte mit dem Blick den rausrinnenden Saft. Komm, Vater, stirb, sagte Mascha, und ich sagte es plötzlich auch: Kommt, sterbt alle, alle Menschen sind am besten, wenn sie tot sind. Was soll man darauf antworten? So redet man nicht. Nicht gegenüber einem Kind. Und ein Mädchen stößt sich deshalb ab.

Sie dachte, ich hätte die Mutter gefressen. Sie dachte, ich könnte mich nachts in meine Elemente auflösen und sie umfließen, mich zu einem großen Maul formieren und sie verschlucken. Mascha begann mich zu schlagen, zu kratzen. Ich verbot mir Sätze wie: Ich kann dir doch nicht die Hände abhacken.

Sie war besessen von der Idee, Agathe hätte ihre Mutter

gefressen. Dieses reizende Kind mit seinen Zöpfchen und Sommersprossen hatte hinter seinen hellen Augen so schwarze Gedanken. Was hatte sie mißverstanden?

Ich habe deine Mutter nicht gefressen. Kabale, nicht Kannibale.

Mascha hatte keine Probleme mit dem Umzug. Als würde sie die Wohnung schon immer kennen, fand sie sich zurecht. Überall hörte oder sah oder vermutete sie ihre Mutter.

Ich wäre nicht bei Roger geblieben, wäre die Alte nicht ausgeschieden. Hätte Roger nicht diese Wohnung gefunden, ich wäre vielleicht auch nicht sofort zu ihm gezogen. Der Zufall würfelt.

Ich ließ die Vorhänge entfernen, damit sich dahinter niemand verstecken konnte. Die Wohnung wurde total renoviert. Der Schrankraum eingebaut und so weiter und so weiter. Fürchtete ich Geister? Ich fürchtete Stieflichkeit der Frauen untereinander. Ich gehe immer vom Schlimmsten aus.

Mascha schlich nachts heran. Stellte sich vor mein Bett und starrte intensiv in mein Gesicht. Ich schlug die Augen auf. Ich konnte nichts sehen, aber ich hörte kleine Füße trippeln und sah nur mehr einen weißen Schimmer dem Zimmer entschlüpfen.

Mit der Zeit wurde Mascha zutraulich. Sie berührte mich sogar. Sie schmiegte sich an mich und begann mich zu kraulen, zuerst hinter den Ohren, dann am Rücken und ganz lang und vorsichtig im Nacken. Nie legte sie sich zu mir ins Körbchen. Natürlich bin ich kein Hund. Mascha zeigte auf die Wölfin, deren Zitzen sich Romulus und Remus in den Mund steckten. Der Brustwolf hat meine Mutter gefressen. Soll ich Virginia Woolf oder Liz Taylor einbauen und das Universum von einem Sohn? Was erzähle ich.

Ich bin nicht bloß tangiert. Ich wurde als Menschenfresser gesehen und stecke in einer Zwangsjacke aus weiblichem Stiefleder.

Die Vorstellung, daß mich ein Mann gezeugt hat, ist genaugenommen schon eine sexuelle Belästigung.

Die Penetration einer Zelle, diese Störung einer in sich ruhenden Welt, wie sich die sogenannte Eizelle als planetarische Einheit von Mensch und Menschheit unter dem Mikroskop darstellt, ruhend in ihrem Wachstumspotential, thronend, gütig und weise, derart zu sekkieren, zeigt bereits die eingefleischte Störungs- und Angriffssucht der gesamten männlichen, daherschwänzelnden Gelsenhaftigkeit.

Altern ist eine Form weiblichen Widerstands. Leider erst ab vierzig beginnt die Entpuppung. Vorher sind die meisten Frauen nichts anderes, als mehr oder weniger mitdenkende Fleischmaschinen, in denen Fleisch eben wachsen kann, sagte LM. Erst ohne Ei ist die Frau als geschlüpft zu betrachten. Und das sagt ausgerechnet jemand, der in eine Frauenrolle geschlüpft ist.

Wieso denkt LM an Männer, wenn sie mit mir zusammen ist?

Plötzlich gab es einen Rumms, und wir schreckten zusammen.

Eine Lawine war abgegangen.

Ich sagte, daß nur eine Lawine abgegangen sei.

Sie schüttelte ihr rotgefärbtes Haar. Ihr Profil war kantig. Die Haut halt porig, wegen der neunzehnhundertneunundneunzig Zigaretten, die sie mit Agathe geraucht hatte. Der Hinterkopf war tatsächlich außerordentlich kugelrund, um nicht zu sagen: ausgebeult. Und die Falten im Gesicht waren viel zu geglättet für ihr Alter. Sie begann die Haare aus der Stirn zu streichen, spürte am Haaransatz Risse. Ich untersuchte. Ich wußte auch nicht, was ich jetzt glauben sollte. Sie schüttelte mich ab. Ich zog die Hände zurück, sie sagte, sie brauche mehr Platz.

Ich suchte Zerstreuung. LM suchte Sammlung. Ich flüchtete die Wohnung. LM suchte die Wohnung. Natürlich war nachmittags niemand zu Hause gewesen. Ich hatte mir ja etwas Gutes getan. Leistete mir Massage und Öle, verbrachte Stunden in Schlacken und ließ meinen Körper peelen. Ich hatte mir einen einsamen, doch angenehmen Abend vorgestellt, mit einem Buch über die Körper eines Königs. Eigentlich wollte ich erfahren, wie viele Körper eine Königin haben kann. Statt dessen kam meine geschätzte LM. Ich kann sie nicht vor die Türe setzen. Auch wenn sie mir sagt, Agathe sei tot, sie habe sich umgebracht, aber ihre Hülle existiere: Ich lebe in ihr. Meinetwegen. Ich hatte gestern meinen Spaß, ich hatte heute meinen Spaß. Sie neidet mir Spaß. Ich befasse mich mit der Kanne, schaue nach, wieviel Tee noch drin ist.

Der selchige Geruch könnte aus der Raucherlunge stammen. Ein hüstelnder Alter las vor mir. Seine nach vorne gebürsteten Haare strich er mit der linken Hand glatt. Eine aufgebracht wirkende Frau lief dem Mann von der Leihstelle hinterher. Als wollte sie ein Taxi rufen, hob sie die Hand. Da wir im Lesesaal der Nationalbibliothek sind, hält sie den Mund. Über ihr steht eine Frau auf der Galerie. Sie beobachtet alles, außer sich. Wieso darf gerade sie dort oben sitzen und schreiben? Ich benötige diesen Platz. Der Mann von der Leihstelle stupst die Schildkappe an und sie rutscht ihm aus dem Gesicht. Die aufgebrachte Frau streckte ihm eine damals noch übliche Hundert-Schilling-Note entgegen. Sie sprach und brach das Gesetz des Schweigens. Seit wann muß ich nachlaufen?

Auf Seite sechs des Buches ist eine junge Frau mit Madonnengesicht abgebildet. Ein Stich. Barock. Mit nacktem Oberkörper sitzt sie da. Die femme lactante. An ihrer Brust hängt ein Mann. Hager und vom Tod gezeichnet. Die

Mundmuskulatur funktioniert noch, er saugt. Lange dürre Finger krallen sich an die junge Fruchtbarkeit. Schritte auf der Wendeltreppe. Die Frau ist mit auffallend lieblichen Zügen gezeichnet. Weiche Schultern, volle Wangen, hohe Augenbrauen, eine glatte, sorgenfreie Stirn. Der Alte saugt und schaut und steigert seine Klapprigkeit durch den sehnsuchtsvollen Blick in das sorglose Gesicht dieser Schönheit. Sein Blick ist nicht frei von Hintergedanken. Er lauert, bis sie ihm dahinterkommt. Die schöne Madonna ist selbstversunken und stillt ihn dahin. Seine krallenden Klauen, sein Mund, sein hinterfotziger Blick. Plötzlich höre ich den Schall einer Ohrfeige, den Klatsch und den Nachklatsch. Die aufgebrachte Frau und der Mann von der Leihstelle. Der alte Mann hüstelt. Er legt die Lupe weg und setzt sich seine Brille auf. Grinst zu mir. Ich beuge mich vor, senke mein Haupt. Die Tochter ernährt ihren gefangenen Vater. Sobald ich über Frauen schreibe, kommt ein Mann ins Spiel. Diese Obszönität eines Männerblicks ist zum Verschleiern. Nicht hier, raunte der Mann von der Leihstelle und die Aufgebrachte sagte: Was glaubst du, wer du bist?

Ich hatte Lust zu reden, nicht allein zu denken, ich ging schon im Viereck meines Arbeitszimmers im Kreis und sah aus dem Fenster mit wütendem Blick, weil mir zwar der deutsche Titel im Gedächtnis geblieben war, nicht aber der Künstler dieses m**o**dernden, aber stets mod***er***nen Männerblicks. Ich öffnete die Schränke. Welchen Mantel sollte ich tragen? Bei dieser Nässe. Ich war eingepackt, doch gegen Kälte und Schnee nicht gerüstet.

Ich nahm die Mäntel heraus und hängte sie zurück in den Kasten. Der Seidenmantel war dicht gewebt, doch nichts für dieses Wetter. Auch der Brokatmantel und der Stoffmantel waren ungeeignet, zu saugfähig. Der gewalkte Mantel vielleicht? dachte ich und schlüpfte hinein. Lang und dünn sah ich aus, wasserabstoßend und warm, tierfreundlich und ungeschoren. Auch kein Kind muß sich in einer Gerberei zu Tode arbeiten für meine Hülle, da dieses Wollgewebe in Mitteleuropa auf Schafen gewachsen und maschinell verarbeitet worden ist. Wie human und genial die Idee, aus dem Haar eines Tieres einen Faden zu spinnen, ihn zu verweben und zu verstricken. Wie genial die Idee, mit zwei Nadeln ein dehnbares Maschengeschlaufe zu schaffen. Wer war dieses Genie? Ich bin geneigt zu sagen: eine Frau. Im Gegensatz zu den sonst genial bestialischen Erfindungen des Mannes. Meinetwegen soll eine Neandertalerin oder eine Steinzeitfrau oder eine Eiszeitliche, wenn nicht eine Bronzene, die Erfinderin der Wollzeit, der Filz- und Walkzeit sein, bevor die Schneider mit ihren Scheren und Waffen Mode gemacht haben. Frauen und Kinder im Fluch der Geschichte, eingewickelt in Männerstoff, Waffenröcke für den Untergang.

Ich trage gerne Wollmäntel zu Ehren der erfinderischen Wollzeitfrauen. Pelz und Leder legt mir Roger wie Trophäen um. Beweise für seine erlegerische Fähigkeit. Die Beute, für die sich seine Pirschgänge zu den Schaufenstern und Kaufhäusern am Graben lohnen. Er war sehr enttäuscht, als ich ablehnte. Ich hingegen war auf mich sehr stolz. Denn freilich war der Chinchilla hübsch. Ich drehte mich vor dem Spiegel hin und her. Fast nahm ich ihn an. Das weiche Haar, der ordentliche Strich, die gute Figur, die mir das abgezogene Fell machte. Ich war nicht bloß in Versuchung geführt, ich war auch gerührt. Aber ich erinnerte mich des ausgestopften Nagetiers, das in der Rumpelecke des biologischen Kabinettes abgestellt war. Verstaubt, possierlich, mit rauchfarbenen Glasaugen. Meine Augen waren glänzend vor Rührung, und trotzdem sahen sie mich bereits eine rote Karotte in den sich pfotig anfühlenden Händen halten.

Roger würde nie Ledermäntel oder Pelze tragen. Er ist ja

kein Schamane. Er unterstellt sich nicht den Kräften des Tieres, bemächtigt sich ihrer, steht über ihnen auf einem Hochsitz. Dabei mag er keine Jägerei, Safaris oder die sogenannten letzten Abenteuer, die sich ein Mann noch ungeschoren leisten kann. Trotzdem bleibt er vor den Auslagen von Büchsenmachern stehen und schaut sich Buschmesser und Waffen in den Auslagen der Jägerzubehörgeschäfte an. Seine Jagdlust befriedigt er mit dem Kauf eines Pelzmantels, seine Unterwerfungslust, indem er mir den Pelzmantel schenkt, seinen Blutrausch, indem er mir unzählige Tierchen umhängt, und seine Triumphlust, indem er mich in seinem Mantel ausführt und die Aufmerksamkeit anderer Weibchen anlockt.

Langsam ließ ich den Mantel über meine Schultern und den Rücken auf den Boden gleiten. Trat aus seinen die Knöchel umschmeichelnden Wellen und packte ihn am Kragen, zog ihn über die Bretter und warf Roger den Köder vor die Füße. Er war zu Tode beleidigt. Natürlich folgte meiner Zurückweisung eine Krise. Daher die Absage zum gemeinsamen Skilauf.

Du gönnst mir wohl gar nichts, sagte Roger.

Ich muß zugeben, er hat nicht Unrecht, das Beste, was die Natur gegen die Kälte zu bieten hat, ist und bleibt ein feinhaariger Nerz. Aber den kann er sich nicht leisten.

Stricknadel oder Pfeil.

Roger ist kein Unmensch. Aber gerade der Unmensch kennzeichnet den Menschen. Roger ist kein Jäger. Er arbeitet im naturhistorischen Museum an bereits Erlegtem. Die Haut des Elefanten, der im selben Jahr wie Angelo Soliman ausgestopft worden war, muß wöchentlich einbalsamiert werden. Wäre Soliman noch existent, würde er mit den gleichen Lasuren einbalsamiert werden, nur öfter, denn Menschenhaut ist grundsätzlich dünn und benötigt mehr Pflege.

Ich habe mir Rogers Rezept heimlich besorgt und bin in

die k.u.k. Hofapotheke gegangen und man hat mir dort die Creme gemixt. Nächstes Mal will ich mir die Apothekerin genauer anschauen.

Die Tochter ernährt den gefangenen Vater. Welchen Vater? Wieso ist er gefangen? Wieso muß sie ihn stillen? Pornographie? Verzweiflung? Selbstüberwindung? Selbstüberschreitung? Überblendung der Tochter mit der Mutter? Der faltige Mund, der glatte Schädel, die eingefallenen Augen. Der Tod und das Mädchen? Oder nur der Stich einer Gesetzesübertretung, denn: Hier wurde die Milch nicht vom Fleische getrennt. Die hindressierte Tochter, die fürsorgende Madonna, sie bittet nicht nur in der Stunde des Todes um Gnade, sie bietet sich zur Hungerstillung an.

Die Wirbel steigen aus dem Genick. Der Schädel ist rund, glatzig, Säuglingshinterkopf. Die Finger sind lang, weiß, knochig, wie von Hans Baldung Griens Toden abgenommen und dem Alten aufgeschraubt.

Marien von Grien sind satt und schön, Harmonie mimende Sanftmütter, die sich in aggressiver Gleichgültigkeit totstellen. Die Wohlgesonnenheit der Tochter für ihren gefangenen Vater empört mich. Während sich die schönen, nackten Grazien von Grien gegen den Tod, diesen männlichen Verweser, aufbäumen und widersetzen, läßt sich hier auf dem Bild von Jean Pesne eine junge Frau aussaugen. Ihr Körper ist sein Gefäß, ihr Leben sein Getränk.

Der Tod auf den Grienschen Bildern überfällt und raubt sich die jungen Mädels. Sie geben sich nicht hin. Er muß sie niederzerren. Er reißt sie an den Haaren, zieht die Gesichter heran, küßt die widerspenstigen Schönheiten, zwingt sie, in die Grube zu steigen. Es sind großartige Bilder. Man könnte auch »kunstgeschichtliche Snuffs« dazu sagen. Der Tod tritt als Strafe für Eitelkeit auf. Diese typische Herrenmoral. Nur Maria bleibt ungestraft.

Als Nährerin des Kindes schaut sie den Betrachter an, während das Kind an der Zitze, die zwischen seinen Lippen herauszuschnalzen droht, einen bösen Blick auf den Beobachter wirft. Jean Fouquet setzte seiner Madonna das Gesicht einer Mätresse auf.

El Greco malte nur eine Lactans. Die Lactans-Darstellung war verpönt.

Philip II. hat eine Kleiderordnung erlassen, wonach er sich als Purist für Prada verwenden ließe.

Ana Sorel betrachtet ihr satt getrunkenes Knäblein. Der Körper des Kindes ist zu alt, die Kinderhaut zu schlaff texturiert. Ich sehe keinen pädophilen Hintergedanken. Aber wer weiß. Ich bin nur ein weiblicher Betrachter. Die heilige Integrationsministerin der katholischen Kirche, die Königin des Alls, wird, wenn überhaupt, von Gott geknallt. Himmelsregentin, mit Brüsten wie zwei Zicklein, ein blöder Vergleich, aber biblisch. Wie soll man sich Gott vorstellen mit seiner Maria? Er durchdringt sie. Mit tausenden Pimmeln dringt er durch jede Pore in ihre Haut. Und weil seine Pimmel so lang sind und ganz dünn, durchstechen sie nicht nur alles Materielle, sondern auch Ideelle. Nur bei Maria hält er sich zurück, dieser phallische Gott, und macht sie zum Gefäß für seine Macht, damit sie ihm einen Sohn materialisiert, den er opfert. Chronos, der Kinderfresser, fällt mir ein.

Entschuldigung, sagte der alte Hüstler zu mir. Die Lupe in der zittrigen Hand. Er wollte nur sein Buch zurück. Er kann ja nichts dafür. Mann am Busen seiner Tochter. In welcher Gefangenschaft steckt *er* denn? Die Gefangenschaft zeigt sich nicht, es gibt kein Gitter, außer dem Alter. Die Duldsamkeit der jungen Frau ist bitter. Der Alte stirbt vielleicht an ihrer Brust. Die Tochter packt sich dann und geht zum Kind, das er ihr gemacht hat. Die Erbsünde meint den Inzest.

Die Kulturgeschichte legt Zeugnisse vom ritualisierten Reinigungsprogramm vor. Die Männer putzen sich an den

Frauen ab. Eva ist die Schuldige. Man muß diesen Männerblick als den Schuldzuschieber benennen. Der Monotheismus ist frauenfeindlich.

Ich müßte nur die Hand ausstrecken und hinfassen. Wieso muß ich mich überwinden? Was ist schon dabei, den gefangenen Vater zu vernichten? Ich sah aus dem Fenster, hüstelte und riß die Seite aus dem Kunstbuch. Der selchige Alte starrte ziemlich entgeistert. Er zeigte mich beim Mann von der Leihstelle an. Ich stand verloren herum. Sollte ich jemanden anrufen? dachte ich und wählte LMs Nummer. Der Anschluß war besetzt.

Roger mußte mich auslösen. Den Kunstband, den Nachdruck des Pesne Archivs in Rouen, ersetzen. Er hat wahnsinnig geschimpft. Diebstahl, na und? Das Bild war zerknüllt. Lag zum Verheizen auf dem Stapel Papier neben dem Kamin. Roger war auch so ein Schauer. Die Tochter ernährt ihren gefangenen Vater.

Roger sagte, ist doch nicht schlimm. Ist doch appetitlich, so eine junge Frau. Sei nicht so prüde, so verstaubt, so körperfeindlich, so antifeminin, so eine paranoide Zickige.

Entschuldigung! Ich hüstelte. Der Kamin roch selchig. Die Nässe dringt in den Schornstein und klettert herab. Der Wind stößt den selchigen Atem herein. Mir entglitt meine Hand. Das monalisische Lächeln und das menschliche Würdeempfinden ballten sich, die Augen leuchteten, ich sah mich schimmern im Zinnkrug. Wer hatte ihn poliert? Im Zinnkrug steckten die Streichhölzer. Ich sah sie herausragen. Ich knallte Roger eine links und eine rechts. Dann habe ich das Feuer entfacht.

Wer ist Agathe?
Das weißt du.
Wo ist Agathe?
Das weißt du.

Wann habt ihr je über sie gesprochen?

Entschuldige, sagte LM. Sie stand in der Tür. Weißt du nicht, daß sie Roger das Ja-Wort gegeben hat?

Hat er dir nicht erzählt, daß sie hier gelebt hat?

Ich drehte mich blitzschnell um.

Hat er dir nie von seinen Verhältnissen erzählt?

Ich ließ mich in den Fauteuil neben dem Kamin fallen. Ich hatte noch immer das Bild im Kopf. LM sprach flüssig und deutlich. Sie bat mich, die Initiative zu ergreifen, mich zu versuchen als Erfinderin am eigenen Werk.

Ich weiß, daß er dir gegenüber nichts erwähnt von unseren Treffen. Dir dürfte nur bekannt sein, daß er mich nicht erträgt, aber weiß du, daß er mich gerade deshalb sucht? Mich täglich mehrmals anruft?

Wie eine Puppe stand LM da und redete mit sonorer Stimme. Emanzipiere sie, sagte sie. Schlüpf in sie. Sei sie.

Wer? fragte ich. Diese Tochter?

LM konnte nicht mehr weitersprechen. Sie drehte sich um und ging hinaus.

Ich hörte sie rotzen und Schleim spucken.

Ich angelte mir den Zinnkrug. Wer hatte die Zündhölzer da hineingesteckt?

Ich riß ein Zündholz an, und die Flamme zischte. Ich verbrannte das liebliche Madonnengesicht. Maria zwingt mit ihrer Duldsamkeit eine Frau zum Kirchenaustritt. Welche Befreiungswunder sie dann erlebt! Das Gewaltmonopol der Männer und den phallischen Monotheismus muß sie nicht erdulden in meiner Welt. Kein Mann würde die phallische Konzentration der Religion abstreiten. In den tiefsten Schichten des Stammhirns ist es längst festgelegt, daß es so ist, wie es ist. Ich schwieg. Sollte LM gehen und mich in Ruhe lassen. Ich schwitzte. Ich fühlte den Schweiß aus den Nasenflügeln herausperlen. Ich warf das brennende Bild ins Feuer.

Solange die Muttergottes den geschändeten Frauen nicht hilft, kann sie mich gern haben.

Ich stelle den Zinnkrug zurück auf den Sims. Der selchige Atem aus dem Kamin haucht auf. Ich höre ein Klimpern. Was ist da im Krug? Ich schaue hinein. Ich werde fast verrückt. Da sind noch Knochensplitter. Ich laufe aus dem Zimmer. Rase ins Ausruhzimmer. Dort sitzt zum Glück LM.

Was hast du denn? fragt sie mich.

Ich setze mich. Da ich extrem langes, dichtes, wallendes Lockenhaar habe, das meinen Rücken bedeckt und wärmt wie ein zweiter Pullover, wundert es sie nicht, daß mir heiß ist. Ich versuche, nüchtern zu bleiben.

In letzter Zeit klage ich darüber, ziemlich breit geworden zu sein, und üblicherweise spreche ich nur mit mir über Diäten, und dann über Rezepte üppigerer Gerichte, und wieder über Diäten.

Ich stand auf und holte Butterkekse aus der Küche. Ich stellte mir die Kekse direkt in Greifhöhe hin. Ich schnappte mir einen, setzte die Zähne an und biß und lehnte mich zurück in den roßhaargefüllten Sitz. Meinen eigenen Fragen zuhören, mit mir allein sein. So blöd das klingt, ich wollte es nicht, weil ich an die Knochensplitter im Zinnkrug nicht denken wollte. LM versuchte sich auch an einem Butterkeks. Sie biß und bröselte und kaute, und alles fiel ihr aus dem Mund. Sie bat mich, sie aus ihrer Rolle zu schneidern.

Das Rezept war in der Handtasche gewesen. Sie ging in die k.u.k. Hofapotheke, und man hat ihr dort die Paste gemixt. Man hat ihr nicht einmal gesagt, wie gefährlich Krähenbeize ist. Welche dumme Gans hat sie dir einfach gegeben? fragte ich. Es war ein Mann, sagt LM. Ich nehme ihr die Büchse weg.

Ohne Identitätskontrolle darf dieses tödlich scharfe Mittel nicht ausgehändigt werden. Ich habe das Zeug einmal mit Schuhwichse verwechselt. Die Lederschuhe waren am nächsten Tag weggeätzt. Gerätschaften, die vom Haushalt der Selbstmörderin übriggeblieben sind, habe ich zum Teil mit Krähenbeize zum Verschwinden gebracht.

Ich stand auf der altdeutschen Anrichte und schmierte den Fleck auf der Decke ein, wo die Knochensplitter gesteckt hatten. Gewesenes läßt sich nicht zum Verschwinden bringen.

Ich bekomme die Büchse nicht auf. Ich schleudere sie wütend von mir fort und sage: Scheiß der Hund drauf.

Ich stelle mir vor: Was ist Erfinden? Ich erinnere mich an den rumänischen Diktator Ceausescu, an seine Frau, an die Pelzmäntel. Minuten zuvor hatte das Paar getobt, und dann war es tot. Ich erinnere mich noch an das Winterkind aus Rumänien, das sich mit gestrecktem Zeigefinger über die Kehle fuhr und »krkkk« sagte, als man es nach den postrevolutionären Zuständen in Rumänien fragte. Erinnere den Gedanken, daß es eine Dummheit sei, Kinder in die Welt zu setzen. Bei den meisten Frauen ist die Neugier, ein Kind zu bekommen, stärker als die Vernunft. Die meisten Frauen unterliegen Gewalt. Schweigend saß LM da, wie ich jetzt, vor sich hinstarrend, die Pupillen auf den Tee gerichtet, als braute sich darin etwas zusammen. Der Diktator ist tot. Es lebe der Diktator. Sie starrte, als könnte sie den Tee in die Nährflüssigkeit eines Homunculus umkonzentrieren.

Ich trink einen Schluck, dachte ich.

Was wollte ich sagen? fragte LM.

Sie hat den Faden verloren, er ist ihr gerissen, sie wäre keine gute Näherin, geschweige denn eine Spinnerin. Sie reibt sich die Augen.

LM war im Sommer in Rom gewesen. Wir urlaubten zur selben Zeit an einem römischen See. Sie arbeitete am Buch Agathe. Besuch war von unserer Seite aus unerwünscht. Roger schätzt ihre literarischen Zustände nicht. Sie muß ja einmal sehr nett gewesen sein. Und jetzt kann sie nur bohren und lästig sein, sagte er. Wie kann sie eine Hauptfigur überhaupt Agathe nennen? Sie wird dich fallen lassen wie eine heiße Kartoffel. Merkst du nicht, wie sie dich benützt? Wenn du mich fragst, ist das verrückt.

Roger, Mascha und ich hatten uns an einem Vulkansee einquartiert. Ich bin gern auf Reisen. Ich mag die Gesellschaft meiner Lieben in fremder Umgebung. LM hatte ich nicht eingeladen, um schlechte Stimmung zu vermeiden. Sie will Roger nachweisen, daß er nicht der nette Demokrat ist, der er ist, sondern ein mühsam gezähmtes Tier. Unsinn, gewiß. Mir ist Rogers Vorleben egal. Ich sehe, was er tut, und das zählt. Wie er mich, Mascha und sich behandelt. LM hält mich für eine verwöhnte, bourgoise Dame. Was kann ich dafür? Roger ist ziemlich elegant und ziemlich versiert. Im Grunde ist er Pazifist. Natürlich ist er fähig abzuschlachten. Bin ich auch.

LM gönnt uns unsere Lebensgemeinschaft nicht. Dabei hat sie es selbst ausgesprochen nett bei sich zu Hause. Ihr Partner heißt auch Roger, und er ist mit meinem sehr gut befreundet. Erst kürzlich, als Demonstranten unter unserer Wohnung vorbeitrommelten und wir uns aus dem Fenster beugten und hinuntergafften, lenkte eine Frauenstimme aus der Mitte des kleinen Demonstrationshäufleins die Aufmerksamkeit auf uns. Jeden Donnerstag trifft sich eine Gruppe und bewegt sich in Widergängen durch Wien und hat meine uneingeschränkte Sympathie, wenn auch nicht die uneingeschränkte Verfügbarkeit über meine persönliche Teilnahmefähigkeit. Ohne Körpereinsatz kein echtes Engagement, sagte LM, die sich von der Ignoranz der Demonstranten an ihrer fleißigen Teilnahme nicht beeindrucken ließ. Wie ein verlorenes Kind unter all diesen Leuten, die sich widerständisch verbündeten, lief sie ihnen hinterher. Wie hat sie geschimpft über die Arschgeigen. Provinzialität, Bündnisbereitschaft, Österreich, und dann noch die männlichen Soubretten. Eine lächelnde Spazierbewegung mit performativem Widerstandscharakter, was soll das bringen? Altersheimeliges Widerstandsgetue, das keine Bedrohung für die Regierung bedeutet. LM soll Ö plötzlich lieben? Unsinn. Anschlußgeilheit hat mich zu den Demos getrieben, und so auch LM. Endlich einmal nicht allein sein. Sie soll vor mir nicht lügen. Ist ja ein therapeutischer Akt dahinter. Das blöde Wirgefühl ist für alle Menschen eine Versuchung. Ihr Roger hat es meinem Roger geflüstert. Agathe ist in letzter Zeit ja auch öfter mitgerannt.

Ich fand es normal, sie unter dem Demohäuflein zu wähnen. Wir sahen also hinab auf die Demonstration, und ich wollte Mascha gerade bitten, die Taschenlampe zu holen, um den Spaziergängern solidarisch zuzublinken. Die laute blecherne Stimme einer Frau war zu vernehmen. Ich hätte schwören können, es war die Stimme LMs. Schaut's net so bled, ihr's Oaschlecha! brüllte sie herauf. Ein starkes solidarisches Gefühl breitete sich unten aus, die Stimmen vereinten sich: Ihr's Oaschlecha! riefen sie zu uns herauf.

Ich war sofort eingeschüchtert und beleidigt. Mascha brachte die Taschenlampe. Ich lehnte es ab, hinunterzublinken, mit einem Lichtlein einen Hoffnungsschimmer in diesen Widerstandstunnel zu blinken. Unten brüllten die Demonstranten gegen uns harmlose Fenstergucker, während gegenüber Nazi-Hausbesitzer wohnen, die unsere polnische Putzfrau nicht als Bedienerin nehmen wollen, weil sie für eine Illegale zuviel verlangt. Froh könne sie sein, daß sie kein Schweigegeld verlangten, dafür, daß sie illegal die drei Meter siebzig hohen Fenster der herrschaftlichen Räume reinigen hätte dürfen können. Man wollte sie der Fremdenpolizei ausliefern. Gegen diese Leute schmetterten die Widerstandstaumler nichts.

Sollen wir sie heraufbitten? fragte ich.

Du bist wohl verrückt, sagte Roger. Wie willst du ihnen erklären, daß du keine Ahnung hast, wer vor uns diese Wohnung besessen hat?

So hat er sich ausgedrückt. Dabei hatte er mir eingeredet, daß es keine Frau war, die sich hier umgebracht hat. Angeblich hat er alles recherchiert. Kann man so unverschämt lügen? Ich hätte das Häuflein Demonstranten eingeladen zu einem wärmenden Tee, um sie aufzuladen mit Energie. Unsere Wohnung ist groß. Ich hätte beweisen können, daß ich kein bourgeoises Oaschloch bin. Es wäre möglich, sechshundert Demonstranten heraufzubitten, doch unmöglich für uns zwei, alle zu bewirten. Wir haben keine Diener.

Ich setzte mich zum feinen Lachs, den Roger im Salzteig gebacken hatte, legte mir ein Stück auf den Teller, trank Wein, versuchte zu schlucken, das Gefühl von Watte in mir zu zerkauen und mein Gefühl der Unkorrektheit aufzulösen. Wir warfen den Kamin an. Ich schleppte die Holzprügel vom Balkon herein. Ich legte einen Prügel in die Flammen, die nur scheu daran leckten. Zumindest hält uns LM für Ausbeuter, dachte ich, da wir das herumliegende Holz aus dem Wienerwald verheizen, anstatt Holz von einem Brennstoffhändler liefern zu lassen und zu bezahlen. Da es in unserem Haus keinen Lift gibt, muß jedes Holzscheit heraufgeschleppt werden. Wegen der paar Prügel, die meistens Kinder auf Spaziergängen im Wienerwald sammeln und durch den Wald bis zum Parkplatz zerren, haben wir kein schlechtes Gewissen. Die Schlepperei ist noch als Spielerei zu vertreten. Doch als wirkliche Arbeit ist diese Schinderei mit schenkeldicken Stämmen unzumutbar für jeden Brennstoffhändler. Das Trinkgeld kann gar nicht genügen, daß es einem nicht das Herz bricht, wenn man diese Menschen mit Buckel sieht. Einen Winter lang Holzschleppen für einen Brennstoffhändler bedeutet selbst für einen jungen Mann eine massive Rückgratschädigung, die irreparabel sein kann. In kürzester Zeit sitzen solche Leute auf der Straße. Ohne Versicherung. Ohne irgendwas. Im Rollstuhl vielleicht, der ihnen von einer Hilfsorganisation geschenkt werden wird. Mit Krücken vielleicht, da der Rollstuhl für härtere Fälle benötigt wird. Wer nicht gehen kann, soll zum Betteln eben fahren. Diesen Lauf der Dinge muß ich nicht unterstützen. Ich würde ihn nicht einmal anstellen, den Holzträger, sofern er legal hier lebte. Ich schade niemand. Wir schleppen das Holz selbst herauf. Prügel für Prügel. Nach jedem Spaziergang. So schädigt die Arbeit niemanden körperlich.

Wir lassen die Prügel von unbehinderten Kindern fast bis zum Auto schleppen. Jedes Wochenende fahren wir in den Wienerwald und holen die Beute. Wir warten im geheizten Wagen, wenn die Temperatur draußen zu niedrig ist. Es dauert nie lang. Kinder, die sich zum Vergnügen plagen, tauchen auf. Rotwangig und kerngesund. Sie schleppen das Holz, zerren es durch das Gestrüpp und sind stolz. Selten wird einem solchen Kind erlaubt, das feuchte Holz mit in die Stadt zu nehmen. Jedes Holz hat seine Geschichte. Ich stochere in den Flammen. Eine Quaste. Eine Mütze. Handgestrickt. Ein Mann. Ein Kind. Zwei Kinder, meist zwei Väter. Die Mutter. Die Kinder noch in einem Alter, in dem es egal ist, ob es Buben oder Mädchen sind. Sie schleppen Holz und sind stolz. Stets, wenn ich das Fenster herunterlasse, um den Rauch meiner Zigarette entweichen zu lassen, höre ich die Streitereien über das Holz.

Jetzt komm, laß es endlich liegen, deine Mami braucht das nicht.

Woher willst du das wissen?

Der Mann lebt also schon getrennt vom Kind.

Jetzt mach kein Theater. Laß liegen den Dreck.

Trottel oder Dreck. Worte, die aufrechte Gemeinschaft bedeuten. Kommen Frauen ohne Kind in den Wienerwald, dann führen sie meist einen Hund mit. Die Hunde schleppen fingerdicke Äste und Splitterhölzer an, die wir zum Anbrennen gerne mitnehmen. Manche Frauen kommen mit vielen Kindern. Ob sie die allein aufziehen, ist nicht auszumachen. Nicht einmal, ob alle die eigenen sind, da sich die Kindergesichter, in Wollhauben gehüllt, kaum voneinander unterscheiden lassen. Sie sind rotwangig und stolz, daß sie ein Stück Holz gefunden und es bis zum Parkplatz geschafft haben. Wenn eine Frau noch nicht alleinstehend ist, doch schon allein mit drei Kindern unterwegs ist, gehören meist alle drei ihr, und das kleinste davon trägt sie im Tragegurt an den Körper geschirrt durch den Wald. Wie die Orgelpfeifen geordnet, schleppen die Kinder des Wienerwaldes ihrer Größe entsprechende Prügel an. Es ist immer was dabei für unseren Kamin. Aus Erfahrung weiß ich, daß die Kraft der Fünf- bis Sechsjährigen gerade für das Gewicht eines bereits spaltbaren Prügels reicht, der in unseren Kamin paßt. In der Folge halten wir uns an diese Knirpse, die ihre Beute gerne, aber nie gut verstecken. Die kinderreichen Frauen sagen: Wir haben keinen Platz zu Hause, aber wir kommen ja in einer Woche wieder, wenn Daddy auf Reisen ist, laß den Prügel hier, den nimmt sowieso keiner weg.

Die Babies in den Tragegurten dürfen ihre Zweiglein behalten. Die Knirpse folgen widerwillig, denn sie wissen, daß sie schon letzte und vorletzte Woche ihre Beute zurücklassen mußten und sie damit verloren hatten. Sind alle weg, steigen wir aus. Hauchen in die Hände und vertreten uns die Beine auf der Stelle, bis wir, akklimatisiert, ins Gebüsch vordringen und die Prügel einsammeln. Das schwere Zeug werfen wir in den Kofferraum, der quasi unser Holzkeller ist. Wir fahren nach Hause, parken direkt vor dem Haus, und abends nimmt einer von uns einen Prügel heraus und trägt ihn hinauf. Niemand hebt und schleppt sich krumm dadurch. Ich finde die gemeinsame Arbeit mit Roger sehr anheimelnd. Auch LM hat uns schon dabei geholfen, darauf hinweisend, daß Holz, ob verfaulend oder verbrennend, dieselben Emissionswerte habe, daher die Umwelt nicht zusätzlich verpeste.

Ihr's Oaschlecha! drang es wieder von draußen herein. Ich überlegte, den glühenden Prügel hinunterzuwerfen, doch wäre das kein demokratisches Verhalten gewesen. Die Demonstranten marschierten an unserem Auto vorbei. Es gab keine Erklärung für den Knall. Nichts zu sehen als die Gesichtsscheibe der Frau, die, auf mich gerichtet, mir meine Gemütlichkeit, meinen Kaschmir, meinen Pelz, meine Goldplomben, meinen von Roger gebackenen Lachs neidete. Nur weil sie ausgesetzt durch die Kälte stiefelte und ich gut eingepackt war und es warm hatte. LM kann sich das alles auch leisten. Wieso konnte sie dann »ihr's Oaschlecha« brüllen? Weil ich reichen Kindern die Früchte des Waldes stehle? Auch ich habe ein demokratisches Fruchtrecht auf den Wienerwald. Ich zahle Steuern und bin hier angesiedelt. Ich mag diesen Wald. Naturhülle.

Endlich marschierte die Gruppe taumelnd und trillernd weiter. Ohne ökonomische Grundlage geht gar nichts, nicht einmal eine Demonstration, wollte ich ihnen nachschreien, aber wozu, und in diesem Augenblick, als ich der schmalen, hochgewachsenen Gestalt nachblickte, erkannte ich doch die gotische Figur der LM. Ihre Erscheinung hat mich meist mit Entzücken und Glücksgefühl erfüllt. Neben mir hatte sie gestanden, und ich hatte bewundernd zu ihr aufgeschaut, als sie den fein gekleideten Damen und Herren, die in Roben auf die Oper zuschritten, vom Straßenrand aus, direkt hinter der Absperrung, am Ohr einer kärntnerischen Polizistin vorbei ihr »bourgeoise Oaschlecha« mit ihrem blechernen Ton zubrüllte. Mir gefiel ihre Ausfälligkeit. Ich stimmte sofort mit ihr überein und schrie eine Beleidigung nach der anderen gegen die feinen Leute. Um die Opernballbesucher zu beschämen, brüllten wir ihnen mit wachsender Lust entdeckte Peinlichkeiten zu. Daß die Strümpfe Laufmaschen hätten oder daß braune Flecken am Hintern seien, Hundescheiße am Schuh, Lidstrich verpatzt, Pudelfrisur. Das offene Hosentürl bei Männern wirkte am besten, bei den Frauen die Laufmaschen. Die Opernballbesucher lächelten tapfer, taten so, als hörten sie uns gar nicht, einige glaubten, sie könnten unsere Kompromittierungen weglächeln. Doch beim Hosentürl und schon bei der Laufmasche hörten sie auf zu lächeln, wurden unsicher und gerieten ins Stolpern. Sie hielten die Mäntel zu, trippelten schneller weiter und hoben die Fersen und schauten über die Schulter nach hinten hinunter, ob sie wirklich eine Laufmasche entdeckten, kontrollierten einander.

Lauter blödes Zeugs schmetterten wir den feinen Leuten nach, und einer besonders hochhackigen Dame jubelten wir schon zu, daß sie wohl Tamponträgerin sei. Kein Scherz, riefen wir nach. Die langbeinige Dame reagierte nicht. Es war wirklich kein Scherz. Ehrlich! Leider war sie die einzige, die sich nicht verunsichern ließ.

LM wollte ihr nacheilen, die Polizistin erlaubte es nicht.

Sie fand Gefallen an unserem Treiben. Meinte, daß wir unsere Demo nicht so ernst nähmen. Sie würde gerne mitschreien, aber leider könne sie in der Uniform nicht die Bürger beleidigen. Ich fühlte mich so wohl. Endlich war einmal nicht ich der Arsch. Ringsum demonstrierende Leute gingen mir mit ihrem Gebrüll auf die Nerven. Das Toben egal welcher Masse ist mir widerwärtig. Die kärntnerische Polizistin mit ihrem niedlich klingenden Dialekt grölte mit den Brüllenden, sie forderte alle auf, ein paar Schritte zurückzuweichen. Das Gebrüll und Antwortgebrüll jeder Masse ist widerwärtig. Die Mäuler der Demonstrierenden gingen auf und zu, ich hörte nicht mehr, was sie brüllten. Ich hatte genug von der Straße, und wir verdrückten uns zum Essen ins Ambassador, habe ich jetzt geschrieben, doch war das längst geschlossen worden, und so gingen wir in ein postmodernistisch gestyltes Nichts am Stephansplatz, dessen Name für First Class Food und Service bekannt ist. Nachdem sich LM überlegt hatte, wie peinlich die Entdeckung der Wahrheit für die hochhackige Minirockträgerin sein müsse, wie unsinnig, ja lächerlich ihr Aufputz, die kindischen Straßsteinchen auf den Noppen der Rückenwirbel, der tiefe Ausschnitt, die Kürze des Rockes, die Hochhackigkeit der Schuhe und wie peinigend die Peinlichkeit, daß sie sich wohl am liebsten gleich in der Operntoilette hinunterspülen würde, um durch das Kanalsystem nach Hause zu flüchten, sagte ich: Ja, sie hätte auf uns hören sollen.

Als ich mich über die Leichtigkeit, feine Leute zu ächten, freute, sagte sie, daß es doch keine Kunst sei, daß es sich nur um eine geschmacklose, billige Spielverderberei gehandelt habe, wie sie Adolf Hitler gern angewandt habe, um sich auf Kosten anderer, vor allem der Frauen, zu amüsieren. Ich zuckte zurück und verzog ekelerregt den Mund. Ich sagte, daß wir vielleicht gerade mit Hitler diese Gemeinheiten gemein hätten, daß diese Gemeinheit etwas typisch Österreichisches sei.

LM hielt die Luft an. Du vielleicht, sagte sie. Sie schob den Teller zurück, legte die Gabel mit dem aufgespießten Kitz hin und schaute mich so vorwurfsvoll an, als wäre sie die Mutter und ich der Mörder des Kitzes. Gelernt! sagte sie spitz. Ich aß weiter.

Mit diesen Sprüchen kannst du mich jagen, sagte LM. Sie zog den Teller wieder zu sich und zerfleischte das Filetstück. Richtig fundamentalistisch, als hätte ich behauptet, alle Vegetarier seien Nazis.

Ich esse gern auswärts. Um uns war ein gehobenes Publikum. Ältere Männer mit jüngeren Frauen, reine Männerrunden um eckige Tische. Dunkel gekleidete Gestalten, Aktenkoffer bei Fuß. Die Tische aufgeputzt, nur Kerzen, kristallene Gläser, Kamelien und Damen mit dicken Ringen, die glitzerten wie die geschliffenen Vasen. Ich bat das Servierpersonal, noch eine Kerze auf unseren Tisch zu stellen. Da auffallend viele Männer anwesend waren, war die Stimmung düster, die matten Anzüge schlucken Licht, also die Helligkeit des Raumes. Die Fensterflächen spiegelten Absorption. Wir saßen in einem von Nacht umrandeten Ambiente.

Das Servierpersonal bestand ausschließlich aus Frauen. Alle langbeinig und in kurzen Minis. LM fiel sofort auf, daß die Frau mit dem Rückenausschnitt exakt die Oberschenkelweite aufwies, die das Servierpersonal hier herzuzeigen habe. Die Mädchen waren zwischen achtzehn und dreißig, flott im Begreifen, wohlerzogen, dienstfertig, eine Mischung aus Gouvernanten und Flugbegleiterinnen. Sie bewegten sich flink durch die schmalen Gänge zwischen den Stühlen und Tischen und bedienten kurz und effizient, erhellten die Atmosphäre diskret mit reinweißen Blusen, während sie den Männern das Feuer für die Zigarren hinhielten, sich vorbeugend den Wein einschenkten. Die einzige langrockig gekleidete Frau war eine balletöse Riesin, die im Etuikleid von Tisch zu Tisch ging und die Gäste nach ihrer Zufriedenheit befragte und dabei hin und wieder den jüngeren Kolleginnen, Elevinnen, abkanzelnd deutete, wo ein Aschenbecher wegzuräumen oder ein Wein nachzuschenken sei. Mir gefielen die Mädchen, fleißige Bienen im Team, die sich nicht in die Quere kamen.

Die Geschäftsmänner telefonieren nebeneinander, den ganzen Tag jagt ein Geschäft das andere. Konferenz, sagte man früher, heute meeting, hört man vom Nebentisch. Ich beneide diese Leute um die Geschäftigkeit. Sie sind gefragt, und das, obwohl sie so austauschbar sind. Man hat sich zum Interview eingefunden und eingeladen, zusammengefunden zu einem Tagesergebnis, das wir feiern wollen professionell wie Bonzen, die seinerzeit junge Sexbomben vernaschten. Heute lassen wir uns nur bedienen. Schaun wir mal, wer da kommt von den keuschen Serviererinnen, die so aufregend sind, weil man sie nicht angreifen darf. Daß Bedienen so sexy sein kann!

Wir hatten die Haare mit Gel geglättet und schwarze Hosenanzüge an und saßen geschäftsfraulich da. LM trug exakt das Gleiche und war deshalb wohl konsterniert und schlecht gelaunt. Mir macht das nichts, wenn wir wie Zwillinge ausschauen. Unser Mädchen hatte sich nach amerikanischer Art vorgestellt. Sie forderte uns auf, den Abend zu genießen. Wir wollten gute Gäste sein und gaben unser Bestes, auf daß es auch für sie ein Genuß sein möge, uns zu bedienen. Glasweise Wein. Für den Bruchteil einer Sekunde schien sie enttäuscht. Wir lächelten aufmunternd, sie schon nicht mehr, was wiederum nicht amerikanisch war.

Sollte sie ihre Zeit verschwenden mit uns? Wir waren in

unserer Sache unterwegs. Wir haben keinen Boß, dem wir die Spesen verrechnen können. Was Leichtes essen und ein Glas Wein, das ist alles. Wir rücken oft genug zum Nachmittagskaffee aus. Jeder Mensch braucht Gesellschaft und Abwechslung. Deshalb führe ich LM und LM führt mich aus. Wir sind wie ein Paar, manchmal wie Mann und Frau. Doch benehmen wir uns heute beide »wie ein Mann« in diesem Spiel.

Wir wollten das Mädchen beeindrucken. Wie heißt es denn? Agathe, sagte es. Ich jauchzte auf, und fast hätte ich »ich auch« gesagt. Aber mein Name, und es ist ganz egal, wie ich heiße, ging das Mädchen nichts an. LM blieb kühl, stumm, entwickelte Neugier und schaltete die Beobachtungsgabe ein. Agathe sei wohl ein Künstlername. Wie denn der richtige Name laute? Lara, Laura, Mara, Julia oder Nadja, eine weiblichere Klangvariante als Agathe? Wie denn die anderen Mädchen hießen, ob ein Künstlername hier Pflicht sei?

Das Mädchen überging die Frage und zählte die Weine auf. Ich beneidete das Mädchen um seine Standhaftigkeit, die Namen der offenen Weine aufzuzählen. LM wollte alle ihren Namen wissen. Ich höre die Namen der Weine wie dicke Gongs in meinen Ohren tönen. Ich mußte etwas trinken, um meine Euphorie über die Namensgleichheit zu dämpfen. Das bohrende Geschaue, das notierende Gehorche und das auf mich gerichtete Gespür LMs zersetzten meine Absicht, das Glas Wasser zum Mund zu führen. Ich griff im Leeren herum wie eine Idiotin. Dabei stand das Glas direkt vor mir. Wie ein Fisch schwänzelte meine Hand im plötzlich gewölbten Augenblick, als sähe ich alles durch das Glas. LMs Gesicht war verzogen, und das Mädchen, das Agathe blieb, war streng und langgezogen. LM sah total fremd aus. Ich erschrak. Denn eigentlich sieht sie aus wie ich. Da kippte das Glas.

Wie kann man so ungeschickt sein?

Ich entschuldigte mich mit hochrotem Kopf. Ich reichte ihr die Servietten und wollte ihr gefallen. Ich entschuldigte mich wieder und tupfte an ihrer Hose herum. Ein Mann lachte. Agathe, sagte LM zu mir, hör auf. Es hat keinen Sinn.

Ich kann mein Flehen richtig brennen spüren. Ich sah sie als meine Retterin an, meine heilige LM, die mich erlösen sollte von der peinlichen Berührtheit, nur weil ich erkannte, daß sie mich zur Hauptfigur machte, meine Peinlichkeiten benützte, um auf welchen Hund zu kommen?

Sie wird mich beschreiben. Dieser kalte Blick, der mir unter die Haut geht, wird mich aus mir heraus beschreiben. Und dabei müßte sie mich bloß gut leiden können. Ich wünschte, sie sähe mich mit gütigen Augen. Agathe nimmt mir die Serviette ab. Sie hilft mir auf und bittet mich, wieder Platz zu nehmen. Ich bekam ein gutes Gefühl zu unserer Kellnerin. Denn ich weiß, was es heißt, in einem Restaurant zu dienen und immer freundlich, gegen alle Über- und Untergriffe gerüstet zu sein. Bitte, warf ich ein, bringen Sie mir ein Wasser.

LM rauchte. Ich fand ihr Benehmen aufdringlich. Sie rauchte mir ins Gesicht. Meine Augen tränten. LM war das egal. Sie bemerkte gar nicht, daß sie mich leiden machte. Sie redete kein Wort und gab mir auch keine Antwort. Die Frau im Etuikleid servierte unser Essen. LM sagte, als sich diese schon wieder entfernen wollte, entschuldigen Sie, und zeigte auf die Wade, Sie haben eine Laufmasche. LM haßt dieses Lokal. Um sie mir freundlich zu stimmen, verhielt ich mich affirmativ und sagte, ich hasse es auch. Da war das Eis gebrochen, und sie redete wieder mit mir.

Wie würdest du gerne heißen? fragte sie mich. Ich hatte von Anfang an vorgehabt, sie einzuladen. Sie liebt es, fein essen zu gehen. Viele Menschenverächter essen gern fein.

LM verachtet sich dafür, sehr gern sehr fein essen zu gehen. Mein Anzug war sehr teuer, und sie haßt es, im gleichen teuren Anzug zu stecken. Aber diese Preisklasse sitzt halt am besten. Dabei könnte sie sich noch viel teurere leisten, aber aus Protest gegen ihre Luxussucht tut sie es nicht. Ich mit meinem dicken Goldring, meinem Wendemantel, dessen Stoffseite ich bei der Demonstration nach außen gekehrt hatte, nun aber auf der Kärntnerstraße den Mantel wieder gewendet, also den Pelz nach außen trage, um den besseren Wärmeeffekt zu erzielen, kam mir neben ihr, moralisch betrachtet, richtig schäbig vor. Unscheinbar und krumm, wie ein schlechtes Gewissen, schal, flau, schlich ich neben ihr her. Ich weiß nicht, welcher Name mir entsprechen würde. Ich fühlte mich pfotig. Ich wäre gern jemand anderes gewesen. Und gerade deshalb muß ich sagen, daß ich nicht weiß, wer ich sein mochte, wenn nicht LM.

Ich bin überrascht, sagte LM und hielt mitten auf der Kärntnerstraße an. Sie wunderte sich über diesen Satz, daß ich gern sie wäre. Daß ich überhaupt auf die Idee komme, einen solchen Gedanken auszusprechen. Denn sie, so sagte sie, sei sich ganz sicher, daß sie unter keinen Umständen wolle, daß ich sie sei.

Es bleibt mir immer ein Stück Abgestoßenheit zugeteilt. Immerhin etwas. Ich lebe weiter. Meine Unzulänglichkeit ist mein Wunsch, dazuzugehören. Ich schweige nicht, wo ich schweigen sollte. Ich verschwinde nicht, wo ich verschwinden sollte. Meine Unzulänglichkeit, meint LM, sei mein Überfluß. Sie meint, ich könne mir alles kaufen, aber manches sei nicht käuflich, obwohl, hier unterbrach sie sich, um Luft zu holen, erwerbbar. Kann man einen Namen erwerben? Eine Haltung? Eine interessante Persönlichkeit? Das Nichtsein ist ja zugeteilt von vornherein. Wie wäre ich als Agathe? Ich ginge weg vom Tisch, holte das Kitz und gäbe eine Weinempfehlung ab. Das beobachtete Objekt benimmt sich nicht objektiv. Also, denke ich LM, und LM denkt mich weg.

Ich gehe in die Küche und hole ein Thymianlamm. Ich serviere es durch die schmalen Gänge. Ich zwinge mich, gerade und aufrecht zu gehen, damit ich nicht anecke. Das ist hier Gesetz. Ja nicht mit den Hüften schwingen, sonst müßte man die enge Bestuhlung ändern, Platz schaffen für das Servierfett.

Wie heißen Sie eigentlich? fragt mich der Stammgast, ein Mann mit verbrannten Ohren. Ich schrecke zurück, denn freilich muß ich daran denken, daß sich LM auch in einen Mann verwandelt haben könnte oder sich mit ihm ummanteln, um mich zu verarschen.

Und wie heißt der Mann?

Phoenix, sagt er. Er lädt mich ein. Ich nehme Platz, und plötzlich werde ich behandelt wie ein Gast. Was haben die beiden Damen von ihnen gewollt, fragt er mich sachlich. Ich weiß gleich, er ist ein Pragmatiker. Ich habe mich und LM aus dem Gedächtnis gestrichen und sage, daß ich nicht einmal wisse, von wem er spricht. Das ist seltsam, sagt er und beginnt von seinem Beruf zu erzählen. Wie gefährlich der sei. Ich bewundere ihn. Je mehr ich ihn bewundere, um so näher kommt er. Er ist ein Umgarner.

Seine Ohren sind der Beweis für die Gefahr, für die Tode, die er überwunden hat. Ich wage es nicht zu fragen, wie es ihm gehe damit. Er hat keine Ahnung von seinen Gefahren. Er ist nur bekannt dafür. Er selbst liege oft im Koma. Er sei kein Lebenskünstler, er sei ein Überlebenskünstler, sage ich.

Die Damen am Tisch beobachten meine Gefälligkeitslust. Ich schmiere ihm Honig ums Maul, damit er mich weiter als seinen Gast behandelt und nicht wie irgendein Personal. Er sieht in mir schon den Menschen und nicht nur die weibliche Hülle. Er hat einen Namen, einen Überlebenskünstlernamen. Er borgt seinen Körper für diesen Namen aus. Und den Namen kennt Agathe?

Oh, ja, sagt Agathe. Dieser Name wird ihn überleben.

Nein, sagt er.

Doch, sagt sie. Sein Körper hat schon die Funktion übernommen, seinen Namen in die Unsterblichkeit zu mausern. Im Augenblick ist Agathe weniger als ein Pseudonym.

Phoenix sprach mit eindringlicher Stimme und Agathe bekam einen Schwips von seiner Stimme, seinem Ruhm und den verbrannten Ohren, in die sie ihr »ja, jaja, ja«, sagte. Er schüttelte immer gleich den Kopf und sagte, Sie müssen kein Sklave sein, um gegen Sklaverei zu sein.

Im Gegenteil, sagt Agathe.

Welches Gegenteil, fragt Phoenix. Die blaßblaugeäderten Lider Agathes senken sich. Es gibt andere Gründe, die sie zur Dienerin machen. Weder ihre Funktion noch ihr Name. Sie ist einfach nicht echt. Plötzlich nähern sich seine Freunde, dunkle Herren, wie hier üblich. Einer nach dem anderen nimmt ihre zarte Hand und verbeugt sich und küßt den Handrücken. Zur Begrüßung oder zum Abschied, Agathe kann das nicht beurteilen. Die Blicke strichen wie automatisch die schlanken Säulen ihrer Beine hinab und heben sich die ganze Körperlichkeit entlang zurück, hinauf in die Augen, wo sie sich mit Agathe treffen, ihr Wohlgefallen und Liebesbedürfnis zublinzeln. Die Beschattung durch diesen Blick bestätigt Verdacht. Agathe spielt feine Dame, glaubt jeden Verdacht dieser Männer zu zerstreuen. Phoenix hilft. Sie spürt die Väterlichkeit. Er hat kein sexuelles Interesse an ihr. Der junge Mensch an sich ist es, dem er sein verbranntes Ohr zur Erhörung leiht. Er bietet ihr an, sie nach Hause zu fahren. Rundherum sattes Gelächter. Agathe spielt nach wie vor feine Dame und spürt, da stimmt etwas nicht. Ich bin zu jung und zu hübsch. Sie wünscht sich ein entsprechendes Alter und ein häßliches Gesicht. Ein Wunder, daß

Phoenix nicht lacht. Es gibt keine feine Dame mit zwanzig. Phoenix weiß das. Er ist ein Rechner. Aber er begrüßt ihre Absicht. Agathe schaut zu lax.

Vielleicht fehlt es ihr an Genußfähigkeit? Sei, was du tust. Heimse deine Trinkgelder ein.

Agathe vertraut und gehorcht. Die Typen werfen ihr bare Münze hin, weil sie die Mitspielerin nur spielt und glaubt, daß alle über ihr Spiel Bescheid wissen.

Sie ist eine unmögliche, eingebildete Kokotte, sagen zwei Damen. Sie sagen es so laut und unverschämt, daß sich Agathe schämt.

Tage später wiederholt sich alles, bloß daß Agathe nicht mehr Agathe ist, nicht mehr zu Phoenix an den Tisch bestellt wird. Sie ist jetzt irgendeine. Bei ihm sitzen heute Lara, Laura, Mara und womöglich Mascha.

Eingehängt gingen wir nach Hause. Wir wärmten einander. Obwohl ich LM schätze, muß ich mir als Mensch nicht jede ihrer Entgleisungen gefallen lassen. Sie schämte sich für meinen Pelz. Eine Gruppe lächelnder Gesichter kam auf uns zu. Pfeifer und Tremolierer. Dreh deinen Mantel um, bat mich LM, du siehst ja aus wie eine Nutte. Da wurden wir auseinandergerissen und getrennt, den stoffigen Teil zog die Gruppe mit sich, den pelzigen, also mich, drängten sie an den Rand, bis ich, durch das Gassenwerk abtreibend, nach Hause schlich. Einmal hörte ich noch das Pfeifen und Tremolieren und glaubte die »Oaschloch« schreiende Stimme zu hören.

Die Frau unter meinem Fenster trug einen billigen Mantel, gefertigt von billiger Mädchenhand. Jede zweite Frau läuft in einem solchen Mantel herum, und wer weiß daher, ob es sich bei dieser Person in so einem Mantel, wirklich um LM handelte, die, anschlußgeil, endlich von unserem Fenster abließ und der Gruppe nacheiferte.

Ich sei zu faul, sogar zu faul zur Kritik. Ich lasse sie reden. Reden wird sie beruhigen. Ich höre sie gedämpft wie durch Watte. Den Unsinn um die Pfotigkeit denkt sich ein Ich nicht aus. Ich stelle mir LM vor. Sie sagt, Rogers erste Frau ist eine Hinterlassenschaft. Roger hat mir immer gesagt, laß die Finger von ihr. Sie ist deine Freundschaft nicht wert. Vertraue mir. Ich erlaube mir wachen Auges einen Schlummer. Ich stehle mich nach Rom.

LM hatte hohes Fieber. Sie betreute die riesige Dachterrasse. Ich nahm ihr die Gieskanne ab und versorgte die Pflanzen. Die Wohnung liegt hinter dem Vatikan in der Balduina. LM setzte ich in den Schatten. Ich entdeckte ein Fernrohr.

Heißt er nun Sergio oder Roger?

Es war angenehm heiß. Die Wohnung gehörte einem Giorgio, einem italienisch-gebürtigen Amerikaner, Kapitän, er flog Jumbo-Jets. Er hatte ein Faible für Ortungssysteme, Fernrohr, Radar, Satellit. Er quälte jeden damit. Auch LM, worauf sie erkrankt war, um nicht mitfahren zu müssen.

Ich brach von Rom in die Campagna auf, um mich bei einer Signora aus Rottweil vorzustellen. Ich hatte sofort ein mulmiges Gefühl, wegen des Hundes. Sein Gebiß war schwach. Ich hatte das Rückgrat mit. Die Signora rief das fletschende Tier »Pluto«. Die Unterkunft war billig, und ich sagte zu. Der italoamerikanische Pilot fuhr mich in seinem Mercedes um den kreisrunden See. Er zeigte mir ein Fischrestaurant, das erst zur Saison öffnen werde. Ein paar schöne Strandabschnitte. Jeden Quadratmeter Strand konnte er anpeilen. Er mußte die Adressen eingeben. Eine Stimme erklärte den Weg, dirigierte uns in allen möglichen Sprachen, auch auf isländisch, umweglos zum Ziel.

Giorgio freute sich, daß ich sein GPS faszinierend fand. Ich mag die Vorstellung von einem Spion über mir nicht, doch finde ich die Aufnahme und Integration in ein Sprachennetz nicht schlecht.

Giorgios Mercedes ist mit Fell ausgekleidet. Die Luft im Wagen ist trocken und staubig. In Rom hat er eine Garage für den Mercedes gemietet. In der Stadt fährt er den Fiat. Giorgio kennt die Strecke von der Campagna in die Balduina auswendig, trotzdem tippt er die Koordinaten des weißen Strandes ein, dessen Sand das Heer hergeschafft hat. Giorgio ist einsam. Er fährt nicht gern ohne Begleitung. Es ist eine Gewohnheit, sich dirigieren zu lassen. Direkt vor der Pescaria, dessen Besitzer mit dem Kommandanten der nahe gelegenen Kaserne verwandt ist, wurde der Meeresstrand angelegt. Der Campingplatz war hauptsächlich von Römern und Österreichern belegt, die die überteuerte Küste mieden, am Vulkansee blieben. Von hier aus führt die Via Cassia direkt ins Herz Roms, und selbst ich hätte sofort zurückgefunden in die Balduina, wo LM mit erschreckend hoher Temperatur herumlag. Giorgio prophezeite einen noch heißeren Sommer.

Er freute sich, daß die Signora aus Rottweil ihr Grundstück martialisch eingezäunt hatte, da er sein gepflegtes Auto, wenn er uns besuchen käme, in Sicherheit auf dem Grundstück parken könne. Ich überlegte, wie ich ihn und das Rückgrat loswerden könnte. Ich will kein Schwein sein. Giorgio ist auch keines. Aber er ist ein Ferkel. Er glaubte, LM hätte ihn für mich gedacht. LM wollte sich vielleicht eher Roger zuschreiben. Roger gefällt es, wenn seine Frau anderen Männern gefällt. Roger hatte eine Frau vor mir gehabt und mit ihr ein Kind. Er verstand sich mit Giorgio gut. Giorgios Frau war nicht tot, sie war nur gestorben für ihn. Sie hatte Giorgio verlassen und die Kinder mitgenommen. Die Söhne sind heute erwachsen und für Giorgio so gut wie tot. Er gibt nicht zu, daß er in US übriggeblieben war.

Im Ruhestand dachte er über seine Position nach, wollte vom Himmel nicht auf die Erde stürzen, auch nicht gleich tiefer gehen, doch zumindest zurück bis zu seinen radiccis.

Er ist Römer und in Rom ein Fremder. Die Römer kommen ihm nicht mehr wie Römer vor. Die Lebenslust ist nur noch die Lust auf Etikett. Ich hatte mich aus Mitleid um Giorgio gekümmert. Er schien viel älter zu sein, als er zugab. LM trat ihn mit Füßen. Sie hat nicht viel Geduld. Mitleid empfindet sie schnell, doch Leute wie Giorgio werden ihr ebenso schnell lästig.

Wie alt seine Frau sei, kann Giorgio nicht mehr schätzen. Das wisse niemand mehr. Sie habe so viele Operationen hinter sich, daß er sich schon frage, ob sie überhaupt noch die Person sei, von der er sich habe scheiden lassen. Ob seine Alimente ihr überhaupt noch zustünden. Wonderful tits. Aber sie gehören nur ihr, obwohl er sie bezahlt hat, mit all dem Geld, das er in der Fremde für eine Fremde ausgegeben hat.

In Amerika genieße ein Mann nicht einmal das Recht des Nutztieres, das genährt und gepflegt werden muß, um es zur Höchstleistung zu bringen. In Amerika sei der Ehemann eine Ressource. Ehemann sei man, bis das Geld versiege. In Rom gebe es dafür keine Sechzigjährige, die sich schönoperieren lasse. Das sei ein europäischer Nachteil.

Also müsse es auch einen Vorteil geben. Welchen könnte Giorgio meinen?

Er gefällt sich, den Mercedes schwadronierend zu pilotieren. Eine amerikanische Frau lasse glauben, daß sie bewirte, dabei bewirtschafte sie nur. Seine Einsamkeit zeigt sich in den glänzenden Augen, die Wut im Nervenleiden des Gesichts. Seine alten Freunde sind zwar alt geworden, aber für ihn wie neu. Alles hat seine Vor- und Nachteile. Es gibt sie noch alle. Keiner aus dem Freundeskreis ist weggestorben. Auch seine Jugendliebe ist wieder frei. Aber gewiß ist sie nun zu alt. Alte Frauen sind blöderweise zahlreich vorhanden.

Giorgios Stimme war weich, die Kieferpartie amerikanisch. Seine Zähne sind schön erhalten. Seine Augen glänzen. Für wen das alles? fragt man sich.

Er war sportlich, versprach, daß er nicht nur im Sommer, nein, uns auch im Winter besuchen wolle. Österreich gefalle ihm sehr. Die Berge, der Schnee, die Ski. Carinzia, sein Lieblingsfleck. Ob ich das kenne? Nein, sagte ich.

Roger hat es nicht übers Herz gebracht zu lügen. Er hat ihm die Adresse gegeben. Er hat für Giorgios Mercedes sogar eine geheizten Garagenplatz in den Karawanken organisiert. Giorgio sei zutiefst enttäuscht gewesen, mich nicht angetroffen zu haben. Gestern sei er in den Bergen angekommen. Punktgenau, dank GPS. Mascha sei lieb und erfreulich. Roger ist ein netter Unterhalter, aber was solle er Giorgio erzählen? Giorgios Nervenleiden zerreißt jeden Schwatz. Die jugendliche Mimik sei dahin. Es sei schwer, den alten Giorgio vom Sommer wiederzuerkennen. Er hält mich für schwermütig. Er hätte mich gern erheitert. Meine schwarze Wolke verscheucht. Lebensmut und Lebensfreude vermittelt. Es ist grausam, dieser Mann mag mich, ich halte ihn aber nicht aus, er quält mich.

Er wollte sich ein Au-pair-Mädchen organisieren. Eine Slowakin oder eine Polin. Slowakinnen oder Polinnen müßten sich schließlich alle Finger abschlecken nach ihm. Als Roman Prince fischte er im Internet und zog einen Knochen an Land. Einen habsburgischen Knochen. Agathe nannte sie sich. Mit altösterreichischer Herkunft, angeblich. Es sei nicht einfach, einer Achtzehnjährigen klarzumachen, was sie an ihm habe, wie versorgt sie wäre, wäre sie bereit, ihn zu versorgen. Ob ihm eine gefällt, weiß er nach einer Probewoche. Er nimmt ja nicht alles, sagt er. Wieso er LM ins Auge gefaßt hat, nachdem er weiß, daß sie ihn nur ausnützt, um gratis bei ihm zu wohnen, nichts pflegt, nicht einmal die Blumen, sich nur seine Frauengeschichten merkt? Ach, sagte er, ich mag sie.

Rundum faulenzten auf den Dachterrassen die Au-pair-Mädchen der reichen römischen Familien. LM hatte sich einen Sonnenstich geholt bei den stundenlangen Observationen. Diese Mädchen legten sich bereits im Jänner oben ohne in die Sonne. In Rom ist die Sonne stark. Giorgio betrachtet die Slowakinnen und Polinnen gern durchs Fernrohr, bis in den Mai. Wenn sie dann schön braungebrannt sind und richtig gut von Rom durchlüftet, lädt er einige ausgesuchte Exemplare zur Musterung ein. Weshalb keine Italienerin? Mein Gott, sagt er, die halten zwar die Hand nicht gleich auf, aber eine junge Italienerin kriegst du nicht. Seine Jugendliebe hat Geld und ein künstliches Gebiß. Er holt mit der Hand aus und schlägt aufs Lenkrad und sagt: Aus solchen Frauen faciamo sapone.

Meine geschätzte LM braucht ein wenig Zeit, um sich zu erinnern. Balduina, Dalmatiner. Die Affaire Giorgio gefällt ihr nicht. Sie zuckt mit den Schultern. Sie schüttelt den Kopf. Du täuschst dich. Ich habe den Alten nicht fallenlassen.

In Rom hinter dem Vatikan sind die Hügel der Balduina und die Pinienwälder. Der Film »101 Dalmatians« hatte die Kinos der Hauptstadt Fellinis überschwemmt, und die hundenärrischen Römer führten die in Mode gekommenen schwarzgetupften Tiere zum Spaziergang in die Balduina. LM, die Rom liebte, aber wegen seiner Modeanfälligkeit haßte, mußte die Stadt verlassen, weil sie den Gestank von Hundekot in den Gassen nicht mehr riechen konnte. Der Brechreiz produzierte Magenschwäche. Die Nasenschleimhäute, die die feinsten Moleküle des in der Luft herumschwirrenden Kots auffangen, bildeten Knötchen, verklumpten den Dreck. Die Dalmatiner wurden illegal gezüchtet und illegal verkauft. Als die Mode ausklang, hatte man für die Tiere plötzlich keine Liebhaber mehr. Zuhauf tötete man die Hunde, und in den Pinienwäldern der Balduina wurden sie verscharrt. Illegale Einwanderer gruben die illegal verscharrten Tiere aus und verkauften die Kadaver an die pharmazeutische Industrie. LM verließ Giorgio sehr bald. Roger hat schon recht, ihr Mitgefühl hat Grenzen, als Freundin ist sie nicht zu gebrauchen.

Bestimmt ist das Leben ein Bruch. Sie will eine Kammer in der Erde haben. Unter ihr soll niemand noch begraben sein. Sie wünscht die Erdwände mit Stein ausgelegt, eine Grabplatte, die im Beisein ihrer Eingeweihten, in vier Meter Höhe von ihr aus gesehen, aufgelegt wird. Sie möchte die Stimmen hören, die sich über ihr Sein unterhalten. Sie will nicht Zeug sein. Sie möchte über das Zeug springen und hochsprinten und durch die letzte Ritze flutschen, bevor der Grabdeckel aufsitzt. Ich schreibe, daß mein Sein besprochen werden soll, in dem ich als Tote über mich als Tote, die alles schon hinter sich hat, mitrede, sagte LM. Djuna, Gertrude, vielleicht sogar Virginia sollen die Themen sein und meine Gäste.

Ich kenne diese Damen nicht gut genug und bin mit ihren Biographien nicht vertraut. Ich soll klären, ob Gertrude oder Djuna oder Virginia feuerbestattet worden sind. Ich soll die Verwaltungen der jeweiligen Friedhöfe anrufen und mich erkundigen, bei welcher Autorin es sich um eine Feuer- beziehungsweise Erdbestattung gehandelt habe. Ich verspreche LM, daß ich ihren Wünschen nachkommen werde.

Sie will ein gescheites Grab. Ich verstehe LM. Haben die berühmten Damen kein Grab, so haben sie eine Stelle, wo ihre Asche aufbewahrt wird, sage ich zu LMs Beruhigung.

Feuer ist verzehrend. Und LM fühlt sich verzehrt. Sie fürchtet, von ihrem äußeren Agathe-Körper innerlich schon angedaut zu sein.

Asche wird meist verschüttet. Ich mag keine Feuerbestattung. Ich mag keine Asche, ich denke bei Asche sofort an verschüttete Asche wie auch an verschüttete Milch. Ich will, daß man an meinem Grab klagt. Ich bin heute wer und werde folglich einmal wer gewesen sein. Wer genau ist fraglich. Irgendwann wird jede Asche verschüttet, absichtlich oder unabsichtlich. Was passiert schon mit Asche. Sie verweht. Sie düngt und wird zur Reinigung verwendet. Schwarzer Schnee schneit über Landstriche und setzt sich. Celan-Idee. Lactalphobische Assoziation. Auch Hunde werden verbrannt und kommen in ein irdenes Töpfchen, wenn jemand die Hundeasche wünscht. Oder man vergräbt den Kadaver an einem winzigen Fleckchen, auf dem Hundefriedhof vielleicht oder in den Pinienwäldern, wo die Illegalen lauern und den Kadaver ausbuddeln.

Der Hund der Signora Rottweil hat das Rückgrat von Franz II. verschlungen. Es hat nur so geknackt zwischen seinen Zähnen. Das kaiserliche Rückgrat war mürbe, so hatte der Hund keine Probleme. Erst später ging es Pluto schlecht und von Stunde zu Stunde schlechter. Zum Schluß forderte dieser Kaiser noch das Leben des Tieres. Dafür aber, kann ich schreiben, ist der zynische Franz II. begraben worden wie ein Hund.

Die Kadaver werden gekocht und als Confits in die Töpfchen abgefüllt.

Fleischmasken werden verkauft. Auch meinen Leichnam könnte man so verarbeiten. Ich diente der Verjüngung mit meinen Energiespuren.

Ich bitte LM, sich nicht weiter in irgendeine grausige Idee hineinzusteigern. Mir sei lieber, sie trage sich eine schöne Gesichtsmaske auf und entspanne sich hier bei mir im Ausruhzimmer. Einen Schönheitsgeist könne ich auftragen, sie werde die Wirkung spüren.

Ich würde mit meiner Ruhe eindringen in die Poren und mit dem Körper darunter verwachsen, Besitz ergreifen und LM umfassen wie Agathe.

Niemals will ich aus dem Scheintod erwachen. Mein Grab muß der Raumhöhe meines Schlafzimmers entsprechen und über einen automatischen Öffner für den Grabdeckel verfügen. Wozu habe ich sonst lebtags darauf bestanden, daß mein großes, helles Schlafzimmer mit Aussicht niemals einer Grabkammer gleichen darf.

Ich bitte dich, erhöre mich, sagte LM damals im Fieber, laß mich nicht krepieren wie einen Hund.

Die Vergrößerung vergröberte das Bild. Ich konnte ihr Gesicht nicht erkennen. In der Dunkelheit gruben dunkle Silhouetten die Dalmatiner aus. Die silbrigen Nadeln der Pinien schimmerten in der Nacht. Metall blinkte. Nylon glitzerte. Weitentfernte Pfiffe. Ich hob das Auge vom Okular, schaute in die Nacht. Hundegebell und Trillerpfeife. Ich benützte das Okular, sah die Zahnreihe in der aufgerissenen Lefze eines Dalmatiners, ich schwenkte hoch, über die Kronen der Pinienwälder hinweg, die Stämme entlang hinunter und erwischte das entwischende Bein eines mit einem Jogginganzug bekleideten Albaners, der vor einer Horde Carabinieri flüchtete.

Du stirbst jetzt eh nicht, sagte ich.

Naja, sagte sie.

Es gibt einen Traum, in dem ich auffahre und die Stadt einnehme. Agathe erscheint darin. Ich kann darüber nicht sprechen, nur schreiben. Ich sitze auf dem Hohen Markt, ein scheußlicher Platz im Herzen von Wien, nicht nur in meinem Traum. Weil ich nicht hineingehöre in diese Stadt, bezwinge ich mich, mich nicht ausgestoßen zu fühlen. Im zweiten Weltkrieg wurden die Häuser rundum zerbombt, daher entstanden in den fünfziger Jahren Gemeindebauten mit trostlosen Fassaden. Früher wohnten hier die vornehmsten Ratsbürger, und wichtige Innungen hatten hier ihren Sitz. Die oberste Gerichtsstätte war hier untergebracht, und in der Mitte des Platzes, wo sich die Tauben zusammenrotten, gurren und im Brunnen baden und sich nicht verscheuchen lassen und den Platz verdrecken, stand der Pranger. Wenn die Sonne untergeht, wünsche ich in einem Dachgeschoß zu sitzen und auf den Hohen Markt herabzuschauen. Doch sollen die Tauben auf allen Ebenen eine Plage sein. Ich wohne nur ein paar Schritte entfernt, und dort herrscht kein Taubenproblem.

Ich sitze auf der Mitte des Platzes, also am Pranger, wo ich eben in einem Reiseführer lese. Schlage nach und baue im Kopf Texte und Menschen ein, wie sie mir auf dem Platz unterkommen. Vertexte Menschen, vererde sie auf Plätzen, aber mein Text soll kein Friedhof sein. Was ist eigentlich Wissen? In meinem Traum sitze ich am Pranger und trinke einen kleinen Braunen. Es ist Mittag, stickig, Hochsommer, diesig, als wäre ein Milchglasdeckel auf Wien gelegt. Es gibt eine Eisdiele auf dem Hohen Markt, ein Pelzgeschäft und einen Würstelstand. Alle Geschäfte haben geschlossen, wie im Hochsommer üblich, ich könnte in Rom, in der Balduina sein. Die Eisdiele hat offen. Es gibt keine Kundschaft. Die Espressomaschine spuckt. Die Tauben plustern das Gefieder, sie sind naß und räudig. Verklumpte Zehen und Stümpfe. Sie hüpfen auf einem Bein. Auch das Pelzgeschäft hat offen. Ich rühre im Kaffee. Es ist seltsam, daß ich denke, der Würstelstand hat zu, denn den Würstelstand gibt es nicht mehr. Er hat nicht zu, er fehlt einfach. Ich weiß es, weil ich meine Schultern und Hände wahrnehme, weil ich sie bewegen kann und weil ich mich erfasse und was sich hinterrücks alles abspielt.

Agathe nimmt Platz in einem Kaffee. Das Kaffee ist ganz neu. Sie sitzt in der Auslage, die dunkel wie die Höhle eines ausgebrannten Auges ist. Ich trage plötzlich einen Pelz bei dieser Hitze. Jetzt scheint mir, daß die schwarzen Flecken auch auf einen Dalmatiner hinweisen könnten. Auch Agathe ist weiß angezogen, schwarze Punkte überall. Sie hat kein Gesicht. Der Kopf ist verrußt und auf mich gerichtet, und ich fühle mich von einer versengenden Sonne bestrahlt. Ein Zischer, und mein Schatten ist sofort weggebrannt. Ein tiefes Mitgefühl ergreift mich. Alle Raubmarder und Hunde tun mir leid. Aber kein Mensch tut mir leid. Keine Katze oder gar eine Taube. Hermeline läßt man verhungern, dann zieht man ihnen leichter das Fell über die Ohren. Bei Dalmatinern ist das ähnlich, durch die beliebten Punkte. Ich schrumpfe. Meine Organe verdauen den Kaffee und dann mich. Ich bin ohnmächtig, mich des Pelzes zu entledigen. Ich bin das pure Erfahren. Hermeline sind für Könige bestimmt, und ehrlich gesagt haftet Königen immer etwas Lächerliches an, wenn sie auftauchen im Ornat. Es würde genügen, einen Hermelin mit Krone auf einen Thron zu setzen, um eine Monarchie Monarchie sein zu lassen. Sitze am Pranger und rühre den kleinen Braunen. Ich verkrümle mich in meinem Pelz. Vielleicht trägt die Frau hinterrücks keinen Dalmatiner, sondern ein Schaf. Wir sind artfremd gewandet. Ich benehme mich artfremd. Ich verkrümle mich. Bin ja gar keine Mimose. Ich spucke in die Hände und erzeuge durch das Reiben Energie. Die Frau da hinten kann mich anstrahlen, was sie will. Ich wachse und bald fülle ich den Pelz aus; wenn ich weiter die Hände reibe, wachse ich weiter. Ich werde noch ein menschengroßer Raubmarder. Ich rühre im kleinen Braunen, und er ist plötzlich winzig. Ich will ihn nehmen und trinken. Meine Hände sind zu groß und auch das Maul. Ich verschlinge ihn, samt Porzellan. Ich habe es zu weit getrieben, ich gehe auf wie süßer Brei, ich quelle und werde luftiger, ich steige auf in die Wolken. Die Tauben baden unterdessen. Worauf will ich hinaus? Höher als über die Häuser wollte ich nie. Jetzt ist es bald aus mit der Luft, und dann kommt das Nichts. Ich sammle mich mit irrer Kraftanstrengung, beuge meinen Kopf, öffne meinen Mund und beiße in ein Dach. Ankere gerade noch. Ich glitzere wie Schnee und schlucke die Stadt. Ich spüre, wie sich meine Organe bemühen, die ganze Stadt zu verdauen. Unzählige Hände greifen aus den Fenstern und betasten die Organe und leiten ihre Präsenzen in mein Gehirn und von dort in die Zähne, deren Bißdruck sich verstärkt und die Eckzähne ins Gebälk stößt, damit ich meinen Platz behalte. Ich habe dabei ein pfotiges Gefühl. Nichts Angenehmes, etwas Taubes. Als würden Bläschen in mir aufsteigen, brickelt es in meinen Gelenken. Die Schornsteine kratzen meine Mandeln. Ich Himmelskönigin, ich All, ich heiliges Jerusalem muß plötzlich husten, und alles fängt wie verkehrt von vorne an. Der kleine Braune im Porzellan rührt mich. Ich hüpfe taub in den Vermählungsbrunnen. Und die Dalmatinerhündin bellt mich an. Die Dalmatinerhündin ist Agathe. Ihr Bellen verstehe ich. Du klein gewordene spitze Ecke, du. Dann bellt sie weiter, und ich verstehe alles und ertaube ganz, und peinlich berührt steige ich in den Brunnen, tauche kraftvoll unter und schwimme davon.

Es war noch sehr früh. Niemand außer mir befand sich im See. Das Wasser war höher als letzten Sommer. Es gab Einheimische, die befürchteten, daß der erhöhte Wasserstand die Wurzeln der Sträucher, die im Erdreich festgekrallt das Ufer befestigen, freischwemme und losreißen werde. Der See hat weder Zu- noch Abfluß. Es habe keine heftigen Regenfälle gegeben, im Gegenteil, eine stämmige Trockenheit herrsche seit Wochen. Die Einheimischen befürchteten, daß das Erdbeben, das etwa zweihundert Kilometer entfernt vom See ganze Dörfer zerstört hatte, schuld daran sei, daß das Wasser gestiegen war. Durch die Verschiebungen der tektonischen Decken wurde der Seeboden gehoben. Immerhin sei der See ein Vulkansee, und es gebe Spekulationen, daß auch dieser See eines Tages wieder zu einem feuerspeienden Vulkan werden könne, obwohl er als gelöscht gilt.

Ich wunderte mich über die Trinkwasserqualität des Sees, obwohl er weder Zu- noch Abfluß hat, kein Schwefelgeschmack und keine Rußpartikel. Die Einheimischen erklärten, daß der Boden des Sees an Pflanzenreichtum nicht zu übertreffen sei. Diese Pflanzen filterten die Schwebeteilchen des Wassers und beherbergten genügend Unterseefauna für genügend Getier, das sich von Schwebeteilchen und Süßwasserplankton und sogar Schwefel ernähre. So werde der See natürlich gereinigt, und daher komme das reine Wasser, das immer dunkel ist, auch am hellsten Tag, mit den hellsten Reflexionen.

Ich stieg also frühmorgens aus dem Bett und genoß den Duft der Pinien und die nährende Wärme der Morgensonne, die erst nach Mittag zu versengen beginnen würde. Ich ging zum See und zwischen den umspülten Wurzeln zupften sich Schwäne mit ihren Schnäbeln im Gefieder herum. Ich hielt etliche Meter Abstand zu ihnen und schritt die Promenade entlang. Es ist bekannt, daß Schwäne aggressiv werden können, daß sie aus ihren Schnäbeln fauchen und die Flügel hochbiegen, bevor sie mit den Füßen zum Angriff heranpaddeln und mit den Schnäbeln einhacken auf das störende Element, dazu die Flügel über dem Kopf des Schwimmenden zusammenschlagen und ihn gar nicht mehr hochkommen lassen, bis er unter ihren weißen Federn ertrinkt. Ich laufe also einen halben Kilometer weit und breite mein Handtuch aus. Ein schmaler Streifen Kies trennt den See von der Straße. Ich lege meine Kleider auf einen Stein und gehe ins Wasser.

Die erhöhte Temperatur führt man auf das unterirdische Feuer, entfacht durch das Erdbeben, zurück. Ich schwimme in einem Kessel mit körperwarmem Wasser. Natürlich kann es den Fakten entsprechen, daß die geringere Tiefe des Sees und seine vergrößerte Oberfläche zu schnellerer und stärkerer Sonnenerwärmung führen. Ich stelle mir kein glühendes Gestein am tiefsten Punkt des Grundes vor. Ich schwimme auf die Mitte des Sees zu, natürlich werde ich hier nicht gar gekocht, ich finde auch, daß ich immer wieder kältere Strömungen verspüre, wie gewiß auch wärmere und noch wärmere. Der See ist glatt, als wäre er mit Blei gefüllt. Die Spiegelung der Sonne aber schimmert gelb wie flüssiges Gold. Ich lege mich auf den Rücken und lasse mich tragen. Nur die Bewegung meiner Arme und Beine hat das Wasser gewellt, und ich sehe meinen schnurgeraden Radius. Ich bin im Mittelpunkt. Ich bin ruhig und angenommen. Hierher verfolgt mich die Agathe aus meinen Träumen nicht. Ich schreibe sie fertig und nicht sie mich. Ich muß nur reihen und mit ihr aufräumen. Es ist erstaunlich, wie lange man auf seinem Rücken bewegungslos liegen kann, ohne unterzugehen. Ich fürchte mich nicht vor der Tiefe des Sees.

Die Einheimischen sagen, daß der See zum Zeitpunkt des Erdbebens getobt habe. Meterhohe Wellen haben sich an der Kaimauer gebrochen, und die Gischt sei noch an die hintersten Häuser der kleinen Ortschaft gespritzt. Die Promenade hätte es weggerissen, wären die Sträucher nicht gewesen. Der sterbende Hund der Signora aus Rottweil sei von einer Welle, die springflutartig über die Kaimauer geschossen sei, vom Hauptplatz fort in die Fluten gerissen worden. Nie wieder sei der Hund aufgetaucht. Sonst war niemand ertrunken.

Ich wälze mich im Wasser, vom Rücken auf den Bauch auf den Rücken. Agathe soll Roger, und Giorgio soll LM. Ich soll mit Agathe. Der Traum hat mich in Italien erfaßt. Und Giorgio soll mit Roger und Roger mit Giorgio. Seine Frau ist mir egal. Und die Signora aus Rottweil? Mitleidsvoll. Ich liebe jetzt nicht. Auch mein Mitleid hat Grenzen. Ersticken und ersaufen. Plutos Tod war brutal.

Ich tauche unter, dann gleich wieder auf. Ich hole ein paar Mal Luft und tauche tiefer. Ich schätze acht Meter. Meine Lunge verringert ihr Volumen mit jedem Meter. Ich schlage mich in die Tiefe, gebe mir Schwung mit wenigen Fußschlägen, um dann stromlinienförmig hinunterzuschießen. Drei Minuten bleibe ich unten. Ich habe genügend Sauerstoff in mich gepumpt, um mein Blut zu versorgen. Ich könnte länger bleiben, aber der Atemreiz setzt ein. Ich bezwinge ihn. Um Agathe fertigzuschreiben, muß ich sie sehen. Ich stehe mir im Bild herum, ich schaue mir dauernd ins Genick. Ich müßte mich aus dem Weg räumen für einen freien Blick. Ich öffne die Augen und blicke in die Tiefe. Ich sehe die grünen Spitzen der Wasserpflanzen, die von wer weiß wie weit unten heraufragen. Ein dichter Wald liegt unter mir. Ich versuche so nah wie möglich heranzukommen und schwimme nach unten. Die Wipfel sind nicht zu erreichen. Sie wiegen sich fort unter mir, parallel zu meinen Schwimmstößen.

Wenn es wahr ist, daß der Hund in dieses Wasser gezogen wurde, wird seine Leiche nie mehr freigegeben, das Gehölz und Dickicht des dichten Bewuchses wird ihn festhalten und verschlingen und überwuchern. Zarte, grüne Spitzen kitzeln meinen Bauch. Soll ich tiefer gehen? Vielleicht finde ich Agathe und ihre Geschichte. Ich werde mir morgen eine Unterwasserlampe ausborgen und in das Schwarz leuchten, wo das Grün absäuft. Ich bilde mir ein, ein Geräusch zu hören. Unter Wasser ist es nicht möglich, Geräusche zu orten. Es wird Zeit aufzutauchen, denke ich, der Atemreiz läßt schon nach. Zum Schluß bist du die tote Agathe. Ich sehe mich aber noch um und erschrecke ein bißchen vor dem eigenen Haar, das vor meinen Augen schwebt, bevor es meinen Kopfbewegungen folgt und sich in Schwimmrichtung legt. Ich blicke nach oben. Bevor ich auftauche, suche ich die Wasserdecke ab. Kein Boot, und ich schnelle nach oben, tauche aus dem Spiegel und hole Luft. Ich meine, den Atemreiz locker fünf Minuten unterdrücken zu können, jedoch ohne einen Begleiter sollte ich es nicht wagen. Man ist ja keine Undine.

Wieder höre ich das Geräusch. Agathes Geschichte könnte sich im Wald dieser unheimlichen Pflanzen verstrickt und ertränkt haben, und ich könnte sie entdecken. Das Wasser ist mein Schutz. Hier bin ich zu Hause. Natürlich bin ich angstfrei. Ich weiß, was ich falsch machen könnte, und tue es daher nicht. Vielleicht hat sich Agathe umgebracht. Und vielleicht hat sie mehr Gründe als eine Krankheit gehabt. Dann ist Roger ein Lügner. Und in seine Geschichte weiht er mich nicht ein. Wieder höre ich das Geräusch. Ich blicke mich um. Ohne weiteres hätte ich es als Gebell beschreiben können. Vielleicht sogar als das Gebell des toten Hundes. Die Uferstraße ist von meiner Position aus gut einzusehen, nichts regt sich, und nichts bewegt sich, außer kleine Wellen um mich im Mittelpunkt. Ich schwimme. Langsam führe ich meine Tempi aus und stoße mich kraftvoll durch das Wasser. Wieder das Gebell. Nun ist es lauter. Eindeutig ist es ein Hund. Was ist mit der Signora passiert? Nach dem Tod und dem Unheil ging sie nach Rottweil zurück. Auf halber Strecke zum Ufer höre ich auch das motorbootartige Geräusch eines dahinbrausenden Diesel-Mercedes. Wer hat es so eilig hier? frage ich mich und schwimme friedlich vor mich hin.

Ein blitzblank polierter Mercedes prescht um den See herum, an der Pescaria mit ihrem weißen Sand, der Kaserne, an den Schwänen vorbei auf die Promenade zu, vorbei an meinem Stein mit meinen Kleidern, und plötzlich wird abrupt abgebremst. Ein Irrer, denke ich und bemerke, daß der Wagen nicht einmal gewendet, sondern im Rückwärtsgang wieder mit einem Affentempo zurückgeschoben wird und direkt neben meinem Stein mit meinen Kleidern unter Quietschen hält.

Ich lege mich auf den Rücken, beobachte. Der Mercedes könnte Giorgios Wagen sein. Vielleicht ist er durchgedreht und auf meine Koordinaten fixiert. Ich erkenne den Fahrer nicht. Ich bleibe auf meiner Stelle. Er schaut in den Rückspiegel. Ich kann sehen, daß er sieht, daß weit und breit niemand ist und nichts kommt. Da schaut er aus dem Fenster, direkt zu mir im See. Ich denke an gar nichts, aber mein Herz schlägt wie irr, als hätte ich mir schon wieder das Schlimmste ausgedacht. Die Tür wird geöffnet, und ein Typ in Shorts steigt aus. Giorgio hat zuletzt auf der Terrasse gesessen und gehofft, daß ihm LM eine Slowakin zuführt. Er trägt nicht mal Schuhe, denke ich. Er geht barfuß und zielstrebig, ohne Zögern auf das Wasser zu, und natürlich ist die Entfernung zu groß, um sein Gesicht zu erkennen, er stürzt sich ins Wasser und krault hemmungslos auf meinem Radius auf mich zu.

Dieser Mann konnte nicht Giorgio sein. Er war zu jung und zu stark. Dieser Mann konnte aber Roger sein. Er schaufelte sich durchs Wasser. Eine wilde Angst ergriff mich, und ich tauchte ab und schwamm wie um mein Leben, unter Wasser, hakenschlagend ans Ufer. Das Wasser ist mein Element. Darin gibt es keine Erschöpfung. Ich bin schnell, wendig und zäh. Erst außer Atem, wenn ich aus dem Wasser steige. Wie klobig kraulte sich dagegen der Schwimmer dahin.

Ich nahm meine Kleider. Ging am Wagen vorbei, warf einen verstohlenen Blick auf den See, wie eine Erscheinung aus Gischt tobte der Mann durchs Wasser. Nach hundert Metern war er erschöpft, und sein Kopf trieb wie eine Boje, an der der Körper hing und sich erholte, unter der kreisrunden Fläche. Ich inspizierte den Wagen, und kaum hatte ich die mit Fell tapezierten Sitze ausgemacht, hörte ich wieder das Gebell.

Ich traute meinen Augen nicht. Pfeilschnell jagte ein Dalmatiner an der Pescaria über den weißen Sand in Richtung Straße, an der Kaserne vorbei, über die Promenade auf mich am Wagen zu. Ich sprang schnell hinter die Büsche. Beim Wagen blieb der Hund stehen, schnupperte wie wild herum, bellte und witterte und folgte meiner Spur, zum Glück nicht in die Büsche, sondern der Spur in meine Vergangenheit, also zum Wasser. Der Hund tapste mit seinen Pfoten im flachen Wasser herum und japste. Stieß seine Schnauze mehrmals in den See und bellte, bis er sich einen Ruck gab und ins Wasser stapfte und losstrampelte. Die Hundeschnauze ragte heraus wie ein schwarzer Tupfer auf der Spitze eines schwarzweiß gefleckten Filzstiftes, der im Wasser treibt.

Die Hundeschnauze berührte den Kopf des Mannes, als wollte er einen Ball weiterschubsen. Plötzlich fuhr die Hand des Mannes aus dem Wasser und warf einen imaginierten Stein, den der Hund apportieren sollte. Der Hund ließ sich foppen, und während der Mann gemächlich ans Ufer schwamm, zog der Hund seine Kreise um ihn, immer auf der Suche nach dem Stein, den der Mann für ihn alle paar Meter werfen mußte. Dem Hund genügten die Tropfen. Ich steckte bis zum Schluß im Oleander und beobachtete, wie die beiden aus dem Wasser stiegen, der Hund sich beutelte, wie der Mann ein Handtuch um die Hüften schlang, wie sie ins Auto stiegen und unter Anleitung einer einlullenden Stimme nach Rom davonfuhren.

Ich saß noch lange im Oleander, überlegend, ob Giorgio einen Hund mit nassem Fell ins Auto lassen würde. Ich hörte Leute kommen. Sie sprachen heftig miteinander. Als ich das Wort *Arschlöcher* auf wienerisch ausgesprochen hörte, verrenkte ich mir so stark den Hals nach den Leuten, daß ich vom Ast stürzte und neben meinen Federn, wie aus dem Prangerbrunnen gefallen, pudelnaß auf dem Boden landete.

Roger schlief. Ich half mir selber auf. Ich war aus dem Bett gefallen und blöderweise auf das Wasserglas. Ich blutete und mußte noch in derselben Nacht in die Ambulanz. Sie nähten das Zahnfleisch. Es war lächerlich, nach so langer Zeit wegen LMs demonstrationslüsterner Pelzverachtung so belastet zu sein. Ich fand es töricht von mir, aus dem Bett zu fallen, nur weil es vielleicht sie gewesen ist, die mich ein Arschloch geschimpft hat. Und wenn schon. Wie oft sage ich dieses Wort? Immer, bei fast jedem Menschen, denke ich es mir. Nur weil sie es laut zu mir gesagt haben könnte, geht's mir schlecht. Es soll nichts Schlimmeres passieren. Daß ich aus dem Bett falle, passiert mir nicht zum ersten Mal. Vor allem in dieser Wohnung. Roger hätte nichts dagegen, daß ich mich an ihm festkralle. Aber ich will das nicht. Ich bin kein Klammeraffe. Trotzdem kommt es mir manchmal vor, als lägen mehr als ein paar Kubikzentimeter Luft zwischen uns. Irgend etwas Dichtes, ich weiß nicht genau was.

Als ich Roger wecken wollte, weil mein Zahnfleisch blutete, fühlte ich mich, ehrlich gesagt, aus dem Bett gestoßen. Ich ging also ins Bad, dann zurück und in meiner Betthälfte lag wer. Ich dachte natürlich an Mascha, die unter meine Decke geschlüpft war. Welch überzeugendere Liebeserklärung könnte mein Stiefkind sonst bieten? Obwohl mein Zahnfleisch blutete, wollte ich einen Kuß auf ihre Wange schmuggeln. Ich roch Staub und küßte altes Haar. Ich fetzte hoch und tauchte nach dem Lichtschalter. Ich rief Roger. Aber das Blut füllte den Mund, und ich gurgelte. Ich konnte den Lichtschalter nicht finden, spürte, wie mich dieses haarige Etwas am Rücken streifte. Ich roch wieder Staub. Ich gurgelte Blut.

Roger wurde schließlich von meinem Gurgeln aus dem Schlaf gerissen. So fein ist sein Gehör, wenn mit mir etwas nicht stimmt. Als er das Licht andrehte, war natürlich nichts Haariges mehr in meinem Bett. Keine Mascha, keine Geister, hundsnormales Nervenreißen.

Am nächsten Morgen rief ich LM an und fragte, ob wir uns nach langem wieder einmal treffen wollten, und wie nebenbei fragte ich auch, ob sie am Donnerstag vielleicht demonstrieren gewesen war. Sie verneinte, es sei ihr zu kalt gewesen. Sie habe auch keine Lust, Mittel zum Zweck zu sein. Gegenmasse für Gegenmacht. Sie habe sichs am Kamin gemütlich gemacht. Hätte sie aber gewußt, daß ich mich aufgerafft habe, hätte auch sie sich losgerissen und sich nicht in den Agathe-Stoff verbissen.

Wieso nuschelst du so? fragte LM. Hast du eine auf die Schnauze gekriegt?

Meine Mundpartie war taub von den Spritzen, die mir die Ärzte ins Zahnfleisch rund um die Rißquetschwunde gesetzt hatten. Daß man als erwachsener Mensch überhaupt aus dem Bett fallen kann. Sie sagten, das käme davon.

Was käme wovon?

Manche Menschen haben keine Mitte.

Wenigstens bin ich links aus dem Bett gefallen, sagte ich. Na, immerhin ist mir das eingefallen, die Seite ist ja wichtig für eine Deuterin. In Wirklichkeit könnte ich nach allen Seiten aus dem Bett kippen.

Ich ahnte, daß ich richtig lag. Rogers erste Frau störte unsre Liebe, sie schubste mich aus dem Bett, als wäre ich eine billige Nutte. Ich lebe mit ihr. Mit dem Wissen, daß sie sterbenskrank war. Wird es gehen oder bleiben? Das hatte ich mich damals dauernd gefragt.

Ich beobachte. LM zuckt mit den Schultern und tritt mit den Füßen auf dem Boden herum. Als wollte sie sich zurechtrücken, ihren Platz finden. Vielleicht ist sie aus der Welt gefallen? Sie erntet Antipathie wie Sympathie, aber hauptsächlich freundliche Ignoranz bei Fremden und Einheimischen, Fremden und Anverwandten. Sie ist bestimmt eine Insel, unentdecktes Eiland. Die Frage lautet, ob sie ein Ei ist oder nicht. Also, wie verhält sie sich, wenn sie entdeckt, daß Wien ein Nest ist? Geht sie oder bleibt sie, ergo: Schlüpft sie? Es muß etwas passieren, sonst verreckt sie. Sie wird sich befreien müssen.

Den ganzen Tag sei sie also in Agathe herumgelaufen und habe versucht, Leute anzusprechen, damit sie ihr halfen. Natürlich hatte niemand Verständnis für ihre Phantasien. Geschweige denn Sinn. Sie habe versucht, auch meine Plätze aufzustöbern, aber da sie über meine Gewohnheiten nicht mehr Bescheid wisse, habe sie aufgegeben, mich zu finden.

Sie habe in meiner Gasse gestanden und gewartet, bis ich endlich nach Hause kam. Ich kann mich nicht erinnern, irgend jemand draußen gesehen zu haben, es ist auch niemand im Stiegenhaus gesessen. Ich war nach Hause gekommen und hatte die Wohnung vorgefunden, wie ich sie verlassen hatte. LM hatte das Licht unten gesehen und sich gewundert, daß sie mich beim Hineingehen ins Haus übersehen hatte. Dann sah sie Licht und Schatten im Fenster, von mehreren Personen, sie glaubte schon, daß sie sich im Stockwerk geirrt hätte. Daß die ganze Familie daheim sei. Ob jemand außer mir hier gewesen sei? Ob ich jemanden vor ihr versteckt halte?

Ich verneinte, denn wie sie sich selbst vergewissern konnte, war absolut niemand in der Wohnung außer mir.

LM legte drei Finger aufs Herz und schwor noch einmal, daß sie zumindest zwei Schatten im Fenster gesehen habe.

Aha, dachte ich, eine Falle. LM will mich in einen Plot erfinden, mit Hand und Fuß und Leichen. Wenn diese Agathe etwas erlebt haben soll, damit LM sie aufbahren kann, empfehle ich ihr, die Geschichte umzubauen und Agathe jemanden aufbahren zu lassen. Ich biete mich sogar als Bestatterin an. Roger, so sage ich, könne ihre Agathe präparieren, so daß ihre Hülle zu verwerten sei.

In diesem Augenblick drang ein Hauch an meine Wange. Gewicht lastete plötzlich schwer auf meinen Schultern, als stützte jemand die Ellbogen auf mich. Blätter wurden umgeschnalzt, und etwas schweres Viereckiges legte sich auf meinen Nacken. Bin ich jetzt ein Lesepult, oder was? Blitzschnell drehte ich mich um.

LM fragte mich mit schneidender Stimme: Warum so aufgeregt?

Habe ich einen Schuß gehört? Wer lebt hier mit mir? Ich habe schon lange den Verdacht, daß Agathe Selbstmord begangen hat, aber doch nicht hier in dieser Wohnung. Roger hat mir nichts gesagt vom Selbstmord seiner ersten Frau. Er lügt aus Liebe. In diesem Fall nehme ich seine Lüge an und fühle mich in ihr gut aufgehoben. Der Druck auf meine Schultern nahm zu, preßte mich in den Fauteuil, und dann spürte ich Wärme und eine punktuelle Feuchtigkeit elektrisierte meine Wange. Als gäbe ich mir mit meinen eigenen Lippen einen Kuß.

Ich sehe mich unauffällig um und bitte LM, mit mir die Plätze zu tauschen.

LM ist in Gedanken noch immer bei den Schatten, die sie mit eigenen Augen gesehen haben will. Sie schüttelt den Kopf und sagt: Vergiß es. Das macht alles keinen Sinn. Der Fluch ist überall. Mein Rücken ist schon ganz krumm. Und die Beine sind eingeschlafen. Es gibt kein Entkommen.

Dann werde ich mir die Beine vertreten, sagte LM, stand auf und ging schnellen Schrittes durch meine Wohnung. Sie trat laut auf und beschleunigte ihr Tempo. Ich schloß die Augen und hörte ihr nach. Die Haut, dachte ich zusammenhanglos, ist wirklich das größte Sinnesorgan des menschlichen Körpers. Ich nahm die Hände von den Ohren und ließ die Augen geschlossen. Es war gleichgültig, ob ich die Ohrmuscheln zustopfte oder nicht. Ich hörte LM immer gleich laut trampeln. Nur begabte Konzentrationskünstler sind zu diesem Effekt fähig, können mit dem Körper hören und sind total geistig. Da ich das Getrampel nicht weiter wahrnehmen wollte, beziehungsweise gemildert, öffnete ich die Augen und klimperte mit den Lidern, bis ich LM durch das Vorzimmer ins Eßzimmer herein zu mir ins Ausruhzimmer und wieder hinaustrampeln sah. Sie vertrat sich die Beine durchs Schlaf- und Ankleidezimmer bis in die Garderobe, von dort durchs Bad, durch die Pablatsche wieder in den Vorraum und durchs Eßzimmer zu mir herein ins Ausruhzimmer. Mein enges Arbeitszimmer, in dem ich jeden Vormittag zwischen zwei Türen sitze, mit dem Geist ein- und ausgehe, mich von Woche zu Woche immer besser konzentriere, bis ich durch meine Poren meinen Text allumfassend wahrnehme und die verinnerlichte Veräußerlichung endlich gelingt, wie einem Schnapsbrenner das Destillieren von Hochprozentigem, durchmaß sie auch mit wenigen Schritten.

Der Trieb zur Motorik raffte mich hoch, und ich wunderte mich darüber, daß ich die Augen geschlossen ließ. Wir marschierten beide durch die Wohnung, wurden schneller und liefen kreuz und quer, wie im Zickzack der Gedankensprünge, durch die Zimmer, hin und her. Unsere Wege kreuzten sich, aber nie stießen wir zusammen.

Ich roch den schmierigen Rauch, der im Arbeitszimmer jedes Buch verseucht, und folgte dem Geruch des Rauches ins Schlafzimmer, wo das Liebeslager, breit und komfortabel, ein Durcheinander, mit der herumliegenden Wäsche seit gestern und dem Aschenbecher und mein ganz privater Saustall und das zweite Whiskeyglas. Sollte ich mich über die Neugier der LM aufregen?

Ich höre sie schon wieder im Badezimmer, bedenke das Waschbecken mit den eingetrockneten Zahnpastaflecken, die Kalkflecken auf den Wänden, den Haken, an dem mein Pyjama hängt, den ich gestern echt nicht gebraucht habe, statt dessen wohlriechende Haut. Ich selbst bin wie von fremder Macht bewegt.

Ich sehe Weißliches und sonst nichts mehr. Was duftet hier? Ich schlage die Augen auf.

Ich stehe vor dem Schrankraum und berühre mit der Nasenspitze seine weiß gestrichene Tür. Was duftet hier?

LM fragt mich aus der Küche: Du hast doch nichts dagegen? Ich darf doch bei dir putzen?

Ich kenne ihr Verhalten. Länger als zwei Stunden kann sie nicht still sitzen. Sie muß unterbrechen. Diese Gewohnheit hält sie durch. Ganz egal, ob sie in Agathe steckt oder nicht. Sie ist wie meine Mutter. Sie bewegt und ändert nichts Grundsätzliches. Sie geht zum Beispiel nicht nach Hause. Sie wird nie verschwinden. Ich lasse sie putzen. Roger soll die Spuren meiner Ordnung und Reinigung entdecken.

Daß Wien ein Nest sei, sagte er. Trotzdem wollte er nach Wien. Und er hat die Wohnung gefunden und hergerichtet bis auf die altdeutsche Anrichte und den Fleck oberhalb. Er hat ihn überkalkt, die Knochensplitter habe erst ich gefunden. Seine Frau hatte früher schon in Wien gelebt, als Kind, mit ihren Eltern, oder was weiß ich, mit wem von ihrer Sippe.

LM nimmt die Putzmittel aus dem Spülschrank. Man sollte weggehen und sich weiterentwickeln. Früher war Wien groß für mich. Mit seinem Zentrum und den paar Zentren ums Zentrum herum. Das Textilviertel ist mir das liebste.

Hast du ein Putzmittel gegen Kalk? fragt LM.

Wieso, dachte ich, hält sie nun Agathe für eine Kalkablagerung?

Ich dachte nach und ging zum Schrankraum. Was wollte ich da? Die Schlüssel sind noch nicht aufgetaucht. Im Schrankraum verstauen wir gewöhnlicherweise alles, was ätzt. Roger verräumt die scharfen Putzmittel immer in die oberste Etage der Regale.

Wir besitzen kein Putzmittel speziell gegen Kalk, sagte ich.

Wenigstens Essig oder eine Zitrone? fragte LM.

Nichts davon hatte ich, außer einem uralten Balsamico, den ich aber nicht zu Putzzwecken verschwenden wollte. Wir tranken jeder ein Stamperl davon, denn Balsamico hält jung. Da fielen mir die Essiggurken ein, und LM holte das Gurkenglas aus dem Kühlschrank, fischte die Gurken heraus, schnitt sie auf und legte die Scheiben auf den Wasserhahn, um die Kalkspuren zu lösen. Diese Methode ist hierzulande gänzlich unbekannt. In London, so Roger, sei es üblich, Wasserhähne mit Essiggurkenscheiben blitzblank zu reiben.

LM fragte, was den Unterschied einer Metropole zur Großstadt zur Provinzstadt zum Nest ausmache? Die Kalkspuren, sagte ich. In Metropolen werden Wände kaum gekalkt. In Großstädten hingegen schon öfter. In Provinzstädten nahzu immer, in Nestern ständig. Nimm Wien. Nimm diese Wohnung.

LM putzte flott. Ich staunte, wie gut sie sich zurechtfand in meiner Küche. Sie war sogar zu kleinen Scherzen aufgelegt. Außerdem sei eine Stadt dann eine Metropole, wenn niemand die Landessprache sprechen müsse, weil *alle* Sprachen verstanden werden.

Eine Großstadt ist eine Großstadt, wenn zumindest keine Sprache aufgezwungen wird. Eine Provinzstadt ist eine Provinzstadt, wenn die Einheimischen nur im Dialekt kommunizieren, aber von Fremden eine Sprachprüfung verlangen. In einem Nest herrscht Schweigen. Es gebe aber solche und solche Nester, schränkte LM ein. In manchen herrsche sogar zweisprachiges Schweigen.

Rogers Frau mochte Wien nicht. Das Textilviertel mochte sie überhaupt nicht. Ich aber mag Stoffe und Tüll, jede Art von Hülle ist mir willkommen. Die Häuser hier sind keine Häuser, sondern Blöcke, wie Sockel für Hochhäuser, aus denen nichts weiter wurde. LM mag diese Gegend nicht, sie ist ihr zu zugekalkt. Ich mag das Viertel, vielleicht gerade wegen der renovierten Fassaden, wegen der geraden Straßen, der vielen miserablen Lokale, bis auf das eine, in dem ich gern aufschreibe, was mir zufällt. LM mag das Lokal nicht, dort stinke es nach gekochter Milch. LM ist gegen Milch und Kalk allergisch. Weswegen Roger, wie ich vermute, unsere Wohnung mit Kalk ausgemalt hatte. Kalk reinigt und vertreibt den Schimmel aus den Wänden. Kalk ist konservierend und dehydrierend, das finde ich appetitlich.

Ich mag sogar das Weiß aus den Kalkgruben. Wie von innen leuchtend. Rogers Frau wollte alles fröhlich und bunt. Sie war richtig kalkphobisch, wie LM. Ich dagegen war kalksüchtig. Als Kind kratzte ich Kalk von den Wänden und lutschte die Brösel.

LM rührt ein Putzmittel zusammen. Sie stellt den Kübel hin und rudert mit dem Löffel im Wasser herum. Sie löst

Seife auf und gießt Essiggurkenwasser hinein. Das ist das Rezept von meiner Mutter und Rogers Frau. Woher weiß LM davon?

Mit einer Schaufel hat der Nachbar Kalk gestochen, die Brocken hat er in den Bottich geworfen, mit der Schaufelkante zerstoßen und mit dem Blatt eines ausgedienten Ruders hat er das Wasser verrührt.

Aus dem Bottich schöpft LM die Lösung in einen Becher um. Sie rührt die Flüssigkeit zu einem glatten Brei, immer gegen den Uhrzeigersinn, sie summt dazu und rudert mit dem Mokkalöffel gleichmäßig wie ein Gondoliere.

Der Nachbar kalkte den Hühnerstall und die Werkstatt. Jedes Jahr im Frühjahr wurde auch der Sockel des Hauses gekalkt, und im Herbst wurden die Bäume gestrichen, damit das Wild aus dem Wald nicht die Rinde abnage.

Ich werde mein Grab kalken lassen.

Wie schneeblind läge ich im Bett des Sarges. Sonnen blendeten mich mit irrer Brillanz. Die Hornhaut sticht, als ruderten glühende, metallene Spaten in der Iris herum. Ich hebe den Blick.

Das erste, was Agathe sah, war ein Glas Milch. Trink, hatte die Mutter gesagt, und Agathe hatte einen kräftigen Schluck genommen. Sofort mußte sie sich übergeben. Sie sah noch alles verschwommen. Die Milch war nur als Milch zu erkennen. Sie schmeckte seifig. Die Analysen sagten, es handelt sich um eine Lactalphobie, um einen Bruch mit dem Bund der Mutter. Agathe hat sie vom Objekt ins Abjekt verwandelt. Gebirgsketten wurden für sie zu Milchgestein. Die Schönheit des Landschaftskörpers war abstoßend.

Hab ich dir schon Grüße von Giorgio ausgerichtet? hatte Roger gefragt.

Spaziergänge und Wanderungen in Bergen waren Agathe verhaßt, und im Winter überhaupt wegen der Schneetupfen.

Ich liebe die Stadt, das Fetzenviertel der Inneren Stadt. Die Blöcke sind mir lieb, Quader, Stein, Ziegel, zumindest sind das konkrete Formen. Kuppeln findet LM nicht so toll.

LM kostet tatsächlich ihr Gebräu und nickt zufrieden. Sie trägt den Becher in das Badezimmer, und ich folge ihr.

Du bist krank, sage ich, als LM mit dem Gebräu die Armaturen abzureiben und zu entkalken beginnt.

Sei doch froh, sagte sie, ich tu etwas, was dir nützt. Ich putze gern, vor allem nachts. Leg dich hin, schlaf dich aus. Genieß das Leben, reg dich nicht auf. Ich mag dich wahnsinnig gern. Ich räum dir deshalb auf. Ich schaffe meine Spuren fort.

Ich rege mich nicht auf. Es fällt mir zu schwer. Daß ich, obwohl ich über Roger nicht nachzudenken vermag, nicht schweigen kann mit meiner inneren Stimme? Ich lasse LM putzen und gehe in die Küche. Blicke auf die Uhr, es ist kaum Zeit vergangen. Soll ich ins Bett gehen? Ich könnte nicht einschlafen. Die Unruhe meiner geschätzten Freundin stört. Ich müßte ein Schlafmittel nehmen, ein Viertel nur vom Rohypnol, um morgen nicht ganz kaputt in einer schwindligen Welt zu bestehen. Doch ist es mir mit LM im Haus nicht recht einzuschlafen. Was weiß man. Am liebsten würde ich sie hinauswerfen. Wieso tu ich es nicht? Vielleicht habe ich Angst dahinterzukommen, eingeschlossen zu sein. Vielleicht fehlt sogar die Wohnungstür. Natürlich ist das die Gefahr einer Umarmung, daß sie in Zwang kippt.

Jedenfalls spare ich mir morgen die Putzfrau, die ich am besten gleich anrufe, wie ich überlegte. Doch, falls die Welt kopf steht, ist es vielleicht gut, daß die Putzfrau kommt. Die Ausgeschlossene kann dann die Eingeschlossene befreien.

Natürlich schläft sie um diese Zeit. Ihre Mailbox ist wie stets eingeschaltet. Sie spricht deutsch, schlecht, aber immerhin. Ihre Stimme klingt angenehm, dunkel. Die Wohnung ist kein Kellerloch, sondern eine ausgebaute Kleinwagen-Garage. Meine Putzfrau heißt auch Agathe. Ich integriere sie, wo ich kann. Sie ist tüchtig und gescheit, als Polierin würde sie bessere Arbeit finden, aber ich bin kein Ingenieur, der sie anstellen kann, wenn er will. Außerdem hat sie mehrere Klötze am Bein: Illegalität, ein Kind und einen Mann, der ihr nur bleibt, wenn sie sich um ihn bemüht. Er sitzt zu Hause und raucht, holt das Töchterchen vom Kindergarten ab. Agathe kauft nach der Putzarbeit ein, kommt spät nach Hause und bringt die Zigaretten mit, die er verraucht. Agathe sollte vielleicht auch wieder rauchen. Sie hat Übergewicht, ist entstellt dadurch und noch dazu über vierzig.

Er ist recht hübsch. Grau und fahl von all dem Rauch. Ein schlanker Mann, der früher an der dalmatinischen Küste am Strand sein Glück versucht hat, bei dieser oder jener Touristin. Er bildet sich ein, perfekt deutsch zu sprechen, und behauptet, sich auf polnisch mit seiner Agathe unterhalten zu können. Er sagt, daß er polnisch so perfekt spreche wie deutsch. Er weiß nicht, was er sagt, denke ich, männliche Selbstüberschätzung, und will ihn nicht beleidigen und sage, daß Agathe nicht nur gut deutsch spreche, es auch beherrsche. Das versteht er nicht. Er sagt, sie spreche kein Wort serbokroatisch, er spreche aber perfekt polnisch, und deshalb sei die gemeinsame Sprache Perfekt-Polnisch. In dieser Sprache trifft er mit ihr die Entscheidungen für die perfekte Zukunft. Jetzt soll sie putzen, und später soll sie sich selbständig machen und als Baumeisterin arbeiten. Ich sehe ihm an, daß er einst sehr schön gewesen sein muß. Ich überlege, ob Roger auch so ein Mann ist oder ob der Mann der Putzfrau Roger ist?

Im Haus gegenüber wohnte ich vor Jahren. Das Haus ist mittlerweile außenherum renoviert. Es sieht richtig wohnlich und gepflegt aus. Wie das Haus, in dem Agathe wohnt.

Tritt man aber ein, springt einen der modrige Kellergeruch an und die Feuchtigkeit haucht aus den Mauern, klar, daß der Putz bröckelt, der Schimmel wuchert und daß man hier eingeht. Die Unzumutbarkeit der engen, stinkenden Stiegenaufgänge geht in die beengten Wohnungen über. Als ich erfuhr, daß nun WC und Badezimmer eingebaut seien in den Zimmer-Küche-Wohnungen, rechnte ich mit einer sich daraus ergebenden Verbesserung der Zustände. Die Naßräume sind unbelüftet und schimmlig. Es stinkt nicht nur in den Gängen, auch in den Wohnungen. Gewiß auch in dieser ausgebauten Garage, die dafür, daß man ein Hochbett errichten und selber das Wasser einleiten durfte, mit einer höheren Ablöse belegt war, die schwarz zu bezahlen war. Und Agathe zahlte, damit ihr Mann, von dem sie sagt, daß er ihr Mann sei, etwas zu tun hatte.

Der Großteil der Mütter, die ich von Maschas Freunden kenne, lebt in solchen Häusern. Die meisten sind Flüchtlinge. Sie sehen keine Zukunft, weil die Vergangenheit zerstört worden ist. Die Männer, wenn sie tüchtig sind, und viele sind es, richten dann diese Wohnungen her. Bauen Lüftungen ein und denken an alles, damit es nicht stinkt und gräßlich ist. Doch es gibt Hausverwalter, die den Weg durch die Gänge und Stiegenhäuser verwahrlosen lassen und ihre Mieter und Untermieter weiter deprimieren. Moder, Grind, Nässe und Schimmel, als wäre man lebendig begraben. In den Mauern dieser Häuser wuchern Krankheit, Mißtrauen, Befremden. Grind und Moder schleuderten sich entgegen, als ich Agathes Garage besuchte und zum Einstand Blumen mitbrachte.

Ich läutete. Ihr Mann war da. Er nannte sich Roger.

Alt, schlank, grau, verrauchte Haut, verrauchte Stimme, glühende Augen, Schmuck. Agathe wird Baustelle machen. Er? Auch Bau. Ja, aber läßt sich das organisieren?

Agathe wird Prüfungen nachmachen müssen. Und wenn

sie als Putzfrau arbeiten muß, wird sie sich abends hinsetzen und lernen können. Ich will helfen. Angeblich ist die Hälfte seiner Familie ausgelöscht, aber er kommt doch aus Montenegro, hat es dort auch getuscht? Er ist Serbe, staatenlos. Vor dem Krieg geflüchtet. Agathe ist eine starke Frau. Er kann keine Arbeit finden, er war Verkäufer. Er ist staatenlos, keine Papiere. Ich wundere mich plötzlich über die Amerikaner mit ihrer rigorosen Rauchverbotspolitik, die rigoros für Frischluft in Innenräumen sorgt. Diskrepanz zwischen striktem Rauchverbot innen und geradezu wirtschaftspolitisch verordnetem höchsten Emissionsausstoß außen, atmosphärische Verpestung. Wirtschaftspolitischer Chauvinismus versus Universalverstand. Ob er wirklich Roger heißt? Immer schon. Das Kind, das seine Schönheit und ihre Lockenpracht geerbt hat, dankte mir auf Schönbrunnerdeutsch für das Kuscheltier, wandte dann den Kopf ab und schaute fern.

Roger trug klobige Ringe, Armband und Golduhr und rauchte Kette. Die Fliesen mußte er aus dem Boden wieder herausreißen, versuchte er mir mitzuteilen. Ich verstand. Ich weiß alles von ihr. Sie mußten ja ruckzuck die Wohnung wechseln. Der Gerichtsbeschluß war schon unterwegs. Am dreiundzwanzigsten Dezember abgeschickt. Die Hausverwaltung Koltnig zeigte sich nach meiner hochheiligen Intervention jedoch christlich und erlaubte der Familie, gegen die vom Hausverwalter angezettelte Vertreibung über die Feiertage bis nach den heiligen drei Königen im Kellerloch zu bleiben. Die Hausverwalter sind nicht alle schlecht. Der seit Jahren in Wien wirkende, assimilisationsresistente Hausverwalter Koltnig sprach in breitem Dialekt. Er folgt chauvinistischen Gefühlen bei der Vergabe von Herbergen, deshalb wendete ich seinen Singsang an.

Agathe, Kind und Küstenhengst leben nun in einem neuen Heim. In einem »Haus«, wie ich die Garage bezeichne. Er bemerkt meine Falschheit. Er weiß, daß ich ihn für einen Gigolo halte. Wäre Agathe rank und schlank, würde ich sie an Giorgio vermitteln. Er nähme sicher auch eine Polin.

Gigolos gibt es überall. Mit zunehmendem Alter ist es ihnen egal, wer sie nimmt. Hauptsache, sie finden eine Versorgerin. Sie betrachten dennoch nicht sich, sondern die Frauen als Ware, weil sie grundsätzlich nicht genug bezahlen können für einen, der ihnen Kredit auf seinen Körper gibt. So funktioniert männliche Logik, wenn es überhaupt eine geschlechtliche gibt. Mit zunehmendem Haarverlust pirschen sie sich sogar an die vierzigjährigen, verfetteten, vom Kinderwunsch getriebenen Frauen heran. Da ist ihnen dann selbst der Ostblock egal, wenn diese Frauen sie nur halbwegs aushalten können. Natürlich gibt es nicht nur Küstenhengste, sondern auch Seeuferhengste. Wie etwa der Hausverwalter Koltnig einer war. Ein echter Wörterseemann. Ausgezogen, um die Amerikaner das Fürchten zu lehren und mit neuen Kleidern zurückzukommen. Seine Leute glaubten dran. Ich aber wußte aus Freundesquelle, daß er seine idiotische Aschenbecherfabrik am liebsten in Brand gesteckt hätte in diesem Nichtraucherland.

Ich liebe die Ufer des Wörtersees nicht. Sie sind verbaut und planiert. Der See hat keine Zugänge, außer man bezahlt oder springt von der Straße ins Wasser, was jedoch nicht gern gesehen wird. Der See ist öffentlich, nicht aber sein Ufer, die Uferverbauung. Das Geld entscheidet, wer ans Wasser darf.

Dennoch habe ich den See geliebt. Klar, seidig, türkisig. Als Kind roch ich sein Wasser. Fahre ich heute in die Gegend, kann ich mit meinem sensibilisierten Geruchssinn sofort den Qualitätszustand des Wassers feststellen. Ich muß den See nicht sehen, sein Wasser nicht berühren, trinken oder untersuchen. Ich weiß, was los ist. Ich weiß, wie es dem See geht. Okay, das ist jetzt pathetisch. Aber ich fühle mich für ihn verantwortlich.

Ich muß Wasser nur riechen, und es entsteht ein Gefühl der Sehnsucht. Vielleicht sogar der Weite. Eine Frage der Perspektive, also der Deutung. Wenn es Freiheit gibt, dann ist sie klar, farblos, fließend und seidig. Wie Wasser, das ich grundsätzlich mag. Ich mag auch Autobahnen, weil man von der Wörterseeautobahn den Wörtersee sehen kann. Sie verlassend und durch den Ort fahrend, an einer noch immer explosionsgefährdeten bewaldeten Mülldeponie und an der Sandgrube vorbei, in meine kleine Pension, ergreift mich gleich wieder Angst, nie wieder von hier wegkommen zu können. Autobahnen sind einbahnig. Eine irrationale Angst, die ich auch in der Wohnung des Küstenhengstes erzeuge, bricht in mir aus. Dabei ist es Langeweile, die mich lähmt. Mich interessieren seine quadratischen Fliesen nicht, wie mich auch die quadratischen Grundstücksparzellen nicht interessieren, die neuen Fenster in der Pension und das neue, quadratische Parkett in der Wohnung.

Ich stieg aus dem Wagen, roch den See in der Luft, und sofort lösten sich Lungendruck und Beklemmung. In der Wohnung hilft oft schon ein Glas Wasser, das ich mir nicht zum Trinken, sondern zum Riechen auf den Tisch stelle. Ich schlafe praktisch nie ohne ein Glas Wasser auf meinem Nachttisch, direkt neben dem Kopf. Ich bat Roger um ein Glas Wasser, und ja, um einen Kaffee, bitte auch. Milch, nein danke. Jeder Quadratmillimeter um den See war veräußert, hier im Garagenhaus war jeder Zentimeter verfliest, vor dem Fenster ein mit winzigsten Quadraten ausgefülltes Fliegengitter. Der See ist meine Idee von Flucht, weggehen, nie mehr wiederkehren. Er ist meine Sehnsucht, und die Sehnsucht gehört also zu meinem Freiheitsbegriff. Einen Kilometer entfernt vom See stand das dreistöckige, nunmehr abgerissene Mutterhaus. Auch dort tauchte ich ein, ich züchtete Seerosen in meinem Zimmerteich, verschwand für Stunden in immer kleiner werdenden Rasterungen, flüchtete ins Zimmer, in den Kasten, in die Schachtel und saß dort stundenlang völlig grundlos bei einem Glas Wasser. Die Schachtel wurde später zu einem Schildkrötenstall umfunktioniert, das Tier lebt heute im Tiergarten des angrenzenden Dorfes. Die Pflanzen setzte ich ins Grundwasser in der Sandgrube. Ich öffnete das quadratische Fenster und lies die Seeluft herein, die mir den Lungendruck verscheuchte.

Ich war nie eingesperrt, immer Freigänger, nie war da das Gefühl von Gefängnis. Trotzdem mußte ich mich ständig bewähren. Agathe als Bewährungshelfer, Muttergeschlecht und Gesetz. Ich ging weg und wußte, bewähre dich, sonst kriegst du lebenslängliche Rückkehr. Es hat sich ausgezahlt, auf meinen Auszug zu vertrauen. Ich kehre zurück mit Appetit auf den See, löse meine Beklemmung, hier vererdet zu werden, indem ich mir vorstelle, ich schwimme und tauche unter und schwimme weg.

Ich sitze auf der Promenade und beobachte die Wellen. Der einzig frei zugängliche Badeplatz war der Freisteg, das Floß. Man hat den Steg weggerissen und ein gepflastertes Promenadenstück hergesetzt. Das Floß war der Tummelplatz für die Einheimischen. Hier traf sich, was Rang und Namen hatte unter den Jugendlichen. Hier lernte ich LM kennen. Wir lagen nebeneinander auf Handtüchern. Da sie sehr zurückgezogen lebte, kaum Kontakt zu den Dorfleuten hatte, war ich neugierig auf sie. Wir waren einander sehr ähnlich. Wir freuten uns über jedes frische Blut, verbündeten uns wortlos und waren ein Zentrum an der Peripherie der jugendlichen Partygesellschaft. Sie las und ich las. Ein Freund fragte, ob wir Geschwister seien, dabei wußte er, daß ich keine Schwester hatte, daß ich ein Einzelkind war. Sie sprach mit niemandem. Als ich das Buch zuschlug, sah sie kurz auf, las den Titel des Buches, stutzte und lächelte für sich, schlug ihr Buch zu. Nun stutzte ich und lächelte.

Sie las Camus und ich las Camus. Ich stieg ins Wasser und sie stieg ins Wasser, sie schwamm und ich schwamm. Wir verstanden uns wortlos und so schwammen wir einfach über unsere übliche Länge hinaus über den See. Am anderen Ufer gingen wir an Land des Strandbades und flüchteten vor dem Schwimmeister, der uns mit einer langen Stange verfolgte, weil er die Eintrittskarten sehen wollte. Wir liefen nebeneinander her, die Bucht entlang zum Freisteg zurück. Wortlos, aber in großer Eintracht.

Auf dem Floß hatten sich unterdessen Wiener breitgemacht, die unsere Handtücher einfach zur Seite geräumt hatten. Sie lagen in ihren Liegestühlen und fraßen Schnitzel und Erdapfelsalat. LM ging vornehm an sie heran. Zückte ihr Handtuch, drehte es ein und schlug damit auf die fressenden Wiener wie auf Schmeißfliegen ein. Eine Aufregung folgte. LM zog sich an und ging. Ich war perplex. Ich konnte mich nicht einmal regen. Die Wiener fraßen aufgeregt umso schneller ihr Schnitzel, lagen auf ihren Liegestühlen, und ich konnte nichts sagen, als hätten sie auch meine Zunge paniert und würden sie nun ebenfalls fressen.

Auf der Bundesstraße gab es keinen Zebrastreifen, auch keine Brücken über sie hin, die die beiden Ufer des einstigen Dorfes miteinander hätten verbinden können. Die Bundesstraße teilte das Dorf in zwei Hälften. Unfälle standen auf der Tagesordnung. Die schon mit dem Führerschein ausgestatteten Jugendlichen fuhren in die Diskotheken und zu ihren Parties. Ein Toter pro Woche war normal. Die ins Schleudern geratenen Wagen durchbrachen die Leitplanken und stürzten in die Tiefe. Die Dellen in den Böden sieht man noch heute, wie früher die Bombenkrater, so heute Autokrater. Bis eine Wand hingebaut wurde. Eine Schallschutzmauer. Man war umzingelt von Schutz und Sicherheit. Ich habe vor kurzem noch funkelnde Körner von zersplitterten Windschutzscheiben in den Mulden gefunden, wo die Jugendlichen ins Gras bissen. Daß das Gras irrsinnig schnell nachwuchs, dachte ich, und bedankte mich für das Wasserglas, das mir der Mann der Putzfrau Agathe brachte. Ich bat die Putzfrau, die Splitter wegzuwerfen, da sie vor meinen Büchern im Bücherregal verstaubten, neben einem mit Moos bewachsenen Zweiglein aus dem Wienerwald neben Horvath. Wahrscheinlich hat sie die Glassplitter wie auch die Knochensplitter in den Zinnkrug getan.

Ich kannte die tödlich Verunglückten. In vielen dieser Autos war ich mitgefahren. Vielleicht hatte ich gerade durch einen der Splitter die Frau fokussiert, auf die wir mit hohem Tempo zusteuerten, als sie die Straße betrat. LM kannte die Frau auch und bezeichnete den Mann am Steuer als den verantwortungslosesten Menschen von Wien. Sie meinte Roger. Ehemaliger Küstenhengst vom Ärmelkanal. Es stimmt schon, Roger war ein Streuner und Draufgänger. Seiner Frau war er nicht treu. Ich habe ihn nicht herausgefordert. Ich allein kann bestimmt nicht das Motiv ihres Selbstmordes gewesen sein, selbst wenn es so ausgesehen hat. Heute fahren wir nach Rom und von dort an den Vulkansee und erholen uns, abseits übler Erinnerung. Er hat noch niemanden über den Haufen gefahren.

Wie kann LM wissen, daß er der verantwortungsloseste Mensch von Wien ist? Sie saß neben ihm, ich hinter ihr. Er sprach mit mir. Er hatte sich verguckt in mich, und die Alte ist auf die Straße getreten. Wir haben Schwein gehabt. Roger hat mich bekommen, und ich habe Roger bekommen. LM war halt eifersüchtig. Sie empfindet vieles als Verrat. Da ich mit ihm Agathes Kind erziehe, habe also ich Anteil an seiner Verantwortungslosigkeit. Ich schleiche aus dem Zimmer, höre das Quietschen der ausgequetschten Gurke auf den Armaturen der Küche. Ich luge um die Ecke. Du brauchst dich nicht zu wundern, hatte sie mir gesagt, wenn er dich eines Tages sitzenläßt. Dein Leben ist ihm egal. Schau, sagte sie, ich probiere sogar aus, was sie schrieb.

Agathe hatte das Putzrezept aufgeschrieben. Ist es wirklich möglich, mit der Kraft der Essiggurke Kalkspuren zu beseitigen? Bitte sehr!

Sie winkte mich zu sich, und ich bewunderte die Sauberkeit, unterlegt mit meinem verzerrten Gesicht.

Dieser Saft ist auch gesund für die Haut, sagte LM.

Sie schüttete ein wenig Flüssigkeit auf den Lappen und wischte mir über die Unterame. Der Lappen war kalt. Ich fühlte die adstringierende Wirkung der Essiggurke. Die Poren zogen sich zusammen, schlossen sich und verhinderten das Eindringen freier Radikaler als Zerstörer meiner Epidermis. Meine Haut spannte wie festgezurrt. Ich zog schnell die Ärmel hinunter, löste die klammernde Verspannung. Der Pullover wärmte mich auf.

Schnell hinunter damit, sagte LM und reichte mir einen Becher. Plötzlich senkte sie den Becher und stellte ihn ab. Vielleicht aus Angst, zu korrodieren unter meinem bösen Blick, wandte sie sich ab.

Was weißt du schon wieder? fragte ich.

Ich will mich nicht abkapseln und Außenseiter sein in meiner Wohnung, sagte LM total fremd. Sie biß in die Gurke, wandte sich ab und wieder her und sagte, die Kraft der Säure wirke auch von innen. Sie reichte mir das Glas. Überall roch es nach den gräßlichen Essiggurken, und ich beschloß, die Putzfrau doch zweimal die Woche kommen zu lassen, um den Gestank mit radikalen Putzmitteln zu vertreiben.

Ich nahm die Gurken. Das Glas rutschte in meinen Händen, und ich bekam es erst wieder zu fassen, als es auf der Kante aufschlug. Durch den Sprung spritzte der Gurkensaft und ergoß sich auf den Boden in die Ritzen.

Ich brauchte Hilfe. Wo war LM? Plötzlich war sie nicht

mehr in der Küche. Ich rief sie. Das Glas hielt ich weg von mir. Der Gurkenessig rann über meine Hände, die Haut spannte. Nachdem bei uns die Knochensplitter entdeckt worden waren, verlangte ich eine Desinfektion der Wohnung. Es hatte wochenlang nach Essiggurken gerochen. LM blieb verschwunden. Ich rief sie, aber sie meldete sich nicht.

Ich stellte das Glas in die Spüle. Mußte mir selber helfen. Wusch die Hände und wischte die Lache und mein sich darin spiegelndes Gesicht vom Boden auf. Ich legte die Fetzen in die Spüle und drückte das Gurkenwasser aus, bemerkte eine Langsamkeit, mit der ich die Lache aufwischte und den Saft ausdrückte, den Entschluß fassend, die Gurken sofort wegzuwerfen, weil sich Splitter vom Glas gelöst haben und die Magenwände aufritzen könnten. Ich habe viel gearbeitet an meiner Person. Sie hierher verpflanzt und versucht, liebenswürdig zu ihr zu sein. Sie aufzuziehen und zum Blühen zu bringen, statt dessen entwickelte sich nun in meinen Händen die Pfotigkeit. Ich konnte nicht anders als das Gurkenglas zerbrechen.

Blitzschnell ziehe ich eine Gurke heraus und fordere meine mich lebenslänglich verfolgende Ichigkeit ein: Beiße in die Gurke, und wenn du auf keinen Glassplitter beißt, wenn du keine innerlichen Blutungen erzeugst und kein Blut erbrichst und keine Wunden aufreißt durch die Eruptionen des Körpers, du also nicht innerlich verblutest, dann stirbst du, wann *ich* will, und so bist *du* ich.

Ich aß die ganze Gurke, und ich spürte die säuerliche Konzentration, die meinen Blick verflockte. Das Bild meiner Küche und der Wohnung gerann und schwamm mir weißflockig vor den Augen herum, als hätten sich die Rauhfaser der Wände abgelöst und ihren alten Anstrich vorgebracht. LM schnüffelte beim Schrankraum herum. Ich fixierte das Fleischermesser im Holzpflock. Als Roger einzog, waren die Räume verrußt. Stofftapeten lösten sich ab und hingen in Fetzen herunter. So sagte er. Als wäre jemand hier drin die Wände hinaufgekrallt. Roger hatte die Wohnung gefunden. Sie war teuer, aber er sagte, vielleicht läßt sich da noch nachträglich verhandeln. Er richtete die Wohnung her. Ich sollte mit Mascha erst Wochen später nachkommen. LM half ganz zum Schluß beim Umzug mit. Sie stand auf der Leiter auf der altdeutschen Anrichte. Sie stocherte in der Decke herum.

Sie oder ich, ich weiß nicht mehr, wer hatte die Knochensplitter entdeckt? Roger hat sie nicht angeschaut. Ich wunderte mich, daß ihn, einen Präparator, davor grauste. Ich dachte schon an Betroffenheit, aber im Sinne von Anteilnahme und Menschlichkeit. Roger ist ein Profiteur. Er hat den Mietpreis neu verhandelt, und wir haben Geld gespart. Nicht einmal Hausverwalter sind so pietätslos und muten einem das Wohnen in einer Selbstmörderwohnung ohne weiteres zu. Er ging weit mit der Miete runter. Freilich profitierte auch ich, doch Roger ist der Verräter. Mir brauchen weder meine LM, in dieser erfundenen Person, noch ich irgend etwas erzählen. Ich bin für Fakten, nicht Gefühle, ich bin aus Neugier für Verdrängtes. Ich brauche etwas zur Neutralisation, dachte ich, starre das Messer an, denke nicht stumpf.

Was hast du im Schrankraum zu suchen? rufe ich nach LM.

Ich bin nicht im Schrankraum, sagt LM. Ich putze die Klinke. Wenn ich die Klinke auch von innen putzen soll, müßtest du mir den Schrankraum aufsperren.

Roger ist nicht abergläubisch oder furchtsam. Auch er ist für Fakten. Ich wäre ausgezogen aus der Wohnung, aber er hatte recht. Das Unglück anderer ist nicht unser Unglück. Der Mensch ist so kaltblütig. Er nützt das Unglück anderer zum eigenen Vorteil. Wir breiteten dem Hausverwalter die Knochen auf dem Sacktuch aus, und sein kalkweißer Schädel beugte sich vor, die hohe Stimme aus dem schmalen Mund sprach über den Knochen den neuen Mietpreis aus. Ich wunderte mich, daß er den Grusel, die Geisterei, das Unwohlsein in den Wänden einer selbstermordeten Person, sprich, die Belastung, die Auseinandersetzung und Verdrängung der Wohnungsgeschichte, die eine Geschichte dieser Person ist, die man sich erfinden muß und wieder beseitigen muß, als Arbeit ansah und den Preis dafür in Abzug brachte.

Ich schließe die Augen. Soll ich mir einen Tee kochen? Roger hat Agathe benützt. Es würde mich nicht wundern, wenn sie kommt und weiterlebt und mich abschafft.

Eine unbändige Lust auf den Abendtrunk meiner Nachbarin, auf etwas Wohltuendes ergriff mich. Willst du ein Glas heiße Milch, mit Rum und Eidotter verquirlt? fragte mich eine Stimme. Ich dachte, LM frage mich da, aber LM war nicht zu sehen. Sie kniete draußen vor dem Schrankraum.

Einen Shake? Ich? rief LM. Wenn du willst, daß ich kotze, gern!

Agathe hätte gern eine Milch, dachte ich so deutlich und laut, daß ich die Stimme wie aus mir vernahm. Selbstvernichtungswünsche kenne ich. Ich interpretiere sie als Kampfansage. Agathe soll die Milch trinken. Vielleicht rückt sie mit LM heraus.

Lebe ich in Agathes Wohnung, dann ist sie also hier. Ich hoffe nur, daß Roger kein Mörder ist. Ich werde Agathe vertreiben. Ich werde LM von ihr trennen, wie das Gelbe vom Eiweiß.

Ich nehme also das Ei aus dem Kühlschrank und verquirle den Dotter. Ich braue einen Gifttrunk für Agathe. Ich sprudle Vanillezucker und ein Achterl Strohrum in den Gestank käsig riechender Milch. Sie verwandelt sich in das

Aroma von gebranntem Rohrzucker, Vanille, bindet sich zu einem Strauß beruhigender und doch aufheizender, ewiges Leben spendender Ambrosia. Der sämige Saft fließt in einem fingerdicken Strahl in die Gläser. Ich trage die Gläser in das Ausruhzimmer. LM kniet am Boden vor dem Schrankraum und putzt den Messingbeschlag des Schlüsselloches. Die Gurke ist nur mehr ein Stummel. Das schönste Wort, das mir einfällt, heißt Ambrosia. Ich sage es mir vor und beobachte in der Spiegelung des Messingbeschlags, daß sich mein Gesicht beim Aussprechen des Wortes Ambrosia nicht bis zur Unkenntlichkeit verzieht. Ich versuche, die Tür zum Schrankraum zu öffnen. LM hat recht. Die Erfindung einer Person macht wahnsinnig, wie auch deren Vertreibung. Ich muß kichern: Ich will aufräumen und mich in den Griff kriegen, und ich beginne LM zu glauben und bei mir einzubrechen. Wir knien am Boden und reiben mit einem Gurkenstummel den mit Kalkfarbe übermalten Messingbeschlag sauber. Wir schauen in seine Spiegelung, und ich denke an das Wort Ambrosia und LM an den Ausspruch: All these skeletons in my cupboard. Hier riecht's nach Rum, sagt sie.

Ambrosia, sage ich.

Agathe, sagt sie, ich bitte dich, dreh jetzt nicht durch.

Sie sprach mich als Agathe an, als wäre ich ihre Agathe. Weder bin ich ihre Agathe, noch bin ich nur Agathe.

Ich reichte ihr das Glas. Sie schnupperte daran. Sie sprach das Wort Ambrosia aus, und ich fand, daß die Mundbewegungen, die dieses Wort benötigt, ihr Gesicht geschmeidig und lieblich erscheinen ließen. Das Wort lieblich zipft meine Mundwinkel. Wenn LM Ambrosia sagt, spuckt, nuschelt, schnalzt und pfeift sie nicht. Ihr Gesicht bleibt entspannt.

Wer ist sie nun wirklich?

Welches Gesicht betrachtet mich? Agathes oder LMs?

Ich fühle mich plötzlich ertappt und klein, als könne sie meine Gedanken lesen und meinen Plan durchschauen.

Ich will mir meine Ambrosia nicht verderben lassen, ziehe den Duft des Strohrums ein, der der beste Rum aller Zeiten ist, ein Aroma, mit dem ich Schnee und die warmen Küchen von Großbürgern assoziiere, wo gütige Köchinnen Kuchen mit Strohrum aromatisieren und mir, der Tochter des Hauses, freundlich gesinnt, die weichen, ofenfrischen Anschnitte zum Kosten geben. Die gütigen Köchinnen sind bestimmt dick, rotbackig und naturgescheit. Sie wissen, was der Mensch zu tun hat, und nicht bloß, was er tun soll. In der Dicklichkeit dieser tüchtigen Frauen sah ich den Inbegriff von Güte, humane Rationalität, Wärme. Sie würden mir sagen, daß ich nicht so viel vom Rum trinken solle, und sie schimpften, und ich würde sie mögen, mit zunehmenden Bauchschmerzen lieber, weil sie nicht gelogen hätten. Ich trinke selten Rum. Öfter Wein. Der perverseste Wein ist für mich Liebfrauenmilch. Mascha hat ihn fälschlicherweise gekauft. Ich wollte einen gewöhnlichen Wein, etwas Österreichisches mitbringen. Wem eigentlich? Ich vertraute Mascha, und sie kaufte diese miese Liebfrauenmilch. Ich kann mich an die Augen erinnern, genauer: an den verachtenden Blick eines Kärntner Uferhengstes, an den glühenden Blick des dalmatinischen Küstenhengstes, an den sehnsüchtigen Trauerblick des Terrazzocazzos?

Auf jeden Fall mußte ich einem der deutschen Sprache nicht mächtigen Mann »Liebfrauenmilch« übersetzen. Es ist mir unappetitlich, das Wort »Liebfrauenmilch« nur zu denken, denn sofort fällt mir »der gefangene Vater« ein. Hätte ich einen kunsthistorisch bewanderten Mann besucht, den ich aus dem kunsthistorischen Museum ja hätte kennen können, wo ich monatelang vor der Kreuztragung Christi von Pieter Brueghels d. Ä. gesessen hatte und die Besonderheit herausfinden wollte, hätte ich ihn über Jean Pesne ausgefragt. Da ich aber einen literarischen Onkel im Kunsthistorischen Museum traf, den ich mit »Hallo, Irrsiegler« begrüßte – du weißt doch, wer Irrsiegler ist? fragte ich LM vor dem Schlüsselloch, das mir verstopft schien, und sie antwortete: Natürlich kenne ich diesen Irrsiegler –, erhielt ich keine Auskunft. Aber ich vermute, es war der Putzfrauenmann, dem ich die Liebfrauenmilch gebracht hatte.

Monatelang saß ich im Kunsthistorischen Museum, und plötzlich wußte ich, was die Breughelsche Kreuztragung ausmacht. Das Bild ist ohne Erotik. Der ganze Jesus ist ohne Erotik, zumindest für mich. Gekreuzigt hat aber dieser Mann eine Erotik. Schmerzensmann im Gegensatz zur Schmerzensfrau.

LM steckte den Gurkenstummel in das Schlüsselloch. Dann beugte sie sich vor und flüsterte mir ins Ohr: Du brauchst vor mir keinen Liebhaber zu verstecken.

Du glaubst? sagte ich und dachte, soll sie doch glauben, was sie will.

Ich versuchte, die Tür zu öffnen, versuchte am Schloß herumzurütteln. Ich bat LM, das Theater zu beenden und die Gurken wegzuschmeißen.

Ich möchte deinen Anstrich nicht zerkratzen, sagte LM, bloß Schicht für Schicht ablösen und die ursprünglichen Zustände freilegen.

Sie bat mich, das Theater zu beenden und mir endlich einzugestehen, wer sich hinter dieser Tür eingeschlossen haben mochte. Der Schlüssel stecke nämlich innen.

Verwundert. Irritiert. Verstört stocherte ich wild mit dem Gurkenstummel herum. Holte alle Schlüssel aus der Kommode unterm Spiegel und probierte sie aus. Ich kam nicht einen Millimeter weit hinein. Komisch, dachte ich, Roger kann sich unmöglich darin eingesperrt haben, ich habe ja heute erst mit ihm telefoniert, und er hat mir von Giorgio erzählt. Ich legte das Ohr an die Tür. Es war ausgeschlossen, daß sich da drin jemand eingesperrt hatte.

Nicht schlecht, dein Nektar, sagte LM.

Ambrosia, sagte ich.

Was passiert mit den Menschen, die Nektar und Ambrosia essen?

Sie sterben nicht, sie fordern Zeus heraus, und später leiden sie wie Tantalus, und sie sind unsterblich.

Ich horchte an der Tür zum Schrankraum und hörte ein Schlürfen. LM schlürfte, schmatzte, schluckte und leckte sich die Lippen ab. Die Zungenspitze zitterte.

Kein Tropfen ging daneben. Ich wartete auf ein Würgen. Irgendwann setzt die Lactalphobie bestimmt ein, und Agathe wird LM übergeben.

Kein Rascheln, kein Knistern, kein Nichts aus dem Schrankraum. Armer Roger, er wird sich ärgern, wenn ich ihm erzähle, daß wir den Schrankraum begrapscht haben. Es sind nur seine Sachen drin und die altdeutsche Anrichte.

Ich folgte LM ins Ausruhzimmer. Wieder hörte ich ein gieriges Schmatzen, das sie mit stummer Miene erzeugte, wie ein Bauchredner. LM führte erst nachträglich den Kelch zum Mund.

Hast du das gehört? fragte ich, weil ich dachte, daß das nicht sein kann, daß sich Geräusch und Quelle trennen und die Zeitenfolge verletzen.

Ich spürte deutlich meine Ambrosia auf der Zunge, wie sich der Geschmack entfaltete, die Papillen sich wärmten und meine Ambrosia die Kehle langsam hinunterölte, obwohl ich noch keinen Schluck genommen hatte. Ich dachte an Mascha, meine Stieftochter, an Tantalos, der seinen Sohn ermordete, um ihn an Zeus zu verfüttern, um einen Gottesbeweis zu bekommen, an Abraham, der seinen Sohn ermorden wollte, um Gott den Glaubensbeweis zu liefern, ich dachte an die Aufopferung des Gottessohnes, um den Vater als glaubwürdig zu erweisen. Ich dachte daran, mich mir zu opfern, um mich mir zu beweisen. Ich schmeckte und schluckte, und in meinem Magen braute sich etwas zusammen, was ich nicht zu mir genommen hatte. Wer opfert sich mir? Wer glaubt an mich? Ich muß mir alles selbst beweisen, LM, Agathe, sogar mich. Ich bin weder Täter noch Opfer. Oder beides eingeschlossen. Immerhin bündle ich Möglichkeiten.

LM hielt mir meine Ambrosia hin, ich roch und konnte nicht mehr. Ich ließ den Kelch an mir vorübergehen, und sie stellte ihn wieder zurück aufs Tablett. Trotzdem hörte ich deutlich mein Schlürfen, dabei trank LM, es war, als nähme ich mich, vermischt und zeitversetzt mit LM wahr.

Agathe, sagte LM, kenne das, denke ich, wie das ist, wenn du ein Geheimnis hast. Mein Geheimnis ist, daß es so geheim ist, daß es sich mir selbst verschweigt, sagte ich.

Sie fragte, wer denn da gewesen sei? Wer drin stecke im Schrankraum, die ganze Zeit schon? Und ich sagte, ich wisse nicht, wovon sie spreche. Ich könne ihr das von innen versperrte Schloß nicht erklären.

Sie wollte es aufbrechen. Mit mir hineingehen und nachschauen.

Wie sieht ein gelüftetes Geheimnis aus? Löst es sich in Schweigen auf?

Ich spüre meine Lippen, das Ziehen und Kneifen beim energischen Schweigen. LM wollte ihre Geschichte durch meine Augen sehen. Ich schwieg unbewegt.

Bin ich tot, fragte ich erschrocken und schaute mich an und betastete mich und fand, daß alles pfotig, aber lebendig sei, was ich ertastete.

Ich belebe Agathe, so gut ich kann. Ich bin nicht LMs Puppe, Agathe unterliegt mir und LM meinen Häuslichkeitswünschen. LM in Agathe soll nützlich sein. Putzen ist eine Frage der Herkunft, und diese Frage ist bei Agathe nicht zu beantworten. Ihre Herkunft ist eine Konstruktion. Ich zwinge sie zu Zwangshandlungen, zur Lactalphobie, zur Kalkbeseitigung, zur Beschreibung meiner Person. Denn ich bin gewesen, schreibe ich heute schon hin für den Fall, daß ich tatsächlich sterblich bin.

Agathe soll sich niederbügeln. Sie soll sich selbst befreien. Eine Stimme flüstert ihr zu, du sollst nicht lesen. Sie schlägt das Buch zu.

Steh auf und bügle! Carpe noctem. Bilde hier nicht die symbolische Form einer Urmutter aus, du hast keine Kinder, kümmere dich um deine Effizienz und mach dich fertig. Agathe nimmt »The Kings Two Bodies«, legt das Buch auf das Nofretetebuch.

Sie holt das Bügelbrett und die Wäsche. Sie steckt das Bügeleisen ans Netz. Sie nimmt sich Blusen und Hemden vor. Sie macht das gern. Sie preßt das Bügeleisen auf die Brusttasche, und die Hitze beginnt sich zu entwickeln. Sie schaut in das Weiß des Wäschestückes. Meine Stimme flüstert ihr zu, das Bügeleisen nicht wegzuheben, die Hitze soll sich steigern und den Stoff versengen, es wird Rauch aufsteigen und knistern, der weiße Stoff soll sich färben und singen wie Baumwollpflückerinnen.

Mir rinnt das Wasser im Mund zusammen, während sie das Bügeleisen auf die Brusttasche preßt. Erst als der Rauch aufsteigt, reißt sie das Eisen hoch, und betrachtet betroffen das versengte Brandloch, spuckt sich auf die Fingerspitze und tippt in die Hitze. Hitze und Rauch umhüllen sie in einer Wolke. Die Spucke zischt, und Agathe beißt die Zähne zusammen, um die Stimmen zu bezwingen, die ihr sagen: Nun bilde nicht die Effizienz an neurotischem Verhalten aus, sondern richte deine Empörung gegen die Ausbeutung der Frau. Schon faßt ihre Hand nach dem Bügeleisen, und sie drückt es auf meine Finger. Sie zischen, wie ich schreibe mit versengten Fingern: Wie weit kann ich Agathe treiben, wie löse ich sie auf? Sie bügelt erst meine linke, dann meine rechte Hand. Sie zischt dabei, saugt Speichel ein. Sie zieht mir meine Schuhe aus und bügelt auch die Füße. Sie hebt erst ein Bein und legt es auf das Bügelbrett und dann das andere, sie bügelt meine Beine wie andere Leute Strümpfe. Dann kümmert sie sich um den Rumpf. Mit dem Rücken hat sie Probleme, ihre Hände reichen nicht überallhin. Da Agathe eine unsterbliche Hülle hat, verbrennt die Haut nicht, sie wird bloß glatt. Wie alt Agathe eigentlich ist? Sie bügelt sich zwischen fünfzehn und fünfzig hin. Agathe ist das Amt einer weiblichen Person. Ich bekleide es. Will ich ausbrechen aus ihrer Rolle, müßte ich ihre Haushaltswaffen vernichten.

Ich hätte das Messer bei mir tragen sollen. Ich würde es jetzt in das Schlüsselloch des Schrankraumes stoßen und hin und her drehen. Ich könnte ausbrechen.

Plötzlich weiß ich, daß Agathe sich geopfert hat. Da sie eine Mutter war, wird sie für Mascha aus dem Leben geschieden sein. Agathe ist tot, es lebe Agathe. Ich könnte mit der Fingerspitze den tropfenden Schweiß abtupfen und daran lecken. Es ist heiß im Schrankraum. Ich lege die Hand auf und spüre, daß ich erschaudere. Etwas Fremdes, das meine Hand wiedererkennt, ist die Stirn.

Ich, sagte sie, glaube ich, dabei steckte ja LM in ihr, die die Hand faltete und sagte: Ich bitte dich, erlöse mich.

Wie eine Katze ihren Schweif fängt, fing Agathe mit der linken Hand ihre rechte. Hatten sich die Hände erwischt, zwangen sie einander, den Kelch mit der Ambrosia zu ergreifen. Benahmen sich die Finger nicht, klopfte eine Hand der anderen tapsig auf die Finger. Sie legten sich um den Kelch, die Arme knickten ein, und die Hände hoben den Kelch zu den Lippen. Die Unterlippe versuchte etwas zu formulieren, die Oberlippe blieb steif. Die Zunge zitterte im Mund, als hätte sie Angst vor dem Getränk.

LM muß trinken, weil Agathe sie bezwingt, und Agathe begreift, daß mein Getränk ein Mix aus herrlichsten Zutaten ist. LM stellt den Becher zurück. Die Unterlippe bebt. Agathe verschränkt die Arme vor der Brust.

Der Wille zur Fiktion ist erschöpft, sagt LM. Und deshalb gehe ich barbarisch vor. Agathe soll sich liquidieren. Ich bin ihr Überbau, das Bild. Ich will Ruhe und Frieden. Nicht ich darf ihre Stimme sein, sie muß durch ihre Stimme ich sein.

Agathe soll schreiben: Finde einen Vater, vielleicht einen Stiefvater, einen Adoptivvater, einen Gottesvater oder sonst was, aber begrabe dich nicht lebendig in einem Alptraum, aus dem du dich nicht hinausschreiben kannst. Gott ist tot. Also ist auch der Vater tot. Ich werde Agathe Wort sein lassen.

Ich nickte und wartete, bis bei LM der Magen zu revoltieren begann.

Es war kurz vor Mitternacht. Roger ist mit Mascha zum Skifahren. Ich bin nicht ängstlich gewesen. Ich war nicht allein. Ich komme aus ungeliebten Verhältnissen.

Ich habe mich schön machen lassen, die Schlösser an der Wohnungstür und an der Eingangstür geprüft. Ich bin am Schrankraum vorbeigekommen, und ich habe an die altdeutsche Anrichte gedacht und daß ich sie fortschaffen würde. Basta. Ich habe das Wohnzimmer betreten, das Feuerchen angezündet, bin zurückgekehrt an den Schreibtisch, habe das Licht angedreht, Briefe geöffnet, Tee gekocht und wollte dann über die pharaonische Persona lesen. Roger ist nicht zu streichen aus meinem Lebenstraum, weil er in Agathes Leben nicht nur die Liebe gebracht hat, sondern auch den Tod, und wie es im Hohelied heißt, sind die beiden gleich stark. Das kann man nur akzeptieren.

Agathe setzte sich hin und stellte sich vor, sich selbst zu besuchen, fühlt sich besucht, weil ich in ihr stecke und die Feder führe.

Ich liebe dich, sagt mir LM ins Gesicht.

Was hat sie vor? Will sie mich aufreißen? Sieht sie darin ihre Auflösung? Ich schlachte nur mein Nichtwissen aus. Ich sollte fragen. Ich frage LM: Liebst du mich wirklich?

Beim Schreiben weiß Agathe alles von mir, wie sie auch weiß, daß sie nur etwas Wissen hat, weil sie das kontaktende Wort »pfotig« für mich gefunden hat.

Aber ja, ich liebe dich.

Erweise mir einen Dienst.

Roger wird Strom und Miete bezahlen, und das Leben wird weitergehen, so lange, bis ein Krieg ausbricht und der Wille zur Fiktion erlischt. Agathe ist mein Bild.

Ich habe das Manuskript Agathes vor mir liegen. Hier steht: Nichts ist erfunden. Ich bin umarmt. Na, dann.

In Montenegro war kein Krieg? Was erzählt er mir da? Der Küstenhengst rollt mit den Augen. Er stellt mich als das blöde Weibchen hin. Er spielt den armen Asylanten, den Staatenlosen, der einmal sehr hübsch war und mich heute noch beglücken könnte, wenn ich zahlte, wenn ich wollte.

Die männlichen Sklaven seien arbeitsfaul, ihre Frauen und Kinder nicht. Um 1890 soll das so gewesen sein. Logisch, daß man arbeitsfaul ist, wenn man als Arbeitstier völlig entmenschlicht gehalten wird. Ich las weiter im »schwarzen Kodex« zum Ausstieg Europas aus dem Sklavenhandel, daß nicht die Versklavung des »schwarzen« Mannes schuld an seiner Trägheit gewesen wäre. Die Faulheit wäre entgegen der vorherrschenden Meinung auch nicht angeboren gewesen. Sie hätte einen viel tiefer liegenden Grund gehabt. Die Männer glaubten, daß nur das Weib zur Arbeit geboren sei.

Die weiblichen Sklaven waren begehrt im Haushalt, auf Plantagen, in Bordellen. Und waren sie zu nichts nütze, entledigte man sich ihrer irgendwie. Die Männer parierten unter den Peitschenhieben der Sklaventreiber.

Der Küstenhengst hat keine Papiere und deshalb keine Arbeit. Ich könnte ihn fragen, wieso er nicht illegal arbeiten geht. Seine Frau arbeitet illegal. Ob er mich beglücken würde, wenn ich zahlte, wenn ich wollte? Jede Liebe hat ihren Preis. Gibt es eine, die ohne verschachern auskommt?

Er hat einen Freund an Agathe vermittelt. Damit sie zu Papieren kommt, soll sie einen Österreicher heiraten, die übliche Geschichte. Roger versteht nicht, wieso neben der Gage auch die Zeremonie und Ausstattung für den käuflichen Österreicher zu bezahlen sein soll? Es handelt sich doch um einen Freundschaftsdienst. Die Papiere wird sie als Polin trotz Heirat nicht bekommen, weiß ich, sage ich, glaubt er mir aber nicht.

Er ist bereit, seinen Beitrag zu leisten. Sie ist eine Frau. Er wird ihr eine Freude machen und den Ehering kaufen. Er hat es nicht leicht. Zwischen Mann und Frau gibt es einen Unterschied. Die Frauen haben es immer leichter.

Selbst wenn alle Menschen gleich sind, ohne Identität, ohne Selbstwert, ohne Stellenwert, ohne Freizeit, ohne Individualität, sie also versklavt sind, werden die männlichen Sklaven nicht so gefragt sein wie die Frauen.

Über diese männlichen Sklaven lesend, erwischte ich mich dabei, mit Schadenfreude weiterzulesen. Sie hockten in Grüppchen auf dem Lehmboden, warteten, bis einer nach dem anderen dem Sklavenhändler vorgeführt wurde. Mit Stöcken wurden sie gestoßen und weitergeschupft, wurden ausgestellt und in die Waagschale gesetzt. Die Sklaven traten mit nacktem Oberkörper an. Muskulöse, wohlgenährte Buschmänner um 1890. Aneinandergekettet trotteten die traurigen Genossen in Reih und Glied über einen Laufsteg. Der Händler befühlte die Muskeln, stieß ihnen den Griff der Peitsche zwischen die Zähne und brachte sie so zum

Zähneblecken. Bringt er das Fleisch sogar zum Reden, kann das den Preis in die Höhe treiben oder drücken, das kam auf den jeweiligen Verwendungszweck an.

Nebst seinem Vater unter den Streichen des Feindes sah Angelo Soliman, als sieben Jahre altes Kind, seine Mutter sinken. Sein Dorf war von Sklavenjägern überfallen worden. Der Siebenjährige wurde aus der Hütte gezerrt und über den Boden des Dorfplatzes geschleift, wo er im Hintergrund sah, wie sie seine Mutter ermordeten. Der siebenjährige Knabe wurde verschleppt und hatte noch Glück, wurde gegen ein Pferd getauscht, kam nach Italien, diente als Spielkamerad und als Soldat im Feld, ward in Wien ein Star.

Ich hoffe nur, Angelo Soliman hat es verdient, daß ich ihn gerächt habe.

Ich rate Roger, zur Besichtigung auf dem Arbeitsstrich zu erscheinen. Wenn er sich hübsch macht und ein wenig trainiert, sich die Muskeln stärkt und die Zahnlücken ersetzen läßt, hat er vielleicht noch Riß als Putzmann. Muskulöse, wohlgenährte Chauvinisten haben meist eine Chance.

Ich habe meine Mutter unter den Enttäuschungen ihrer Männer sinken gesehen. Wenn Agathe sich von LM getrennt haben wird, würde ich meine Mutter wie eine Königin zu Grabe tragen, dachte ich.

Sie soll endlich kotzen. Ich wollte in den Schrankraum dringen. Ich würde die altdeutsche Anrichte zu einem Sarg für wen auch immer umfunktionieren. Vielleicht sogar für mich. Dann würde ich von der städtischen Bestattung die altdeutsche Anrichte abholen lassen, dachte ich.

Ich fragte LM, ob sie meinte, daß mich Roger instrumentalisiere.

Jeder Kaiser hielt sich einen Spaßneger, wieso nicht ein Bürgerlicher eine Spaßweiße? Wohin könnte ich Agathe stopfen?

Ich treibe böse Scherze, bin verkrüppelt, zwergwüchsig. Ich reite auf einem Pony. Ich trage einen roten Frack zum Vergnügen der mütterlichen Kaiserin. Ich bin ein enges Mitglied der Familie.

Der Kaiser ist Roger, die Kaiserin ist Agathe. Die Prinzessin ist Mascha. Ich gehöre der Prinzessin. Ich bin ihre Spaßnegerin.

Mascha nervt. Sie kratzt mich, und ich beiße sie dafür. Agathe, die ich nur Agathe nennen darf, wenn wir, ich und die Familie, ganz allein sind, schimpft mit mir. Ich mache Radau. Agathe hat eine süße Stimme. Ganz leise erklingt sie normalerweise. Heute höre ich sie laut. Ihre Stimme ist trotzdem süß wie meine Ambrosia, die mir die Stimme um eine Oktave hebt.

Agathes Gesicht ist nicht mein Gesicht. Ich bin nur dazugeholt, ich unterhalte die Familie und habe deshalb ein gewisses Wohnrecht. Agathe besitzt ein schönes Gesicht, doch sehr schlechte Zähne. Genau wie die Kaiserin Elisabeth. Ich bin umgeben von Stil und Etikette. Ich benehme mich diskret. Unsere Dienerschaft, die Putzfrau und ich, haben den Baum aufgeputzt. Es war das erste Mal, daß ich einen Baum geschmückt habe. Mascha war ganz aufgebracht. Sie warf die Etikette über den Haufen. Sie wollte Diamanten, Gold und Silbersterne. Ich bezahlte alles aus der Privatkasse. Roger war grantig. Er sitzt und schweigt immer im Kreise der Familie. Er hat so eine Art. Es liegt an der Wohnung. Sie ist herrschaftlich. Wir leben hier gebückt. Ich sang für alle zum Vergnügen das dumme Lied des Spaßnegers Rustimon, aus den letzten Jahren der österreichischen Monarchie:

Meine erste Liab war Agathé,
ich kann sie nicht vergessen,
sie liebte mich, ich liebte sie
so, wie man sagt, zum Fressen.

Mascha kreischte und schlug einen Purzelbaum. Ich bat sie, sich zu benehmen wie eine Prinzessin. Mascha sauste um den Baum herum. Ich stürzte ihr nach. Ich spielte wildes Tier und packte sie bei den Waden, biß, und sie sagte: Spuck meine Mutter aus.

Roger scherzte, er werde sie gleich selber fressen. Ich lachte heiter. Mascha hielt sich die Hand vor die Nase, und ihr wurde übel. Sie sagte, sie könne in meinem Atem ihre Mutter riechen. Ich mache ja gern den Affen. Wir sitzen ja alle in einem Käfig. Roger schwieg und mir schien, er schwitzte. Ich äußerte plötzlich einen Wunsch: eine borstenlose Bürste, damit ich mir kein Haar ausreiße. Dreizehn Jahre ist dieser Weihnachtsabend her. Ich erinnere mich, als wäre es gestern gewesen. Ich drehte an meinem Brillantring, den ich zum Dank für meine Unterstützung geschenkt bekommen hatte. Roger schwitzte und schaute dunkel.

Die Familie besteht auch nur aus Menschen, die ich mir in Erinnerung rufe. Ich bin hier kein Untertan. Ich betreibe keine k.u.k. Versorgungsanstalt. Ich arbeite in der Kapuzinergruft. Ich interessiere mich für Agathe, weil ihr Sterben es mir möglich gemacht hat, meine Liebe zu erhalten. Manchmal gehe ich fast ein vor Schuldgefühlen. Ich will gar nicht an die vergangenen Stunden denken und an die Gruft. Ich denke lieber an die Welt, wo Leben wartet. Dabei wimmelt es zu den Öffnungszeiten in der Gruft vor Leben. Die Ungarn bevölkern die Gruft und begraben mit Blumen Erszebets Sarg.

Ich habe dich auch dort gesucht, sagte LM. Hinten, wo es eine winzige, quadratische Kammer gibt, habe ich gestanden und dich in deiner Werkstatt erwartet. Die Luft ist modrig da drin und schlecht für den Teint. Der Lebenszweck der schönen Kaiserin Agathe bestand in der Furcht vor dem Verlust von Jugend und Schönheit. Kram einer präpostfeministischen Luxusdame.

Ich bin keine billige Dienerin, auch ich habe Lust auf das Recht einer Luxusdame. Ich bin in meinen Schönheitssalon gegangen und nicht in die Gruft. Metalle und Häute korrodieren. Ich habe mir meine Hülle aufgefrischt. Mein Schönheitsneger riet mir, wie seine verehrte Kaiserin auf dem Rücken zu schlafen, wie seine verehrte Pharaonin den Kopf auf einer Nackenstütze zu lagern. Er riet mir, nachts eine Maske aufzusetzen. Keine Creme. Er zeigte mir die Ledermaske. Er zeigte mir den Klumpen hochwertiges Kalbfleisch. Er drehte das Kalbfleisch durch den Fleischwolf. Knetete die faschierte Masse weich und fütterte die Maske mit dem collagenhaltigen Brei. Dieses Rezept habe er von seiner Kaiserin übernommen. Der anorektische Schönheitswahn ist mir näher als alles Habsburgische. Der freundliche Meister unter uns Restauratoren erklärte, daß wir sie umbetten müssen. Frauen wollte er den Anblick ersparen, und deshalb war es kein Problem, frei zu haben. Ich kann mir Gespenstergeschichten ausdenken.

Ich frage mich, was mit Gespenstern geschieht? Sie verschwinden, sobald sie geliebt werden. Materialisiert sich der Geist in den toten Körper zurück? Liegt dann irgendwann eine Leiche in meiner Wohnung herum?

Jedenfalls trug ich die Ledermaske mit dem Kalbfleisch, und das Collagen drang in meine Haut. Die Sissi-Creme aus der Habsburgerline. Die Werbesprüche könnten die Überwindung des Todes garantieren: I've got the certain feeling. Something universal that cannot perish by death. Der Wille zur Fiktion wird uns überzeugen. Die Gesellschaft muß sich etwas stiften, nicht bloß leisten. Sinn ist auch Fiktion. Wie tot ist der letzte Kaiser, wenn er heute noch leibliche Nachfolger hat?

Hätte ich ein miserables Gebiß, würde ich nach Ungarn zum Zahnarzt fahren und mir Kronen zum Schleuderpreis machen lassen.

Die Österreicher sind so lange für lange Übergangsfristen, bis das österreichische Gebiß billig saniert ist. Meine polnische Putzfrau wird's auch nicht mehr lange um die paar Euros machen, ich werde wieder selbst zum Putzlappen greifen müssen. Zum Glück ist Mascha groß und benötigt keine Kinderbetreuung mehr. Morgen werde ich wieder kräftig Trinkgeld geben. Ich staune, daß ein Leben mit Kind und einem frustrierten, hochstapelnden, klapprigen Lebemann noch leistbar ist in Wien. Sobald ich darüber nachdenke, wird mir schwindlig. Ich trinke. Wasser, jetzt. Der Küstenhengst hat es mir nachgeschenkt. Er setzt sich auf das Ledersofa, versinkt. Fragt, ob ich blaß bin oder von Natur aus eine so weiße Haut habe. Was geht ihn das an?

Ich antworte nicht, nehme das Glas, und der Geruch von Wasser läßt mich aufatmen in diesem engen, quadratischen Zimmer. Ich trinke gierig. Ich wundere mich, daß sie als Putzfrau so viel verdient, daß sie eine Ledergarnitur kaufen kann. Mein Blick schweifte, und der Küstenhengst bemerkte das. Er tippte auf Interesse und lächelte verführerisch. Also hielt ich meinen Blick an, und erst als er mir noch ein Glas Wasser holte, sah ich mir die Buchnische über dem eingebauten Fernsehapparat an. Nur Videofilme waren eingeschlichtet. Er trat in den Türausschnitt, und das Licht aus der Küche vergoldete seitlich sein schönes Gesicht. Ob ich ihn süß oder nicht süß wolle. Wen? Den Kaffee, natürlich. Er lachte, und seine sterbenden Lungen rasselten. Jetzt hab ich mich verraten, dachte ich, meine schmutzigen Gedanken verraten. Ich redete was von türkisch oder griechisch oder montenegrinisch. Kaffee ist Kaffee, sagte er eine Spur zu souverän, belehrend, und was glaubte er denn? Der Kaffee ist unsere Verbindung. Wir trinken ihn halt alle gern. Diese tollen Augen konnte er sich selber machen. Ich schaute weg, aber wohin? In die Nische zu den Filmen.

Ich las blitzschnell: Feuchte Nektarinen – wilde Mähne –

wilder Schweif – schwarze Tupfer –. Und schaute schon wieder weg, damit er meinen Blick auf die Titel ja nicht als Interesse für sich mißinterpretiere. Als die polnische Agathe von der Arbeit nach Hause kam, freute ich mich, sie zu sehen. Und sie freute sich sehr, daß ich zu Besuch in die Gosse gekommen war, wie ich mich freute, daß ich nicht mehr die alleinige Weibliche hier war. Dromedarhaft trampelte sie durch die Küche ins Wohnzimmer und ließ sich mit überraschend leichtem Plumps neben mich auf das Ledersofa fallen. Sie war müde und abgekämpft, wir umarmten uns zur Begrüßung. Ich werde ihr heute schon das Trinkgeld erhöhen. Als er dann kam, war das Zimmer mit uns dreien voll. Ich erbat mir noch ein Wasser.

Beklemmung, enge, schlecht gebaute Wohnung, Erinnerung an meine schlechteste Zeit mit Roger. Die neu hergerichtete Wohnung. Die Aversion gegen die altdeutsche Anrichte.

Agathe zeigte auf den Einbauschrank in ihrem Wohnzimmer und meinte, den hätte sie gern rausgeworfen aus dem Garagenheim, um Platz zu gewinnen, aber da sie den Stauraum benötige für allerlei, was gar keine Notwendigkeit habe, aufbewahrt zu werden, wie etwa die Filme, die sie nicht einmal anschaue, habe sie halt den Einbauschrank in Kauf genommen. Ich nickte verständnisvoll. Mehr Platz, klar. Mehr Stauraum, auch klar. Persönlich hätte ich gern gewußt, was mit »schwarze Tupfer« gemeint sei. Doch ich schwieg natürlich. Wollte niemanden auf schmutzige Ideen bringen. Rasse wird verkauft wie Brustgröße und Schwanzlänge. Freilich kann sich jeder auch Alternativen vorstellen. Ein Pimmel mit Pigmentstörung beispielsweise oder ein Muttermal auf der phallischen Spitze, und dabei dachte ich schon wieder an die ganze Gesellschaft, die hieratisch geordnet unterm Königsmantel zusammengehalten wurde, im mittelalterlichen Welteinheitsgedanken zum Beispiel. Der

Mantel der Macht ist mit Hermelin besetzt und hat schwarze Tupfer.

Im Gegensatz zum Zobel, Chinchilla oder sibirischen Tiger wechselt der Raubmarder zweimal im Jahr die Farbe, was die symbolische Bedeutung der Wiederkehr, der Unsterblichkeit verkörpert. Auch Richter tragen das Fell des Raubmarders zum Zeichen von Justitias Reinheit und Unantastbarkeit.

Nicht alles Leben ist Sex, und nicht jeder Sex ist Machtspiel, dachte ich zur Stimme meiner Welt, die mir klarmachen wollte, daß wir alle gleich sind, ich also so schlecht wie die anderen bin und deshalb schwarze Flecken auf meiner weißen Weste haben soll.

Auch ich bin arbeitsfaul. Ich erhalte mir Agathe und bezahle eigentlich wenig für eine Putzfrau. Das ist nun mal meine persönliche Haltung. Doppelnutzen.

Ich arbeite, um mir das Personal zu erhalten, das soziale Geräusche macht, durch Putzarbeit, Erziehungspalaver, juveniles Behauptungstheater. Meine Mutter, die sich hin und wieder ihrer Faulheit entwand, konnte in Windeseile das dreistöckige Haus durchputzen. Sie forderte mich stets auf mitzuhelfen und mich am täglichen Leben zu beteiligen, um nicht als Eigenbrötlerin zu enden. Ich erzeugte die sozialen Geräusche durch schnalzendes Umblättern. Die lesende Agathe hörte nicht, sie saß und las von den Verbrechen des Menschengeschlechts und der vertrackten Erotikgeschichte in diversen Sittenspiegeln.

Heute leiste ich mir eine Putzfrau, von der ich in Gesellschaft nie als Putzfrau spreche, weil ich das Wort Putzfrau wie auch das Wort Bedienerin ablehne. Ich nenne sie meine Hausmeisterin, meine Hofmarschallin, meine Durchlaucht, die bei mir so viel verdient, daß sie sich einen Küstenhengst mit links leisten kann.

Ich steckte in einer fleischigen Maske und hatte Zeit für mich und meine Schönheit. Das Collagen des aufgetragenen Kalbfleisches sollte einwirken, und ich ruhte dahin wie eine Königin.

Die Habschi-Särge glänzen und sehen kostbar aus, wieso nicht einmal auch ich. Ich bewahre mich vor gar nichts. Ich halte nur die Zinnpest fern. Ich schleife der Maria Theresia den Rost vom Busen und denke nie an mich. Es ist ganz selbstverständlich, daß ich diesen Part der Sargfigur übernommen habe. Pietätsgefühl der Kapuzis. Ich reibe die Figur mit Krähenbeize ein, wie mich mein Schönheitsapostel mit Moorschlamm. Meine Kollegen trauen sich nicht so locker an die Skulptur einer Frau heran. Sie packen die Kluft zwischen Idee und Materie nicht. Ich vertrete den Antisexismus.

Roger sagt: Der weibliche Körper ist ein Problem.

Ich hätte das vom männlichen Körper auch sagen können. Aber ich bin zu fein für solche Beleidigungen. Ich habe mir das Ansehen erarbeitet, in Restauratorenzeitungen zu publizieren, und bin ein Publikationsorgan.

Noch nie hat in der Gruft ein Handy geläutet. Die Touristen werden nur aus Pietätsgründen angehalten, ihre Handys auszuschalten. Es gibt keinen Funkkontakt da herein. Normalerweise. Die Totenruhe ist heilig. Die Tafel am Eingang der Kapuzinergruft, worauf ein durchgestrichenes Handy den Übertritt in den unterirdischen Friedhof markiert, war meine Idee. Wir erziehen die Touristen zu respektvollen Besuchern, ohne schulmeisterlich sein zu müssen.

Es muß ein Wunder geschehen sein, daß es da unten einen Empfang gegeben hat. Oder LM lügt wie gedruckt. Sie glaubt, sie kann mir jedes Märchen erzählen, dachte ich.

Ich wunderte mich, daß die Kapuziner, die über der Gruft in ihrem Kloster leben, nicht sofort aufgeschreckt und in ihren braunen Kutten die schmale Treppe hinuntergeflattert sind. Sie picken jeden Störenfried raus und setzen ihn auf die Straße.

Der Chefrestaurator lief zwischen den Särgen der Franzensgruft und der neueren Abteilung herum und telefonierte und war total überrascht, daß ihn hier unten jemand erreicht hatte.

LM war in der Kapuzinergruft und hörte ganz deutlich sein Gespräch mit. Langsam glaube ich, daß Agathe sich LMs bemächtigt hat, um von ihr ausgeführt zu werden. Sie will mir hinterherspionieren. Da LM keine lactalphobischen Zuckungen zeigte, dachte ich, sie muß noch mehr Ambrosia trinken, um zu reagieren. Gab es einen Beweis für den Selbstmord Agathes in dieser Wohnung? Kann man den elektronischen Friedhof ernst nehmen? Memopolis ist ein Geschäft. Die Seelen sind verpufft. LM trank meine Ambrosia mit Hochgenuß. Wann setzte ihre Lactalphobie ein? Ich schenkte ihr meinen Teil ein.

Wir Restauratoren tragen genagelte Schuhe. Wir finden nichts Arrogantes, Auftrittsgeiles daran. Wir benötigen eine Geräuschkulisse zu unserer schweigsamen Arbeit. Wir benötigen eine verabredete Form der Anwesenheit. Jeder Schritt kündigt uns an. So kann niemand plötzlich in der Tür erscheinen, und niemand muß sich erschrecken.

Die Kammer ist ja wahnsinnig eng und stickig. Ein Glas Wasser steht immer für mich bereit.

In dieser Kammer arbeitet Agathe nur im Winter. Im Sommer zieht sie mit den anderen Restauratoren in luftige Ateliers, die leider nicht zu beheizen sind. An der Wand klebt ein weiblicher Nackedei, klassisch, wie die Pin-ups in Spinds oder Kojen von Fernfahrern. Pobacken und Titten und keckes Zur-Seite-Blicken, direkt Agathe in die Augen, sagen wir, sagte LM. Und am Boden zu meinen Füßen lag ein billiger Polyestersarg. Das Zwischenlager für eine Erzherzogin. Der richtige Sarg war aufgebockt.

Ich wunderte mich, daß die Kapuziner, die über der Gruft in ihrem Kloster wohnten und schliefen, sich nachts nie gestört oder bedrängt fühlten. Niemand litt an Schlaflosigkeit. Auch ein Mönch ist nur ein Mensch, dachte ich.

Die faustgroßen Löcher in der Bodenplatte des Sarges hatte die Leichenlauge hundertfünfzig Jahre lang aufgeätzt. Ich versetzte mich in Agathe und stellte mir vor, wie sie einen der grauen Arbeitsmäntel anziehen würde. Ich suchte nach Handschuhen. Nirgends lagen aber Handschuhe herum.

Schließlich handelt es sich um Feinarbeit, und Handschuhe beeinträchtigen das Feingefühl, das Agathe besitzen muß, um so vorsichtig wie möglich den Rost, der wie eine dickschichtige Schuppenflechte die Zinnhaut überwuchert, herunterzuschaben. Die Löcher werden verlötet, und dazu muß das Metall geglättet und eingeschmiert werden. Die beste Präparation einer Lötstelle gelingt mit einem sorgfältigen, kräftigen, handschuhlosen Darüberstreichen. Gewöhnliches Hautfett, das aus den Poren der Fingerspitzen ins Metall massiert wird, schafft erfahrungsgemäß die beste Voraussetzung für eine gut haltende Lötstelle. Ich überlegte mir, ob ich es über mich brächte, die Hand auszustrecken und in den Sarg zu fassen. Agathe würde es tun müssen, und ich sollte das zu beschreiben wissen, und zwar nicht wie bei ihrem ersten Mal, sondern mit ihrer Routiniertheit. Ich hob also meine Hand hoch und höher, und langsam schob ich sie über den geöffneten Sarg, horchte auf die Stimme des Restaurators; solange ich ihn vernahm, könne mir nichts passieren, dachte ich und heftete meinen Blick auf das Busenwunder an der Wand, an diese Haut, das lebendige Fleisch, und senkte langsam meinen Arm, immer tiefer, bis ich unter die Oberkante geriet und eintauchte in eine Kälte, die vom Metall ausströmte und meine Hand umklammerte, festhielt und mich nicht weiter einsinken ließ. Ich schwöre dir, der Sarg, der Tote, oder meinetwegen sein Geist, verwehrten mir die Berührung, denn gewiß war ich ein Frevler, ein Voyeur, der sich in einen unterirdischen Friedhof geschmuggelt hatte. Man holt sich keine Stories am Friedhof. Wir leben nicht in England, und schon gar nicht um neunzehnhundert. Diese Geschichten sind tot. Ich wollte meine Hand zurückziehen, hörte plötzlich die Stimme des Restaurators nicht mehr, wollte raus und ihn suchen gehen, die Stille war mir nicht recht. Ich brachte die Hand nicht hoch, der Sarg hielt sie fest. Ich wollte um Hilfe rufen, mich aber auch nicht lächerlich machen, also schwieg ich und richtete in Gedanken ein Versprechen an die unheimliche Kälte und Stille. Ich werde die Geschichte, diesen Sarg und auch Agathe aufgeben. Ich schwor es hoch und heilig und schickte ein Stoßgebet zum Himmel. Ich würde in den Stephansdom gehen und eine Kerze entzünden für Agathe. Das Busenwunder blinzelte mir zu. Da hörte ich die genagelten Schuhe. Die Kraft ließ mich los. Verstört, aber erlöst zog ich die Hand zurück.

Unten in der Gruft, wenn man allein ist, ist der Klang genagelter Schuhe regelrecht himmlisch menschlich. Lebendige Wesen treten über die Schwelle.

Als dein Chef eintrat und mich vor dem aufgebockten Sarg stehen sah, erschrak er fürchterlich, sagte LM. Er ging in die Knie. Er hatte nicht mit mir gerechnet. Ich versuchte ihm zu erklären, daß ich dich suchte. Ich reichte ihm das Glas Wasser. Er konnte mich nicht einmal ansehen. Er drückte auf seinem Handy herum. Er murmelte wirres Zeug in den Apparat, erklärte sich für irre und bat um Hilfe. Ich sprach ihn an, fragte nach dir. Ich machte noch ein Witzchen über das billige Pin-up, daß man solche Weiber hier unten wohl brauche, um die Vorstellung vom prallen Leben im Auge zu behalten. Er reagierte darauf nicht. Er preßte sich an die Wand und starrte mich entgeistert an und drückte weiter auf seinem Handy herum.

Ich fragte ihn, und ich weiß nicht, warum ich fragte, wahrscheinlich nur aus peinlicher Berührtheit, ob ich auch einmal telefonieren dürfe.

Er nickte und wich vor mir zurück, als ich die Hand ausstreckte. Ich nahm ihm das Handy weg, und da ich sah, daß er deine Nummer schon gewählt hatte, drückte ich bloß die Wiederwahltaste. Leider warst du nicht zu Hause. Ich wollte ihn beruhigen, mich entschuldigen, weil ich ihn so erschreckt hatte. Ich wollte ihn auf irgend etwas einladen. Immer wenn ich peinlich berührt bin, rede ich weiter und weiter, egal was, um von meiner peinlichen Berührtheit abzulenken. Also fragte ich ihn, ob er mir helfen könne. Ich reichte ihm die Büchse mit der Krähenbeize. Bat ihn, sie für mich zu öffnen und mich damit einzureiben. Du würdest ihm alles erklären, sagte ich ihm. Ich sei auf der Suche nach Hilfe von dir. Eines Tages würde er verstehen. Er blieb mucksmäuschenstill. Er schaute mich wie eine Irre an. Ich fragte ihn, ob er wisse, wo du stecktest? Oder ob er mich bitte wenigstens mausen könne?

Wie bitte? fragte ich entsetzt.

Du hättest ihn sehen sollen, sagte LM. Mausen ist doch ein harmloses Wort, ich habe nicht »vergewaltigen« gesagt. Ich habe ihn seine Verniedlichung hören lassen. Was stellt er sich unter »mausen« vor? habe ich ihn gefragt. Ich nahm seine Hände und knöpfelte die Hemdsärmel auf, ich schob sie hoch, die Haare hatten sich richtig aufgestellt bei der Erinnerung an die entsetzliche Todesart, die die Vergewaltigung der gemausten Maus nach sich gezogen hat. Kannst du dir vorstellen, daß man zu »vergewaltigen« »mausen« sagt?

Ich kann mir das von jedem Mann vorstellen, sagte ich. Wieso reißt du nicht dieses Pin-up herunter?

Wir alle sitzen dort unten im selben Boot.

Das ist eine zu verachtende Ausrede, sagte LM.

Wer weiß, was Roger über Frauen sagt?

Willst du es wissen? fragte sie mich mit einer wahnsinnig tiefen Stimme. Wüßtest du nur, *was* er sagt, und wüßtest du nur, *wie* er es sagt.

Aus! Halt! sage ich. Roger ist Präparator. Ich will ihn nicht verlassen müssen.

Das ist ja der Fluch.

Ich hatte gestern jemanden hier. Ich konnte diesen Jemand nicht ertragen. Es ist schließlich *mein* Leben, und ich hatte ihn rausgeworfen, beim ersten falschen Wort. Dann ist noch ein sehr guter Freund gekommen. Ich träumte von einem Mantel der Macht aus Häuten. Ich geriet an die Statue der Artemis von Ephesus, Jagd und Fruchtbarkeit in einer Göttin vereint. Ihr Oberkörper war mit hundert eiförmigen Brüstchen versehen. Die Brüstchen wurden als Stierhoden entlarvt. Artemis lachte gütig, ihr Körper wogte, die schweren Hoden schaukelten wie fette Pflaumen. Plötzlich war Artemis Kybele, die Pflaumen an ihrem Busen verwandelten sich in Männerhoden, zum Zeichen, daß die Manneskraft ihr Alter und sie die Manneskraft der Jugend schätzte. Die schönsten Männer zückten am Festtag der Göttin das Messer, kastrierten sich öffentlich. Ein Stadion voll mit sich kastrierenden, opfernden Jungmännern. Wer würde so etwas heute noch tun? dachte ich. Nicht, daß ich so etwas dulden, geschweige denn, annehmen würde. Nur im Traum stellten sich tausende von Männern an. Sollte ich sie alle wegschicken oder mit dem Tode bestrafen? Was bedeuten »schwarze Tupfer«?

Mir geht's so dreckig, sagte LM, aus den Augen Agathes guckend. War da Milch im Drink?

Du tickst wohl nicht richtig, sagte ich, falsch, wie ich sein kann.

LM lachte schwach. Sie hob die rechte Hand zum Ohr, lauschte am rechten Handgelenk, sie hob die linke Hand ans Ohr und lauschte am linken Handgelenk und sagte: Ich ticke überhaupt nicht.

Sie steckte im Bauch eines weiblichen Chronos. Sie muß nur ein Sandkorn im Getriebe sein, dann geht der Wecker kaputt, und eine neue Zeit fängt an.

Ein Würgen ergriff sie. Ich unterdrückte mein schlechtes Gewissen. Ich wollte ihr keine Übelkeit bereiten. Es war doch mehr Rum als Milch im Drink gewesen.

Mich drückt's, sagte sie.

Komm, sagte ich.

Sie legte die Beine hoch. Die blubbernden Geräusche. Das Streichen über den Bauch. Ich entwickelte plötzlich Verständnis für diese verrückte Figur auf meinem Sofa.

Sollte sie doch in Agathe stecken, wenn sie meinte. In ein paar Stunden wären wir sowieso wieder entzweit. Ich wollte sie von ihrer Übelkeit ablenken. Sie sollte an etwas Schönes, Weiches, Unsterbliches denken.

Vornehm ruht die Welt dahin, unter weißem Leichentuch, still trauert die Landschaft. Es weihnachtet bald. Dann schmilzt der Schnee, und Hasen hoppeln über den Klee.

Das Fell des Raubmarders wechselt zweimal im Jahr die Farbe bis auf die schwarzen Tupfer.

Das Weiß bedeutet Unberührbarkeit, hohe Keuschheit und Reinheit. Nicht nur Könige tragen Hermeline, auch Richter. Aber was bedeuten die »schwarzen Tupfer«?

Ich hatte noch in aller Früh die Wiener Schatzkammer angerufen und fragte mich nach einem mir bekannten Textilrestaurator durch. Richter tragen Hermelinstolen als Zeichen ihrer Unantastbarkeit. Die Hauptfigur der österreichischen Tierschützer bezeichnete die Hermelinstola als anachronistisch. Der Talar, so ein befragter Richter, sähe wie die Uniform eines Sargträgers am Zentralfriedhof aus, würde man die Hermelinstola beseitigen. Unberührbarkeit und Gerechtigkeit wären dahin, wenn man der Justiz das Fell herunterreiße. Die Tierschützerin schlug einen weißen Stoffersatz vor. Der Richter lächelte charmant, entschuldigte sich für seine Eitelkeit, die er nicht als Eitelkeit bezeichnete, sondern als Wahrung der Amtswürde. Mit einem umgehängten Barterl setze er sich nicht auf einen erhöhten Stuhl und schlüge mit dem Hämmerchen wie ein kleines Kind herum. Er sei ja kein Trenzer, auch wenn es Politiker gebe, die ihn als solchen beschimpften. Die Justiz sei unabhängig und nicht ihrer Würde zu entheben, egal was ein Politiker wolle. Daher solle man statt Hermelin zumindest einen sehr gut gefälschten Webpelz einsetzen.

Wäre Agathe wenigstens prachtvoll und keine fleischige Maske, mit Perlen und Diamanten und nicht bloß von mir besetzt.

LM streckte sich auf der Couch aus. Die Hand kreiste auf der Bauchdecke und massierte die Bauchspeicheldrüse. Ich stand auf, holte das erwünschte Wasser.

LM lag schnaufend da. Der Bauch blubberte. Das lactalphobische Zentrum gluckserte. Zucken und Beulen. Teufelswerk, Besessenheit, Schwangerschaft.

LM ächzte. Ihre Hand kreiste um den Nabel. Ich bin so voll, sagte sie.

Zuviel Aufregung. Sie hatte mich überall gesucht. Und überall hatte ich sie enttäuscht. Ich war nicht aufzustöbern gewesen. Man hatte sie total schief angeschaut in der Kapuzinergruft, der Apotheke und im Spa. Seltsam, daß mir niemand erzählt, daß mich eine Verrückte verfolgt.

LM war übel zumute. Sie mußte aufstehen und herumgehen.

Höre ich sie draußen kramen? Wo ist sie jetzt?

LM ist Agathe. Agathe ist ewig. Sie ist unser Bild. Man muß sich spalten können und eine Hälfte auf die Seite der Öffentlichkeit schlagen. Man muß die öffentliche Hälfte sehr deutlich machen. Die andere kann man für sich sparen.

Zum Teufel, sagte LM und fuhr hoch. Sprang auf und raste auf die Toilette. Ich folgte ihr. Sie kniete röchelnd vor der Porzellanmuschel und reckte ihren Hals in kurzen Intervallen über den Rand. Ich ging ins Bad, hielt den hellblauen Waschlappen Maschas unter das eiskalte Wasser und brachte ihn, legte ihn der Gewürgten in den Nacken. Die Ambrosia schoß aus ihr heraus, als hätte man die vollgefüllte Kanne auf den Kopf gestellt. LM keuchte, spie, und ich erzählte von Reinheit und innerer Reinigung und beäugte, so gut ich konnte, die weiße Flüssigkeit, die sich aus LM in das Porzellan stürzte. LM kotzte sich die Seele aus dem Leib. Wie eine Mutter stand ich ihr bei und sprach beruhigend und ermunternd auf sie ein. Nichts von einer Seele oder einer LMschen Innerlichkeit konnte ich entdecken. LM ist eine Sprachidentität, und Wörter kann man halt nicht kotzen, was also hatte ich erwartet? Eine Interpretation? Daß die kleine LM sich krümmte vor meinen Füßen? Wie ein Würmlein, von Agathe hingespuckt? Weil Chronos seine Kinder frißt, sollte Agathe ihre Kinder ausspucken? War das meine Logik? Wenn-dann-Sprache?

Ich stand neben der Toilette, und meine Hand lag auf dem Knopf. Ich hatte Skrupel, ich konnte nichts wegspülen.

Ich saß bei ihr, am Rand der Wanne. Sie bat mich um frische Wäsche.

Geht es dir wieder gut?

Ich habe ein schlechtes Gewissen, wenn ich anderen Leuten Schmutz mache.

Sei nicht so hart zu dir. Andere Leute produzieren noch viel mehr Schmutz, mit dem sie dich beschmutzen.

Nein, ich werde dir das Klo putzen.

Ich werde die Putzfrau kommen lassen, sagte ich. Sie braucht dringend Geld, und ich werde ihr sagen, ich werde sie erst wieder unterstützen, wenn sie sich vom Küstenhengst trennt.

Ich würde das nicht tun. Es ist *ihr* Leben. Es ist das Leben des Kindes. Sie hat keine Wahl.

Ich stützte LM. Sofort fiel mir ihr Gewicht auf. Sie war leer, aber schwer.

Ich möchte mich am liebsten auswringen, sagte LM. Ich schwitze in dieser Agathe. Ich hätte deine Ambrosia nicht trinken sollen.

Ach was. Beiß die Zähne zusammen. Ich griff ihr unter die Arme und zog sie mit. Sie war kraftlos. Sie ging wie im Schlaf. Ich war hellwach und behütete sie. Ich bin ihre Schwester, ich bin ihr Hirte, ihr Haus- und Hofkritiker. Die Opferung meines Fleisches wurde durch den Verzicht auf Fleisch ersetzt. Ich habe mich um Roger und Mascha gekümmert. Seither nicht um LM. Ich war nicht verläßlich, ich habe auf sie verzichtet, sie geopfert, ich wollte meine Ruhe in dieser Wohnung.

Ich führte sie in die Küche. Daß ich mal meine Freundin so fertig in meine Küche führen würde, hätte ich nie gedacht. Ich setzte sie hin. Setzte Wasser auf, säuberte das Tee-Ei, füllte es mit Kamille und hängte es in die bauchige Kanne. Pierro della Francescas Madonna sitzt in einer bauchigen Nische unter einem Ei, das exakt so aussieht wie mein Tee-Ei. Es hängt über dem Schädel der Jungfrau an einem hauchdünnen Faden. Ich stellte mir vor, daß in diesem Ei ein Menschenjunges schlummerte. Von Gott gelegt, aber noch nicht ausgebrütet. Wäre Jesus am plötzlichen Kindstod gestorben, hätte die Muttergottes nur auf den Thron steigen müssen und sich das Ersatzei pflücken und ausbrüten können. Ich hielt das Tee-Ei an seinem Kettchen.

Ließ es kreisen. LM rülpste. Sie trank Wasser, und langsam kehrte Farbe in ihr Gesicht zurück. Hast du noch Essiggurken, krächzte sie.

Ich koche dir einen Kamillentee, sagte ich.

Das Wasser kochte. Ich goß das dampfende, alles verbrühende Wasser über das mit frischem Tee gefüllte Tee-Ei. Sofort schossen Teespitzen wie Dornen aus den Löchern, verwoben sich für Sekunden zu einer Dornenkrone und strahlten einen Goldschein ab. Die Kanne ist geformt wie eine Mandorla. Das Aroma der Kamille stieg auf und hüllte uns ein. Die Mandorla ist das Oval des göttlichen Rahmens, in dem die Christusse, Kaiser und Könige bis in die Gotik sitzen. Die Einheit mit Gott entspricht der Geborgenheit weiblicher Organsymbolik, was mir sofort das Getropfe und Gerinne in den Gängen und Schläuchen eines menschlichen Innenlebens vor dem inneren Ohr erklingen läßt. Ich will keine organische Form aus dem Unterleib. Ich will eine Form aus dem Kopf.

Ich komme gleich zurück, sagte ich. Hängte die Kette ein, ließ den Tee ziehen und ging in mein Arbeitszimmer, suchte das Lexikon und schlug nach. Unsere Drüsen und Speicher, Zuleiter und Ableitungssysteme werden von einem kleinen ovalen Organ an der Unterseite des Gehirns, das beiden Geschlechtern mitten im Gehirn als Riechhirn gewachsen ist, zwischen Hypothalamus und Hypophyse, gesteuert. Das Organ entspricht einer Mandorla, Symbol von Eintracht, Harmonie, Integration allüberall. Das Riechhirn entscheidet, welche Information wir im Gedächtnis behalten. Es merkt sich, welche Reize welche Erinnerung auslösen können. Gerüche, Stimmen, Situationen. Erinnern ist das gespeicherte Denken über die Empfindung beim Erfahren. Wissen ist Erfahrung. Erfahrung ist Prozeß. Was ist Erfinden? Ich berichte mich aus Agathes Gedächtnis.

Als ich das erste Mal die Wohnung betrat, war nur LM bei mir gewesen. Wir sind eingetreten und haben in jedes Zimmer geschaut. Unsere prüfenden Blicke richteten sich in jede Ritze und Ecke. Stört dich was? hatte ich gefragt. LM stapfte mit mir durch die Zimmer. Roger hatte alles weiß ausgestrichen. Kalk. Die altdeutsche Anrichte war unverrückbar. Der Fleck an der Decke.

Hier, so LM, ist etwas Schreckliches passiert. Ich fresse einen Besen, wenn Agathe sich nicht –

Ich habe keinen Riecher dafür, sagte ich damals. Wir trennten uns auf der Schwelle der Wohnungstür. Ich blieb, und sie ging.

Das Wissen ist ein Zustand von Bewußtsein, ohne Erinnerungsprozeß kommt es nicht in Gang? Man kann blockieren. Ich gehe und erzähle vom Riechhirn. LM grinst. Sie mag das. Ich denke, forsche, und sie stellt fest, daß man einen Riecher haben muß. Es gibt Gemeinsames. Symmetrie, Balance, Gewichtung also. Dazu muß man auch trennen können. Ich kann das. Ich bin anders, ich bin nicht LM. Ich mußte die Putzfrau anrufen.

Der Tee war gebraut. LM fühlte sich nicht wohl. Sie kündigte an, daß sie nach dem Tee gehen wolle. Ich wollte nicht, daß sie ging, ich bot ihr mein Bett an.

Es ist unmöglich, daß jemand in einen anderen Körper einsteigt und weiterlebt.

Wir kommen am Schrankraum vorbei. Wenn sich darin jemand eingesperrt hat, dann ist er längst erstickt.

Na und? Ich rufe jetzt die Putzfrau.

Als ich zurückkam, schlummerte LM in der Duftwolke aus Rum, Vanille und Bergamott. Sie summte. Ich neigte mich zu ihr. Links und rechts ragten die weißen Polsterzipfel wie Eisberge in die Nacht.

Ich wünschte, in den Schlaf gestreichelt zu werden, drehte

den Kopf hin und her und suchte die richtige Position. Drückte mich in das Kissen, so daß die Person, die an meinem Bettrand saß, nur die Hand ausstrecken mußte, um die Fingerspitzen aufzusetzen und meinen Haaransatz entlangzugleiten.

Ich sitze und harre aus. Sie hockt bei mir, und sie mag mich.

Agathe hat Mascha oft in den Schlaf gestreichelt.

Mascha hat mir gezeigt, wie sie gestreichelt werden möchte. Mit den Fingern das Haar richtig durchkämmen, die Strähnen hinter das Ohr klemmen. Ich zeichne ihren Nasenrücken und die Augenbrauen nach, umkreise die Augenhöhlen und gleite die Schläfen hinab, über das Jochbein in die Wange, taste die Kieferkante nach, in dessen Knochen die Keime ihrer Zähne noch verborgen sind, Kapseln, wie Trichinen, in denen ein bereits formvollendeter Zahn wartet, bis es Zeit ist, in seinen Platz zu wachsen.

Ich gestand ihr die ganze Lüge. Und Mascha haßte mich dafür, heute aber liebt sie mich. Mascha hat einen schönen, runden Kopf. Das Gesicht ist fein, zerbrechlich, Kiefer und Jochbein sind Knöchlein, Stege und Wege, geschnitzt wie aus Elfenbein, vornehm gewölbt, mit geschwungenen Bögen, fließenden Verläufen wie bei einem Meisterinstrument. Ich berührte die Schädeldecke, worunter der Geist wuchs. Wo das Riechhirn zwischen Hypothalamus und Hypophyse Mascha steuert, dieses Kind, das von mir glaubte, ich hätte seine Mutter verschluckt. Ich strich über Maschas Gesicht und dachte nicht an die aufgestapelten Schädel, an kindsgroße Grabnischen, an die Schachteln mit den frühgeborenen Toten, die einmal wöchentlich in einem Sammelbegräbnis bestattet wurden. An die Tode und tausendfachen Ermordungen. Dieses Mascha-Gesicht würde in hundert Jahren zerfallen sein, abgefressen bis auf die Knochen. Wer verbarg sich hinter ihrer Larve, welch lästerlicher Gedanke war sie für mich. Ich schlüpfte in die Rolle der Toten.

Ich beschwerte mich nicht, daß sie mich nicht akzeptierte. Ich berührte sie mit den Fingerspitzen, stupfte sie wach.

Sie hat Stunden geschlafen. Es ist stockdunkel. Ihr Haar ist zerzaust. Mascha soll aufstehen und gleich in den Schrankraum gehen. Die Wohnung hat sich in ein Schloß verwandelt, der Schrankraum ist sein Speisesaal. Alles ist fahl und schimmert seidig, brennende Kerzen erleuchten die Tafel. Sie weiß, daß sie sich benehmen muß, also ihrer Neugier keinen freien Lauf lassen darf. Sie schaut sich nicht um. Sie soll sich setzen. Das sagen ihr die Stühle, die mit weißen Nelken umrankt sind, die Köpfe nicken, wenn sie anstreift. Sie setzt sich, zupft die Serviette aus dem Ring und erschrickt, denn es ist ein Knochen.

Ich spielte für Mascha Agathe. Sie wünschte sich ihren Besuch. Sie hörte meinen dünnen Gesang und den Hauch einer Harfe. Ein Schleier hing über der altdeutschen Anrichte, verhüllte die Gestalt ihrer Mutter, die Altdeutsch gehaßt haben muß. Der Puppentisch war die Tafel. Er war für zwei Leute gedeckt. Und auf jedem Teller befand sich ein Stück Torte. Sie sollte essen.

Mascha bat mich zu Tisch. Die verschleierte Gestalt stieg von der altdeutschen Anrichte herab. Ich griff nicht zur Gabel. Geister essen doch nicht. Ich füllte den Raum aus und machte mich breit. Mascha wünschte, daß die Gestalt näher komme. Die Knochenhand winkte. Ich bin doch schon ganz nahe, dachte ich, und daß ich nicht widersprechen durfte. Ich rutschte auf meinen Sohlen dahin. Ich wollte den Bodenkontakt nicht verlieren. Zentimeterweise schob ich mich vorwärts. Der Schleier knisterte. Ich sah Blitze. Ich kam näher, berührte Mascha durch den Schleier mit der Nasenspitze, spürte das Gewebe, drang vor, und der Schleier war ich. Ich ging über in die Gestalt eines Geistes, formte das Profil nach, das ich einer Mutter abgenommen hatte, breitete die Arme aus. Ich steckte in diesem Totenschleier und rutschte auf den Sohlen weiter vorwärts, ich war eingehüllt in dieser Muttersphäre. Am Ende des Tisches saß ein Mädchen. Ich hörte seine Stimme. Kann die Mutter eine so blöde Tödin sein?

Jaaaa! schrie ich und riß das Maul auf und jagte Mascha aus dem Schrankraum.

Durch den Tod der Mutter hatte sie einen Schock erlitten, durch mich einen Schreck. Mascha ließ sich von der Tödin nicht umarmen. Sie lief aus dem Schrankraum, sprang in ihr Bett, und ich warf den Schleier ab und folgte ihr und durfte sie zum ersten Mal an mich drücken. Ihre Haut war so dünn und durchsichtig. Die geäderten Lider schimmerten. Ich strich ihr über die Stirn, streifte die Strähnen hinter die Ohren, die mir für ihr Gesicht zu groß vorkamen. Eine Lauscherin, dachte ich, als ich sie das erste Mal sah. Macht nichts. Abstehende, spitze Fledermausohren kann man korrigieren.

Mascha hatte die Tür hinter sich ins Schloß geworfen, und ich stand für Sekunden im Off. In dieser Totenkammer. Der lebendige Mensch hat mindestens zwei Körper, einen, der verfällt, und einen, den er sich als Gegenentwuf mitdenkt und zu verkörpern versucht. Ich zerfiel in diesen Sekunden. Ich hätte nur ein paar Schritte machen müssen, um mich aus dem Schrankraum zu befreien. Ich stolperte. Ich war ein vierbeiniges Wesen. Eine grausige Macht stürzte sich auf mich. Die Tür war zu. Die Flammen erloschen, und ich stand still wie angewurzelt da.

Holzwürmer fressen sich durchs Holz der altdeutschen Anrichte. Wieviel hätte es gekostet, sie ins Dorotheum zu schaffen, wie viele Knochensplitter waren es, wie alt war Maschas Mutter gewesen, wie groß ist der Schrankraum? Hoch, schmal.

Roger ließ mich raus.

Was ist hier los? heulte ich.

Er zog seine Hände zurück, blieb aber an meinem Bettrand sitzen. Mascha sei unhöflich, sie sei müde. Ich möge ihr verzeihen. Er entschuldigte sich.

Wofür denn? fragte ich.

Seine Entschuldigung, die ich auf mein gesamtes Unbehagen bezog, stimmte mich höflich. Ich ging meinen Fragen nicht nach. Ich empfinde mich als Mädchen, wenn ich mich höflich verhalte. Ich nahm das Rückgrat auseinander, um mit den Wirbeln den Tisch zu dekorieren für das gespenstische Mahl, das ich Mascha aufgetischt hatte. Ein übles Spiel, doch ein notwendiges, um das Kind seiner Geisterwelt zu entreißen. Seither sieht mich Mascha mit anderen Augen. Ich gehöre nicht in diese Wohnung, denn ihre Mutter ist noch da. Ich habe Agathe abgedrängt. Deshalb ist sie da. Aber nun will *ich* leben.

Ich traue dem Glück nur, weil es das Unglück auch gibt. Ich nehme das Unglück an, damit es das Glück gibt. Ich helfe vor allem anderen, das Unglück anzunehmen. Ich baue auf meine Zurückhaltung. Ich sage Worte auf, die immer passen. Zum Beispiel: Du kannst nichts dafür. Du mußt dich nicht kränken.

Agathe bewegt sich. Sie sitzt mir im Schädel. Eine interaktive Skulptur, die in meinem Gehirn schlummert, groß wie eine Trichine und zusammengerollt wie ein Embryo, schlägt die Augen auf.

LM summt. Ihre Stimme ist ölig und dunkel.

Sie spielt den Agathe-Kasper. Sie fragt mich: Seid ihr alle da? Sie geistert vor meinen Augen herum. Uhuuu, Uhuuu, heult sie in die Wohnung. Agathe ist eine Erinnerung. Woraus mache ich Erinnerung?

Stell dir mal vor, wie es Roger geht dabei? Er ist der Arsch der Geschichte.

Er ist der Arsch deiner Geschichte.

Die liegt lange zurück.

Hallo, du, sagte er. Ich wußte sofort, da ist etwas passiert. Wann ist er nach Hause gekommen? Ist er überhaupt nach Hause gekommen? Ich erinnere mich an die erste Verkehrslawine im Morgengrauen und das Vogelgezwitscher und das leere Bett. Ich schmecke den Schnaps und den Rauch. Ich war damals noch Volontärin im Britischen Museum. Ich hatte zuviel gesoffen. Mein Schädel war hin. Als stocherte mir jemand im Hirn herum. Meine Augen schmerzten und meine Nebenhöhlen. Ich hatte mit Roger abgeschlossen. Dann rief er an und sagte, Agathe sei tot.

Ich nenne den Körper der Frau Agathe. Ich schlafe in einem Totenbett. Ich lege die Hand auf meine Schulter. Dieser Körper muß noch funktionieren. Man muß ihn zusammenhalten, er hat noch ein Kind zu begleiten. Deshalb muß ich diesen Körper lebendig halten.

Meine Anteilnahme bleibt also unverbindlich.

Ich saß beim Fenster. Schrieb. Das Licht fiel aufs Papier. Beschriftete Zettel waren weiß, zwischen halb vier und fünf, als das Fenster im Stiegenhaus geöffnet war und die schleichende Sonne auf meinen Schreibtisch schien. Durch das geöffnete Fenster drang das Greinen eines Kindes. Die Lautgebärden schwollen für Sekunden an, dann nahmen sie ab, und für einen kurzen Intervall gab es Stille, dann begann die Selbstunterhaltung des Kindes wieder. Im Sommer sind die Fenster offen, und man hört die lebhafte Nachbarschaft. Das Greinen des Kindes wurde jährlich lauter, seine Stimme brach, es wurde alt, und trotzdem begann es noch immer nicht zu sprechen. Die Fenster, hinter denen sich das Kind mit seinen Lauten unterhält, sind vergittert. Im Fenster ist nie jemand zu sehen. Wer lebt dahinter? Die dreckigen Tauben schlagen die Flügel. Ich flattere mit den Lidern. Ich genieße die Sommer in der Wohnung. Ich reiße die

Fenster auf. Ich lasse die Geräuschkulisse herein und lüfte den ganzen Tag.

Ich schrecke aus der Konzentration, als das Telefon klingelt. Ich lasse mich von der Sonne bestrahlen. Im Winter lege ich mich ins Solarium und reflektiere das Licht mit meiner Blässe.

Ich habe mich daran gewöhnt, das Greinen zu hören. Roger horcht nicht drauf, glaubt, daß gegenüber Jahr für Jahr ein neuer Mensch auf die Welt kommt.

Wir wohnen im Haus Nummer zwanzig. Dieses Haus dürfte es gar nicht geben. Wir müßten Nummer achtzehn haben. Man hat die Häuser gezählt, und in unserer Straße, ach, was soll's. Nummer zwanzig gibt es nicht. Weder auf dem Stadtplan noch im Meldeamt.

LM hat mich aufgestachelt. Ich bin lästig geworden und wollte wissen: Wer war unser Vormieter? Zumindest auch das Meldeamt bestätigte, daß es unser Haus so, wie es ist, nicht gibt. Es war nicht recherchierbar, ob sich eine Frau oder ein Mann in unserer Wohnung umgebracht hatte. Die Mieter waren, wie das Haus, inexistent. Beim Meldeamt waren auch keine Vormieter inexistenter Häuser registriert. Vierzig oder zweiundvierzig oder vierundvierzig. Entschuldigen Sie schon, aber in dieser Periode war Krieg. Die Knochensplitter.

Den Schrankraum benützt Roger für Altkleider. Wir geben sie der Putzfrau weiter. Natürlich ist da niemand eingesperrt. Roger hat am Schloß herumgeschraubt. Seit ich da drin fast durchgedreht bin, soll die Tür zu sein. Ich frage ihn morgen, wo die Schlüssel sind. Ich werde die altdeutsche Anrichte zertrümmern, und überhaupt.

Imponiergehabe und Selbstüberschätzung. Bodenlose Turbulenz des Selbstbetrugs. Ist der Hochmut die Axt? Kostet Illusion den Kopf?

Jede Agathe ist eine Vorstellung. Die Vorstellung von Glück kann nur eine Illusion sein, wie Unglück also auch. Eine geglückte Agathe. Es gibt nur eine gewöhnliche Agathe. Und diese Agthe bin ich.

Es ist so typisch weiblich. Ich hau mir jetzt auf die Finger. Auf den Kopf. Will dieses Multiple nicht.

Zum Schreiben sei androgyn, wenn du irgendwas verstehen willst, entsinne dich. Steig raus. Fünfhundert Pfund sind heute nichts wert. Ein Zimmer genügt mir nicht.

Ich erzähle vom Haus, das es nicht gibt, und sie glaubt, mich darin finden zu können. Den Nachmittag hat sie in der Stadt zugebracht. Dann hat sie sich untergestellt und auf mich gewartet.

Roger hat mir versprochen, daß ich nie wieder den Schrankraum betreten kann. Ich fürchte nun aber, ich muß. Ich nehme an, daß sich Agathe dort erschossen hat.

Ist was passiert? fragte ich damals.

Hier ist etwas, das mich stört. Es gibt noch immer etwas, das mich stört, und ich kann mich nicht an alles erinnern. Ich weiß, ich habe eine Geschichte, und sie hüllt mich ein und verschlingt mich.

Ich vernahm das Ticken im Telefonhörer, ich vernahm das Ticken der Würmer, die sich durch das Holzgestell meines Bettes fraßen.

Mit der ersten Verkehrslawine wird das Ticken vom Lärm verschüttet. Die Autos sind mir willkommen. Die Siebenschläfer sind fort. Wir leben in der Stadt. Wir sind umgezogen. Von der südlichen an die nördliche Grenze Österreichs.

Hintergrundstimmen aus einem Büro. Der Atem von mir dazu. Es war ganz still am Telefon, und mein Ohr war heiß und die Luft trocken, und ich fühlte mich papieren. Höre ich das Wort »gestorben«, sehe ich einen kreisrunden See. Ich werfe einen Stein ins Wasser, und Ringe erscheinen und formen ein Ohr. Das Ohr schnellt auseinander und wächst zu einer Flutwelle an, die sich an der Uferkante bricht und aufs Land kracht. Wie Spiegelscherben liegen dann die

Lachen rundum. Sie versickern langsam und fließen zurück in den kreisrunden See.

Ich bin ganz Ohr. Ich greife mich an. Das Angreifen fühlt sich immer noch pfotig an.

Höre ich das Wort »geboren«, bin ich neugierig. Ich kann mir einen Körper aus einem Körper nicht vorstellen.

Wer, fragte ich, hat ein Kind geboren? Ich sitze still und starr, meine Hülle am Tisch ist bucklig. Die Sitzhaltung ist nicht gesund. Ich zerstöre mein Skelett. Die Bandscheiben werden abgewetzt.

Nein, sagte ich, ein zweites Kind braucht die Mutter nicht.

Ich schreibe die Geschichte, die eine Roger-Geschichte meiner Mutter ist.

Ich schaue mich um. Die Uhr tickt. Mitternacht. Die Mutter ist weg. Ich war eine nüchterne Tochter. Für die Mutter sind Männer verschüttete Milch. Man klagt nicht darüber. Leider war sie die Verschüttete. Ich hätte ein Sohn werden sollen. Der Erlöser der Mutter. Ich habe von der Welt eines männlichen Kindes keinen Begriff. Die Entdeckung, daß ich mich nicht als Sohn einspielen kann – nicht den Schimmer einer Vorstellung habe ich – sagt mir, hätte ich ein Brüderchen, wäre ich vielleicht eins mit mir geblieben. Ich war wie tot und wurde ersetzt durch die Kleine, die nun die einzige war.

Ich wurde ihre Kinderfrau. Mit der Geburt des Kindes wurde ich zur Verantwortung gezogen. Die Mutter hatte meinen Tod nicht wahrgenommen. Ich wünschte den Tod der Kleinen.

Die Mutter war schwanger im Sommer, im Herbst und im Winter. Ihre Kugel hat sie auf dem Volksstimmefest noch präsentiert. Sie war ganz stolz und ich ganz neugierig, nun ist das Kind da. Die Mutter kann nicht nur konkurrieren, sie kann auch Konkurrenz produzieren. Ein paar Wochen lang habe ich die Schwester nicht angerührt, dann habe ich sie absorbiert, und nun lebt sie mit mir im Kopf. Ich habe es als meine Pflicht empfunden, mich als ihren Bruder zu empfinden, doch das ist mir nicht gelungen.

Ich bestand auf einer Unterscheidung. Mein Wunsch wurde übergangen. Das Kind wuchs sehr schnell. Schon nach einem Jahr war das Baby so groß, daß ich in seine Kleider paßte und sie nachtragen mußte. Alle fanden das Riesenkind lieb. Ich mußte es heben und tragen, wiegen und badeln. Ich war rundum beschäftigt, es gab keine Zeit für mich. Ich konnte nicht mehr zeichnen, nur schreiben, wenn das Kind schlief. Ich mußte sowieso wachen, denn wäre ihm etwas zugestoßen im Schlaf, wäre ich schuld gewesen. Ich war der Hüter. Wo war meine Mutter?

Sie interessierte sich für keinen von uns beiden.

Und wo ist die Mutter jetzt genau? Leute riefen an. Freundinnen. Die Mutter war untergebracht fürs erste. Es ging ihr sehr schlecht. Sie war zum zweiten Mal verlassen worden, und dabei hatte ich mich so bemüht, daß ihr dieser Mann blieb. Ich hatte dauernd auf das Kind aufgepaßt.

Die Freundinnen der Mutter holten mich ab und brachten mich auch unter. Ein paar Wochen zogen wir von einer Freundin zur anderen. Keine hielt uns länger aus. Denn das Riesenkind, das wir ja auch mitnehmen mußten, brauchte zuviel Platz. Und sein Schreien war so unerträglich laut, daß die Nachbarn sich beschweren kamen.

Ich kann mich erinnern: Das Kind ist in der Früh gekommen. Ist auf die Welt gekommen, als ich in der Schule war. Die Schule begann um acht. Die Mutter schlief mit ihrem Kugelbauch, als ich mich aus dem Haus schlich. Den Vater des Kindes habe ich einmal gesehen. Er ist abgehauen, als er das Kind sah, denn es war so riesig, daß er nicht sein Vater sein wollte.

Die Mutter war sprachlos und häßlich. Sie gab Laute von

sich wie eine nagende Riesenmaus. Ich war entsetzt über ihr Entsetzen, daß der Mann so unzuverlässig war. Sah sie nicht, daß das Kind schuld war? Zu groß, zu platzverschwenderisch, zu hungrig, und hörte sie nicht dieses nervenaufreibende Greinen? Hätte sie es lieber weggelegt und nur mich behalten.

Ich akzeptiere diesen Moment, den ich hier sitze und lese. Ich bin dankbar, daß mir diese Tragödie nicht passieren kann, da ich eine erwachsene Stieftochter habe und kein eigenes Kind. Ich genieße die Zufriedenheit, die mich durchströmt, und sitze in einem Haus, das es eigentlich nicht gibt.

Die Türen sind schäbig. Die Farbe ist abgesplittert. Die Mauerzwickel sind schwarzgefärbt. Gemäuer bröckelt herunter. Ein Riß zieht sich durch die Decke rund um den Schrankraum, pflanzt sich fort wie die unausrottbare Wurzel einer kalkholden Quecke, ein Unkraut, das gerne zwischen Grabsteinen wuchert und mit den Wurzeln ins Totenreich dringt. Der lahmgelegte Gasofen, der Tisch aus Lärche. Die Lampe ist kaputt.

Die gleiche Lampe hing in den Gängen am Spiegelgrund. Das Kinderhaus am Spiegelgrund war ein Folterhaus. Ich habe das Riesenkind nicht gequält. Viel eher hat es mich gequält. Ich mußte es stundenlang füttern. Und dabei spuckte es herum, und dann mußte ich die ganze Wohnung putzen. Das Kinderhaus am Spiegelgrund war ein Folterhaus. Die Lampen im Kinderhaus sind original Art Deco. Sie müssen vollgesoffen sein mit den Schreien. Vielleicht hängt hier eine Spiegelgrundlampe. Ich fand die Form dieser Lampe – wie eine Trockenhaube – in einer Dokumentation über die Verbrechen eines Arztes wieder. Dieser Arzt hatte Kinder zu Tode gefoltert und dann ihre Gehirne entnommen und studiert. Sein pathologisches Vergessen möge ihm den Prozeß machen.

Das neue Kind kam so leicht zur Welt, daß die Mutter stets die Schmerzen, die ich ihr bereitet hatte, zum Vergleich schildern mußte. Ich war nicht ihr Quälgeist, ich war ihr Folterer. Die Lampe wird auf den Müll kommen, sobald ich hier draußen bin.

Unreife Trauben hingen vom wilden Wein herunter. Die Mutter saß allein in der Laube, und ein leichter Wind verspielte sich in den Blättern. Sie schaute zum leisen Rauschen auf und faßte die unreifen Trauben ins Auge. Ein Seufzen ging durch die Blätter. Wir taufen den Balg der Mutter nach einem selbsterfundenen Ritus.

Die Sonne schien. Der Sommer begann. Wir beteten die Jahreszeit an.

Die Damen hatten die Röcke hochgeschoben, bräunten die Beine, und die Herren zogen die Sakkos aus und setzten sich ins Gras, und das alles zusammen ergab ein legeres Bild. Hätte die Mutter nicht geweint, man hätte geglaubt, sich nur zu einem Picknick eingefunden zu haben, und man hätte vergessen, ihr Beistand zu leisten und daß ihr ein weiterer Mann davongelaufen war. Alle beugten sich über das Kind. Es lallte in der Sonne. Es sollte die Sonne in seinem Leben sein.

Ich war eigentlich zufrieden in meiner Haut. Sonnenschein. Supermarkt. Blumenhandlung. Lakritze in allen Farben. Mit einer Lieblingsfreundin der Mutter im Wagen. Ich durfte als Kind vorne sitzen. Freie Fahrt bis zur Kirche. Einen Sack Süßigkeiten hatte ich auf dem Schoß. Die Mutter saß auf der Rückbank mit dem Riesenkind im weißen Kissen. Sie guckte mir ins Genick. Die wenigen Genüsse, die zu stillenden Bedürfnisse und die Sucht auf Süßes. Mich zu retten und gleichzeitig zu entrücken, war mein Plan. Ich wollte lieber hinten sitzen als in ihrem Blick. Sie konnte in mir meinen mir unbekannten Vater sehen.

Auf der Stirn des Säuglings ebneten sich noch die Spuren vom Storchenbiß. Die Kleine wippte aufgeregt in ihrem Plastikschalensitz und gab Vogellaute von sich. Sie fixierte die im Bauch der Sonne versteckte Spieluhr. Die Sonne lächelte, und die schwarzen Pupillen bewegten sich. Ich zog die Spieluhr auf. Die Melodie kam. Die Kleine jauchzte.

Ich bin die Große. Ich gehe in die Schule. Pflichtschuljahre. Pflicht macht mich schlecht. Ich muß sie als Vollschwester sehen. Ich muß mich gut leiden. Immer läuft sie mir nach. Immer muß ich wen an der Hand nehmen und mitführen. Und immer stehe ich im Schatten dieser Riesin. Meine Betroffenheit ist mit der Betroffenheit der Mutter nicht zu vergleichen. Sie läßt mich mit dem Kind sitzen und geht.

Wie arm sie ist. Sie liegt nicht, sie sitzt nicht, sie hat keine Position. Sie wird gleich stürzen. Der Boden ist weggezogen. Sie ist allein mit mir und den Kindermöbeln und dem Spielzeug. Sie ist so dick. Sie schläft. Ich brauche nicht zu kommen. Sie wartet auf einen Fremden, und wenn ich komme, sieht sie einen anderen Fremden in meinem Gesicht und schickt mich weg.

Säuglinge sind mir unheimlich, so rein und unverpatzt, bevor sie in irgendwelche Hände geraten. Die Kleine hat mit Ärmchen und Beinchen gestrampelt und zur Spieluhr gegurrt. Die Mutter hätte es allein nicht geschafft, so ohne mich. Ich klopfe mir stolz auf die Brust. Das Herz ist fort, wie hohl das Klopfen klingt. Da hat die Mutter ein Kind geboren, und nun redet sie von Hexen und einem Fluch, der auf ihr lastet. Sie wünscht Vergeltung. Sie wirft sich auf das Sofa. Preßt die Decke an die Nase, riecht noch sein Rasierwasser. Sie wirft die Decke weg.

Ich roch auch daran. Ich rieche es noch heute.

Ich sagte, daß ich sie liebe, daß ich sie beschützen werde, daß niemand anderer nötig sei als ich. Da antwortete sie:

Du sprichst ja schon mit seiner Stimme. Geh und sorg für dich selber.

Sie schob mich nicht weg. Sie war wie meine Mutterpuppe. Hohl. Bakelit.

Das nächste Kind kriegt sie von mir. Ich schneide der Puppe den Bauch auf, lege mich hinein und reife, bis ich schlüpfe.

Meine Mutter sprach nie über ihn. Sie tischte auf und war fahrig.

Die Kleine saß auf meinem Schoß. Sie erdrückte mich fast. Sie trug eine Bluse, die ich für mich ausgesucht hatte. Ich packte die Kleine und wuchtete sie auf den Gepäckträger meines Fahrrades und fuhr los in den Park, damit sich die Mutter erholen konnte.

Im Knusperhäuschen saßen die Lieblingsfreundinnen der Mutter. Sie rauchten allerlei, redeten von Ritualen, um das Wunder des neuen Kindes zu würdigen, das Paradies gibt es nicht, und nun fing sie mit dem blöden Taufen an, um Erbsünden wegzuwaschen.

Ich verstand: Erbsenhaschen.

Auf dem Foto ist sie ein Nikolausteufel. Sie trägt Rot, Mantel und Mütze vom Weihnachtsmann, Peitsche und Dreizack vom Teufel. Der nackte Kugelbauch ist herausgestreckt. Sie lacht, sie schüttet sich in diesem Lachen aus. Die als Krampus verkleidete Dorfjugend grölte durch die Nacht, dem ebenfalls besoffenen, aber prächtig und mächtig gekleideten bischofsähnlichen Nikolaus von Haus zu Haus nachschwankend. Eine Horde brandschatzender, vergewaltigender und plündernder Männer tobte ums Haus und wartete auf das Zeichen, loszustürmen und zuzubeißen, wie ein Rudel Kampfhunde. Die Mutter war eine schöne Frau. Und sie war ein schwangerer, sexy Nikolaus. Sie störte die Männerordnung, die Schreckensgewalt. Ich liebte diesen roten Nikolaus sehr. Noch heute verachte ich den Geruch von Alkohol in Verbindung mit männlich klingenden Stimmen. Die Mutter war eine Heilige in dieser Hölle.

Ihre Augen leuchteten nicht mehr. Wie gelähmt saß ich bei ihr. Die Freundinnen redeten von Fegefeuer, und da mußte die Mutter durch, weil der Begatter davongetrieben war. Wäre ich groß genug gewesen, hätte ich mich mitgeschlichen.

Ich konnte nicht genug Geld verdienen. Ich ersetzte ihr, was ich konnte, aber ich war kein arbeitender Mann. Heimlich steckte ich ihr Geld zu. Ich stahl im Supermarkt, was wir brauchten, und legte die Ware zu Hause hin. Ihr fiel nicht einmal auf, daß bei uns zu Hause die Seife nie ausging.

Ich übernahm die Pflicht und zog mich groß und erhielt meine Mutter und ihr Kind. Die Mutter war das teure alte Haus. Ich stahl Fisch und sammelte Würmer. Die Großmutter kam, und ich setzte mich auf das Nest, in dem das Kind wuchs und wuchs. Die Großmutter hatte es nie gesehen. Was sie nicht sehen konnte, danach fragte sie auch nicht. Sie wußte nichts über die organisatorischen Dinge, die ein Kind zu bewältigen hat. Es war einmal. Sie ermahnte und lobte mich für meine Disziplin. Dabei saß ich auf dem Schwesterchen und erstickte es. Sie lobte mich, weil man jedes Kind lobt, das lieber sich als die Mutter opfert.

Ich habe das Riesenkind am Wachsen gehindert. Ich habe mich so lange auf das Kind draufgesetzt, bis es einfach aufgehört hat zu wachsen. Dann konnte ich meinen Rückstand aufholen, und jetzt bin ich wer.

Der Gefangenenchor aus »Nabucco« dröhnte über die Mauer. Wir sind aufs Land gefahren. Ich habe mir den Magen verdorben. Die Fahrt war zu lang, und ich habe zuviel Süßigkeiten gegessen. Wir halten. LM trägt die Picknickkörbe auf die Wiese. Ich breite die Decke aus. Die Landpartie soll ein Augenschmaus sein. Eine Feier für das Kind, das auf einem weißen Kissen liegt. Die Gratulanten bringen Geschenke für das Kind. Die Männer sind uniformiert. Die Anzüge, die Dreitagesbärte, die schwarzen Brillen, die borstigen Frisuren. Die Frauen halten sich weniger an eine Form. Manche sagen, daß sie die Mutter beneiden. LM und ich schauten uns skeptisch lächelnd an. Wir liefen davon. Spielten Verstecken im Dorf.

Ich hatte mich zum Friedhof geschlichen. Gab es bei uns auf der Wiese ein weißgekleidetes Kind auf einem weißen Kissen, so stand hier vor der offenen Grube ein weißer Sarg mit violetter Orchideendecke. Die Gasse, die durch das Dorf zum Friedhof führt, hieß Sensengasse.

Roger mußte zu Agathe in die Sensengasse.

Die Sensenmacher saßen vor ihren schäbigen Häusern auf der Gasse, schnitzten die Stiele, schliffen die Messer und boten die Sensen feil. Nicht bloß Bauern gingen durch diese Gasse, Bettelmänner, Bürger, Edelleute und Kaiser, zur Karnevalszeit kam auch der Tod selber. Hand in Hand verklöppelt, führte er seine Tödin mit. Sie trugen scharlachrote Mäntel, zogen die Schleppen hinter sich her und wischten über das mittelalterliche Trottoir, die Ratten starben bei der leisesten Berührung unter dem Stoff in den Rinnsalen. Der Tod und die Tödin waren geachtet. Beste Kunden, wie man dachte, zumindest die Sensenmacher, die glaubten, es handle sich um scherzende Leute. Um Edelleute im reichen Purpurgewand. Man reichte ihnen die Sensen und nahm keinen Kreuzer an, weil Fasching war und das Kostüm so bizarr.

Der Tod und die Tödin wünschten sich ein Kind. Aber pflanzt sich der Tod fort? Nach vielen Jahren des Wartens erfüllte sich das Glück der Tödin. Sie öffnete in der Sensengasse den Mantel. Frauen sahen, daß sie schwanger war. Und sie applaudierten ihr. Klopften Topfdeckel aufeinander. Die Männer aber, diese Sensenmacher, lachten nur hohl, weil sie nichts an den Knochen fanden. Sie soffen schon in der Früh das Bier im Karneval. Sie zeigten die eigenen Bierbäuche her. Die Frauen warnten die Männer. Sie sahen das kleine Gerippe in der Beckenschale der Tödin. Es nagte an seinem Daumenknochen. Die Männer grölten und spotteten über das Gestell und beförderten selbst lauter Ungeheuerlichkeiten zutage. Bierkrüge, Sensen, Feilen. Die Tödin drohte mit dem Tod. Die Horde der Männer johlte, drohte zurück. Für einen Tod ist der Tod das Leben. Der Tod lebt. Das Leben ist tot. Die Männer glaubten ihr nicht. Die Tödin küßte das Kind eines Sensenmachers. Es starb auf der Stelle.

Da nützte auch die Zertrümmerung ihrer Knochen nichts. Das Kind war tot. Mit Bierkrügen, Sensen, Feilen und Topfdeckeln zertrümmerten und in Mörsern zerrieben sie die Knochen des Todes und der Tödin. Aber das kleine Gerippe war weich und nicht zu erwischen. Es entwand sich, denn es war biegsam und konnte durch eine Ritze im Trottoir dem Gemetzel entwischen.

Jahrelang wurde nicht mehr gestorben in der Sensengasse. Die Sensenmacher wähnten sich schon die Herren über den Tod. Doch nach siebzehn Jahren wendete sich das Blatt. Eines Nachts, zu Aschermittwoch, sauste es herab. In nur wenigen Stunden verstarb jeder, der gedacht hatte, dem Tod entrinnen zu können. Frauen, Männer, Eltern, Kinder. Der neue Tod hatte sie alle in einer Nacht geholt. Die Bewohner der Sensengasse waren ausgelöscht. Und zur Untersuchung des grausigen Vorfalles errichteten die Stadtväter Wiens in der Sensengasse die Gerichtsmedizin. Sie befindet sich heute noch dort.

LM sagte, im Leben brauchst du eine gute Fee und sonst

nichts. Sie schneuzte sich in ein Papiertaschentuch. Kontrollierte den Rotz. Dann schaute sie zur Decke, wieder auf den Rotz und meinte: Ich blute ja.

Du schneuzt dich zu heftig.

Wo hast du denn die Knochensplitter?

Ich bitte dich, rede nicht davon.

Du wirst es nicht glauben, sagte LM, aber ich bin gekommen, um dir zu sagen: Scheiß dich nicht an. Hol mir die Knochensplitter.

Hör mal, sagte ich, so sprichst du nicht mit mir.

Was hast du denn wieder verstanden? fragte LM. Schneuzte sich und sagte: O, it's a *feh*.

Das letzte Mal, als ich von meinem Vater hörte, war er ein französisch sprechender Aristokrat gewesen. Die Mutter war vor Stolz, sich so was Edles aufgerissen zu haben, ganz grimmig. Das Prinzeßchen brauchte eine gute Fee. Die Lieblingsfreundinnen der Mutter waren meine Feen. Sie beugten sich über mich im weißen Kissen. Sie sagten, daß ich die Schönste, die Begabteste, die Fröhlichste, die Geliebteste sei. Ich hörte sie reden, und ich wußte, daß sie heuchelten, weil sie sich selber für das Beste hielten. Sie wünschten mir Schlösser und Prinzen und so weiter. Ich lag im weißen Kissen und LM saß auf der Friedhofsmauer. Sie hockte und zwinkerte mir zu. Sie hatte große schwarze Flügel und sah aus wie ein Geier. Ihr Schnabel war entsetzlich. Ich konnte mich nicht bewegen, ich war eingschnürt in die weißen Spitzen und lag frei unterm Himmel. LM hüpfte von der Mauer und übers Gras zu mir herüber. Die anderen lagerten um die Picknickkörbe und öffneten den Wein. Die Federn rauschten. Ihre Beine waren dürr, Federbüschel klebten an den Sporen. Meine Mutter glotzte stumpf vor sich hin, obwohl ihr Kindlein quietschte und lebendig war.

LM breitete die Flügel aus, und es ward dunkel für mich.

Erinnerst du dich an den Körper der wie ein Arbeitstier behandelten Magd, die du einmal beschrieben hast, aus reiner Lust? Aus Anstand lacht man nicht über die Toten, um nicht die Ehre der Angehörigen zu verletzen. Die Magd hatte keine Angehörigen. Deiner Schilderung nach hätte die Leiche im Hochsommer aufgebahrt sein müssen. Deiner Beschreibung nach hätte also das Gesicht der Magd ein mit Gärungsgasen gefüllter Ballon sein müssen. Sie hätte lächerlich und bestenfalls gruselig ausgesehen. Erinnerst du dich noch an den Blaseengel aus Muranoglas am Christbaum? So hätte die Magd ausgesehen. Statt dessen schicktest du ihr Ameisen in den Sarg. Das Gesicht beschriebst du falsch. Im Hochsommer ist es selbst in der kühlen Magdkammer nicht kühl genug. Die Hitze kriecht durch Mauern und Holz. Der Tod kommt bei jeder Temperatur. Heute, morgen und übermorgen.

Du verwechselst mich, sagte LM. Ich habe nie über eine Magd geschrieben.

Ich kann beschwören, sie auf der Schwelle stehen gesehen zu haben, während ich auf das Stockerl stieg und meine sich im Sargfenster spiegelnden Augen durchblickten, bevor ich das geblähte Gesicht erspähte. Erschrocken sah ich auf. LM stand auf der Schwelle, und die Sonne ging in ihrem Rücken unter. Ich winkte meiner Begleiterin zu, einer schwarzen Silhouette, deren Umrisse schmolzen. Ich rieb mir die Augen, und als ich wieder aufschaute, war LM weg. Ich schwöre, sie hat das Ungeheuer im Sarg nicht angeschaut.

LM strich sich unbeirrt im Uhrzeigersinn mit der Hand über den Bauch, als verdauungsfördernde Maßnahme, und sagte, daß das Kind von der Friedhofsmauer gesprungen sei und sich unter die Trauernden gemischt habe.

Ich schaue auf Eckzähne, wenn jemand lacht, und denke

an Eiszapfen. Die Haupttrauernde schlug den Schleier zurück, als sie die Beleidsbekundungen entgegennahm. In der Warteschlange der Trauernden redete man über die Eiszapfen zwischen den Lippen des eingekühlten Toten.

Meine Mutter strich im Haus herum, wie eine Katze, der man alle Jungen genommen hatte. Dabei war ihr der Kater durchgegangen. Kein Tier machte ein so entwürdigendes Theater wie diese Frau.

Sie hatte gern gelebt, und sie lebte wieder gern, als sie eine neue Liebe fand. Sie kehrte zurück in die Nähe des Sees. Ich kann nicht sagen, ob mir ihr neuer Typ gefiel. Ich war einfach zu alt.

Ich ging niemandem ab. Die Menschenschlange folgte dem weißen Sarg. Ich warf einen schmalen Schatten in das offene Grab. Ich versteckte mich hinter dem Erdhaufen. In dieses Grab werde ich nicht eingehen. Nickende Orchideen. Ich schritt vor, steckte hinter dem Grabstein. Ein fremder Mann stand hinter der Linde. Wieso zeigte er sich nicht?

Die Mutter trug Schuhe, hochhackige schöne Schuhe, die heute wieder modern sind. Genau solche hat mir Roger mitgebracht. Die Tochter stieg nicht in die Schuhe, diese mobilen Fußstapfen einer Mutterrolle. Ich schäme mich für die Pechvögelei meiner Mutter. Ihr Heldentum, mich allein großzuziehen, entwürdigte sie durch ihre Sehnsucht nach einem Mann. Vielleicht stand dieser Typ hinter der Linde. Gehörte er zu den Trauernden, oder betrauerte er die Feiernden? Ich hörte Steinchen aufschlagen.

Als der Leichenschmaus in ein Leichenbesäufnis umschlug und die Haupttrauernde auf das Wohl des Grabhengstes anstieß und mir zuwinkte, lief ich davon.

Das Leben fängt immer wieder von vorne an. Die Mutter verbündete sich mit der Witwe.

Ich lag auf der Wiese in den Flügeln von LM. Die Spitze ihres Schnabels ragte über mir. Sie stieß den Schnabel herunter und pickte das ganze Gekreuch und Gefleuch auf, das sich mir näherte. Sie zeigte mir die Insekten und Würmer. Öffnete ich den Mund, ließ sie sie fallen, öffnete ich den Mund nicht, verspeiste sie das Getier selber. So lag ich in ihren Flügeln.

Die schönen Menschen. Die elegante Kleidung. Die Lust auf Feste im Frühsommer. Bin ich hier auf einem Begräbnis oder auf einer Kindstaufe, fragte sich die Mutter. Auf den weißen Tüchern in der grünen Wiese wurde bereits eine neue Zeit begrüßt. Die Blumen blühten und dufteten. Die Bienen summten. Die Gäste verstummten, als die Mutter zu grölen anfing. Niemand stieß mit ihr auf das Arschloch an.

Von den Kirschbäumen schneiten die Blüten. Die Mutter bemerkte nichts von der schönen Natur und von meiner LM. Eine Frau und ein Kind, so ist das auf Erden, das ist Natur. Ich mußte leben mit dieser abgenützten Frau, ihr Versprechen an die Welt, alles auszuleben, mitertragen. Da ist mir mein Vogel lieber. LM mag sich einbilden, was sie will. Soll sie Agathe sein, wenn sie will.

Die Mutter grölt. Wenn sie aus dem Gleichgewicht kommt, wirft sie sich an einen Männerhals. Sie nimmt die Gabel und sticht in die Wurst auf dem Fleischteller. Sie greift in den Weidekorb und fordert die anderen auf, um die Wette zu schmausen. Sie gießt denWein in Silberbecher. Sie verbeißt sich in die Wurst und reißt die Lider auf, diese alkschweren Deckel. Sie säuft und lacht über den Wurstzipfel zwischen den Zähnen.

Ich schlucke, was mich bedroht. Die Insekten und Würmer. LM hackt alles auf, portioniert und gibt mir stückchenweise das Futter.

Die Mutter beschuldigte mich der Untreue. Sie verstieß mich, da ich schneller kaute und schluckte. Die Fallfehler nahmen zu, wenn sie betrunken war. Ihre Schönheit schlug um. Die Verzerrung ging nie wieder weg. Wer dieses unkontrollierte Gesicht gesehen hatte, wußte, daß sie primitiv war und um sich schlug. Ihre Fröhlichkeit war reine Vergnügungssucht. Sie war häßlich. Sie mußte sich beherrschen. Ich bin das betrunkene Kind einer Kellnerin. Nur wegen mir verließ sie den Schmaus noch halbwegs aufrecht. Sie entriß mich den Flügeln und trug mich fort. Aber der Vogel erhob sich und flog in sicherer Entfernung mit.

Die Mutter wollte stets ein neues Leben durch ein neues Kind. Männer haben in diesem Punkt einen Instinkt und hauen rechtzeitig ab. Jetzt kunsttherapiert sie.

Bleib bei der Wahrheit! Aber was ist die Wahrheit? Ein Sachverhalt. Ich besitze eine Zeitung darüber. Es folgt ein Entwurzelungssyndrom. Einen Neubeginn im Tode sehen ... Ich breche hier ab, ich will nichts verschreien. Kennt die Antike die Tragödie um den plötzlichen Kindstod? Opferung, Vergewaltigung, Inzest, Mord, aber auch den selbstverständlichen, plötzlichen Kindstod?

Später gab es die Hexe. Sie soff und redete Unsinn. Sie schlurfte in breiten Schlappen dahin. Das Kleid war ein Fetzen. Die Mundwinkel zuckten. Zur Trauer kam der Haß auf den Mann. Ihr's Oaschlecha! brüllte sie. Die Parkbesucher schauten betreten drein und wichen ihr aus. Sie schlurfte durch die Parks. Ein guter Freund, der bereits die zweite Ehe und die zweite Firma in den Ruin geführt hatte und die Schuld an seinem Versagen der Gier der Frauen zuschob, wich nicht vor ihr zurück.

Ich höre, wie sie mich fragt: Mit wem willst du dich denn zusammentun? Ein herablassendes und trotzdem ungemein elegantes Lächeln überzog das gerötete Gesicht der verlassenen Mutter. Ich lehnte die Frage einfach ab. Sie sagte mit schneidender Stimme: Man kann nicht alles haben, mein Kind. Die Mutter fixierte mich. Wie eine Reiterin, so stolz und aufrecht und von oben herab, sagte sie: Dann schnapp dir halt einen Idioten.

Nach der Hochzeit kam es noch zu weiteren Streitereien. Angeblich wegen meines Charakters, meiner Kälte, meiner Distanz, meiner Undankbarkeit, meiner Unerbittlichkeit. Sie hätte meine Hilfe gebraucht. Ich habe gestohlen, soviel ich konnte, und nach Hause gebracht. Ich habe beobachtet, und ich habe mir einen Reim auf sie gemacht. Sie war eine Kokotte. Hätte sie nicht zugehört, sondern den Mund verboten. Hätte sie diesen schwachen Dichter mit den kleinen Zähnen einen »Versager« genannt.

Ich schickte ihr einen Therapeuten. Zwei wimpernlose, hellbraune kalte Augen hausten in diesem blassen Gesicht. Er konnte nicht zur Seite blicken. Er starrte immer geradeaus. Was für eine Art Therapeut er sei? Hoch und hell auflachend, betrachtete er mich. Ich fand seinen Job interessant. Er trank langsam, rauchte langsam und lachte hoch, hell und blitzschnell. Ich fühlte mich dumm durch das spitze Gelächter, wollte nur ein nettes aufbauendes Gespräch herstellen, um Perspektiven für meine Mutter zu erzeugen.

LM sagte mir damals, geh nicht mehr hin, dieser Teufel wird dir an die Wäsche gehen. Ich vertraute ihr, und es war gut, daß ich ihr vertraut hatte.

Der dichtende Idiot der Mutter blickte geradeaus zum Altar, wo indische Räucherstäbchen, Kerzen aus dem Dom, Weihwasser, Blumen und Aromalämpchen aufgestellt waren. Die Mutter war stolz, daß sie endlich einen redegewandten Typen hatte. Er sagte, daß er sehr begabt sei, daß er sich sehr gut einfühlen könne, dieser Gelegenheitsdichter. Er stieg mit ihr die Treppe hoch. Vielleicht konnten wir einander nicht verstehen. Seine Manuskripte interessierten mich nicht, ordnerweise hütete er sie, die Bücher aus dem Handapparat stammten von ihm. Zumindest haben sie meine Entwicklung befördert.

LM war eigentlich angetan vom x-ten Mann der Mutter. Sie fand, er sei Roger nicht unähnlich. Ob sie eine Lehrerin sei, fragte er mich, weil sie dauernd Fallfehler korrigierte. Wir richteten die Wohnung ein. Die Knochensplitter steckten noch in der Wand. Roger hängte die Lampen auf. Ich trampelte auf der altdeutschen Anrichte herum. Geh runter, hat Roger gesagt. Und LM hatte ihn angeschrien, du hast ihr nichts zu befehlen. Geh sofort runter, hatte Roger gesagt, und ich stand zwischen mir und LM und wußte nicht, wem ich es recht machen sollte. Ich gehorchte keinem. Ich streckte mich und stellte mich auf die Zehenspitzen. Ich hob die Arme und stocherte mit dem Spachtel in der Decke herum. LM ließ sich von Roger nicht anschreien. Ich will das nie wieder erleben. Sie ging.

LM wirkte ruhig und gelassen, während ich aufgekratzt hin und her schoß mit meinem Blick und meine Sinnhaftigkeit betonte auf dieser Welt. Der Tee war kalt geworden. Ich setzte neues Wasser auf. Wusch die Kanne, füllte frische Teeblätter in das Marienei.

LM sieht nicht aus wie ein Geier. Ihr ruhiges, sternenbleiches Gesicht war von einer kosmischen Erfülltheit, um die ich sie beneidete. Sie betreute mich telefonisch, hin und wieder wenigstens. Von den Knochensplittern hatte ich ihr erzählt, von meiner Angst, allein in der Wohnung zu sein. Befindlichkeitsstörungen. Kein Wunder bei einem schwererziehbaren Bezugskind am Hals. LM lachte spitz und hell, was ich als zutiefst abstoßend empfand. Sie beschuldigte Roger. Sie war ihm böse gesinnt. Sie unterstellte ihm entsetzliche Lügen. Ich sehe sie schweigend in der Wohnung. Er sitzt im Fauteuil und wartet auf die Anschuldigung. Sie bekommt kein Wort heraus.

Ich mußte aufstehen und gehen und mich in der nächstgelegenen Bar besaufen, wo keine Schicksale herumsitzen, sondern Leute, die die Fäden in der Hand halten und Geschichten der Schönen und Reichen zu weben vermögen, die zum großen Konsum aus Ost und West eintreffen. Ich begab mich unter Herrenmenschen.

Agathe stand hinter der Bar. Sie bediente. Ich war LM. Nicht weit von mir steht einer wie Roger. Er hat die Mädchen satt, die hier servieren, aber sie gefallen ihm. Und alles, was er schön findet, will er haben, um als Besitzer Teil zu werden von dem, was er nicht ist. Er ist nicht schick, aber geschickt, sich gut zu stylen mit seinem Drosselbartkinn und seiner eleganten, ruhigen Art. Agathe nähert sich, denn sie muß ihn fragen, was er will. Sie muß Roger links und rechts ins Ohr sagen, daß er ihr sagen kann, was er will. Die Musik ist laut, und nur soviel ist zu verstehen: Roger ist Präparator. Jetzt gerade Filmausstatter, und überhaupt Vorsicht: Er könnte sie ausschlachten und wohin stellen. In ein karges Schlafzimmer eines großen Films, etwas Österreichisches, schließlich geht es um mépris, und Godard ist nicht der Größte darin.

Roger bestellt etwas zu trinken. Er lehnt an der Bar. Neben ihm ist eine andere Dame. Man sieht sie nur schwach. Ich kann sie sehen. Agathe übersieht sie. Sie hat nicht die Augen, mit denen sie mich erkennen könnte. Ich werde hier nicht die Gestrafte sein, nicht die ewige Tochter, Lactalphobikerin und Gefangene Agathes. Sie stellt Roger einen Whiskey hin. Ich nehme das Glas und trinke. Ich schaue mir meine Kontrahentin an. Ihre abweisende Art ist nicht schlecht. Sie soll mich entdecken. Ich rauche eine Zigarre, trage einen Hut und stecke in einem Kostüm, besitze eine Pistole. Das Licht gibt ihrem Gesicht einen glättenden Pudertton. Ich hauche ihr ins Gesicht. Sie spricht, er hört zu. Er hat schöne Wimpern, sie hat schöne Wimpern. Er tritt von einem Bein auf das andere. Er hat handgenähte Schuhe an. Sie spielt mit den Händen. Er hört zu, aber sie redet nicht.

Ich verstehe, sagt er. Sie schiebt seine Hand zurück: Wir können Freunde sein.

Sie schlägt die Beine übereinander und wirft geschwind einen Blick auf die Uhr, während er für kurz leidet. Er reißt ein Streichholz an, fährt mit der Flamme hoch und hält sie ihr hin. Ach, sagt sie, ich will eigentlich nicht. Sie steckt die Zigarette weg. Sie schaut auf die Uhr. Er reißt das Streichholz an, zieht es hoch, bläst die Flamme aus, betrachtet den verkohlten Kopf. Streicht den Rand des Aschenbechers ab. Er hat nur mehr einen Satz zu sagen.

Ich nehme einen Schluck meines Whiskeys. Ich bemühe mich, alles gut zu machen. Endlich sagt er: Meine Frau ist tot. Und ich war eine Komparsin.

Ich kam mir unersetzlich vor. Im Hof spielten die Schüler. Ich war eine Fremde. Das fröhliche Getümmel im Hof. Siehst du, redete ich auf mich ein, diese Kinder sterben auch. Und schau, das Leben geht weiter, sie spielen. Die Verwaltung könnte den Hof auch netter gestalten. Zeige deine Nützlichkeit, deine sinnvolle Betreuung, sagte ich mir, nimm dich zurück.

Ich hockte auf der Steinmauer und winkte den abfahrenden Trauergästen nach. Die Mutter, meine weltgewandte Diva, mit Erfolg, Geld und dem Wissen um die Vorzüge exklusiver Konsumgüter, lag besoffen neben dem Kindlein. Der Priester schloß die Kirche. Totengräber schaufelten das Grab zu. Der Priester schenkte mir Weihwasser. Ich besprengte die betrunkene Mutter. Die Totengräber setzten die violetten Orchideen auf das zugeschaufelte Grab, und ich schlich mich hin und stahl mir Blüten.

Die Totengräber lugten über die Mauer zu unserem Gelage

herüber. Ich versteckte schnell die gestohlenen Orchideen in den Flügeln von LM. Sie nahm mir das Wort aus dem Mund und sagte: Sie zeigen mit dem Finger auf dich, Agathe.

Bis heute geniere ich mich für diesen Namen. Wird Agathe mit Agathe angesprochen, zuckt sie zusammen und geniert sich auch für das Genieren und reißt sich zusammen, um sich nichts Minderwertiges ansehen zu lassen.

Die Mutter warf die Orchideen auf den Boden, und die Totengräber reckten die Hälse.

Die Mutter raunte mir ins Ohr, mit ihrer taumeligen Stimme. Sie schlug mir ins Gesicht: Stehlen tut man nicht. Und noch dazu stammen die Blumen von einem fremden Grab.

Ich verkroch mich hinter dem Grabstein. Die Fingernägel abgebissen, eingerissen, blutige Nagelbetten. Wer ist gekommen, und wer wird als nächster gehen? Meine Mutter steckte in Prada-Schuhen und war nicht bereit, wegen mir auch noch in die Erde zu steigen, um mich zu holen.

Hier fallen mehrere Geschichten zusammmen, sagt LM.

Ich muß sie einflechten, um sie vorkommen zu lassen. Denn ich weiß, ich darf nicht vergessen, sie steckt in Agathe.

Sie drückt mich fest an sich. Sie spürt sich selbst dadurch. Meine widerstandslose, knochenlose Textur geht mir auf die Nerven. LM hat ein Geiergesicht. Sie kratzt sich. Scharrt mit den Krallen im Gesicht. Roger hat mir nicht gesagt, daß sich seine Frau hier umgebracht hat. Daß ich in ihrer Wohnung lebe. Daß ich womöglich seine Tochter bin.

Diese Geschichte steckt unter meiner Haut. Du wunderbares Leben, das in meine Ordnung paßt. Sie will, daß ich ihre Geschichte bin. Sie plagt mich. Aber ich bin nicht LMs Geschichte. Die kleine Tochter tut ihr leid. Das Riesenkind.

Ich habe es mir einfallen lassen. Worte der Widerrede. LM steht in der Wohnung und breitet die Arme aus. Sie nimmt die Wohnung in Schutz. Roger hat das alles sehr schön hergerichtet für dich. An deiner Stelle wäre ich dankbar. Roger ist ganz wunderbar.

Ich verwechsle schon alles. Willst du jetzt noch mal bügeln?

Aber gewiß, sagte LM und sprang auf, wie erfrischt.

Ich dirigierte sie zur Waschküche. LM hieß mich still sein. Sie finde alle Wege dieser Wohnung. Sie betrat die Waschküche und wühlte im Korb meiner Bügelwäsche herum.

Mein Magen fühlte sich wie ein dicker Klumpen an. Ich hatte Kopfschmerzen und wollte mich entspannen, legte mich auf die Couch, besetzte meinen alten Platz und schob den Kantorowicz und die Pharaonen beiseite. Ich döste vor mich hin, hörte LM kramen und reden, wie es mit Agathe, Mascha und Roger sei, daß alle zusammen eine moderne soziale Skulptur ergäben und alle seien ich und ich sei ihre Erfindung, sie mein Über-Ich. Wie eine Glucke wachte sie über meine Regungen. Ich hatte Kopfweh, also brachte sie mir ein feuchtes, kaltes Handtuch, legte es auf meine Stirn. Ich antwortete, daß sie sich auch Rogers Stofftaschentücher vornehmen könne. Sie polterte herum, mich fröstelte vor Übernächtigung. Sie brachte mir einen Schal. Ob ich unsere Freundschaft verraten würde, würde ich sie wirklich bitten zu gehen und aufhören zu erzählen? Es täte mir leid, sie zu verletzen.

Sie bringt mir Kamillentee. Sie streichelt mein Bäuchlein. Es glucksert im Verdauungsprogramm, als hätte ich nun LM in mir. LM kümmert sich und läuft um mich herum. Ich soll mich aufstützen oder einfach die Kissen unterlegen, vielleicht die Beine hochlagern?

Ich brauche sie nicht, ich bin müde. LM soll gehen, aber

sagt man das zu einer supermütterlichen Freundin? Zu jeder Tages- oder Nachtzeit kann ich sie anrufen, sagt sie, wann immer ich will, wird sie mir ihr Ohr schenken, mich ausreden lassen, mich beraten, wie ich zum Beispiel mit Mascha fertigwerden könne, deren Vater ich versprochen habe, sie nie zum Inhalt meiner Arbeit zu machen. LM redet und redet, sie hält es für gut, wenn ich mich für Mascha opfere, mich ihrer annehme und ihr eine gute Mutter mime. Sie findet es auch passabel, wie sich Roger um alles kümmert. Nur den Schrankraum findet sie widerlich. LM ist verändert. Sie sagt: Mein Kind, Schweigen ist Gold. Roger liebt dich, deshalb sagte er nichts vom Opfer, das er bringen mußte, weil er nicht genug Geld verdiente.

Seit Tagen saß ich in meiner Hölle, versuchte zu ordnen und zu räumen und den billigen Chinchilla zu rechtfertigen, rang um einen Einfall, wie ich mit Mascha fertigwerden könnte. Soll sie ausziehen, soll ich ausziehen? Und nun ist meine alte Freundin da und erklärt, daß ich schweigen und dankbar sein soll. Den ganzen Tag über folgt sie mir.

Ich hörte sie in der Wohnung. Sie bügelte nicht nur. Sie suchte etwas. Sie kramte in Schüsseln und Laden. Sie fand die Knochensplitter. Die mußt du endlich vergraben, sagte sie mir. Sie erschien im Zimmer, wo und wie es ihr paßte. Ich bin müde, will schlafen, aber nein, da war sie schon wieder.

Ich verwebe Erinnerungsfetzen mit irgendwelchen Daten, lasse mir Giorgio erscheinen und Mumien. Frage mich, wie es wäre, als Klon meiner Mutter Agathe herumzulaufen? Vielleicht bin ich das Original und habe mich kopiert, und meine Kopie lebt nun munter dahin, während das Original womöglich im Schrankraum steckt. Habe ich mich weggesperrt, Platz gemacht, mich selbst entsorgt? Das kann ich zukünftig tun. Ich lege meine Altkörper wie herkömmliche Altkleider weg. Wie ein altes Schnittmuster stecke ich im Regal im Schrankraum. Ich meine, wer ist schon Agathe? Habe meine Hände gefaltet, die Ellbogen gebeugt und die Knie angezogen, habe mich kleingemacht und in meine Nische gelegt. Stecke tagsüber in der Kapuzinergruft und restauriere Hüllen.

Meine Kopie könnte meine Erzeugerin sein. LM läuft draußen nicht fröhlicher herum, als ich es getan habe. Würde ich erschrecken, käme ich in den Schrankraum und entdeckte dort ein Skelett mit ausgetrockneter Haut an den Knochen? Es muß nur die Zeit kommen, und ich werde vielleicht sogar auf meine Überreste zurückgreifen, um mich am Leben zu erhalten. Freilich werde ich davor zurückschrecken, meiner ausgetrockneten, mumifizierten Leiche gegenüberzustehen. Selbst wenn ich wüßte, daß im Schrankraum meine Leiche liegt, wäre es mir vielleicht nicht recht, mich aus dieser weiterzuerleben. Ich würde niemals die Tür öffnen können, denn den Schlüssel hat Roger irgendwo versteckt.

Ich sinke ins Kissen, das mir LM unterschiebt. Ich schlage die Augen auf und zu und auf und schaue ihr ins Gesicht. Ich weiß nicht, so kenne ich sie nicht. So fürsorglich und ohne Kratzbürstigkeit, so eins mit sich, während ich schwach bin.

Schön, daß ich mich in meinem Alter noch frage, wer ich bin. Ich schreibe hinein, was ich will, in meinen Schrankraum. In meinem Schrankraum lagert ein Schatz, ein Vermächtnis. Der Schrankraum ist ein Buch, und ich schlage die erste Seite auf und schreibe hinein, was ich will. Trotzdem rührt sich in mir ein Zweifel gegen die paralytische Willkür. Bin ich ein Klon von LM, ist LM in Agathe, dann verbindet uns welcher Erfahrungsschatz?

Beim Wort Schatz fällt mir Ägypten ein. Vielleicht bin ich verflucht, der herumschwirrende Geist einer Hülle? Mir fällt kein weibliches Ka ein, das ich sein will. Hätte ich nicht gewußt, daß auch Pharaoninnen beschnitten waren, also die komplette Zone mit spitzen Steinen oder Scherben, oder welche Gerätschaften auch immer die Ägypter besessen haben mochten, verstümmelt und zerschnitten worden war, hätte ich mich gern als Nofretete gesehen. Schönes Gesicht, wenn sonst schon kaputt. Klassisch eben, hat schon im alten Ägypten als klassisch gegolten und Bewunderung hervorgerufen, neben dem religiösen Reformer, der Nofretete auf seinen kurzen Schwellfüßen über die hundert Schwellen Thebens ins neu errichtete, gigantomanische Achetaton trug. Sie entgötterte den Pharao.

Rogers Frau ist tot. Sie wurde gerade so alt, wie ich heute bin. Mascha sieht tatsächlich aus wie ein dünner Aufguß Nofretetes. Roger hatte Agathe in Ägypten kennengelernt. Nilhengst, glaube ich, sagte ich mal.

Schakale schleichen um mein Lager. Sie werfen mir verstohlene Blicke zu, ziehen die Schwänze ein, als wäre ihnen die Ungeduld peinlich, mit der sie auf meinen Kadaver lauern. Sie heucheln Beiläufigkeit. Sie kreisen in sicherer Entfernung um mich herum. Ich kann sie nicht verscheuchen. Sie verschwinden und tauchen auf, wie es ihnen gefällt. Ich lese in ihren schalen Augen: Na, wann bist du so weit?

LM bügelt in meinem Reich. Das Sterben läßt sich nicht mit einem Klick beschließen. So ohne Waffe, wie ich jetzt bin. Ich nehme sie mit meinem Blick gefangen und umkreise sie. Ich bin mir sicher, daß sie nicht ich sein kann. Wenn sie wirklich Agathe ist, dann irgendeine. Sie hat die gleiche Angewohnheit. Sie betupft ihre Fingerspitze mit Spucke und hält sie gegen das Bügeleisen. Wenn es zischt, ist es heiß genug für die Baumwolle. LM spürt keine Hitze durch die doppelte Haut.

Da mich die Vorstellung, als Mumienklon zu gelten, in den Bann gezogen hatte, fragte ich mich: Wie sollte so jemand seine Herkunft, sein Original entdecken? Glaubwürdig wäre ein Zufallsbefund. Nofretetes Mumie müßte jedoch erst gefunden werden. Man müßte sie zum Nachweis ins Krankenhaus schleppen. Die Schönheitsindustrie könnte das Nofretete-Gen herausfiltern und in Serie nachproduzieren. Konkurrenzprodukt zur Sissi-Line. Ich stelle mir mich vor: kohlschwarzes Haar, kajalumrandete Augen, natürlich wäre ich nicht einäugig, sondern vollendet. Der feine Mund mit der Terrakottafarbe, wer möchte nicht als auffallende Schönheit bewundert sein? Ich jedoch empfände meine Schönheit als Strafe, denn wohin man auch kommt als Schönheit, man wird verglichen.

Nofretetes Büste ist auf dem Pharaonenbuch abgebildet. Agathe ist nicht so schön, aber sie will bestimmt so schön sein, auftrittsgeil, wie diese Frau ist. Die Terrakottalippen überdauern seit Jahrtausenden das Lächeln der Gioconda. Schönheit ist eine Kunstgeschichte wert. Noble Abstammung, ein gut geschnittenes Gesicht gelten immer noch als Referenz. Der Vergleich überzeugt. Man ist gefragt und zum Ausstechen gezwungen.

Bewunderndes Staunen kann umschlagen in Neid und Verachtung. So wird man in die Rolle der schönen Blöden gedrängt. Ich wäre mir dessen bewußt. Nofretete lebte ja aus der Wahrhaftigkeit.

Es geht um mich und mein höchstpersönliches Denkmalamt. Ich stelle fest, daß ich denke, daß ich *Ich* denke. In Wahrheit denke ich: Es war einmal, ich. Dieser Satz ist wahrhaftig, er ist dazu da, mich abzugrenzen von dem *Ich*, das ich denke, dieser pfotige Pudding. Ich verstelle mich, das ist die Möglichkeit und der Sinn von Bewußtsein. Schutz, Denkleistung, Menschsein. Ich habe schon herausgefunden, daß in dieser Wohnung etwas nicht stimmt. Roger hat gesagt, die Frau ist im Krankenhaus gestorben. Er hat gelogen, ich bin hergezogen.

Es ist kühl, und Chrom glänzt um mich, ich liege unter

einer kuscheligen, sterilen Teletubbydecke. Glattrasierte Gesichter sehen mich an. Als erwachsene Frau trete ich mit streng zurückgekämmtem Haar und kajalumrandeten Augen zur Blutabnahme zwecks Vaterschaftstest an.

Was gefiele mir hier? Ich weiß es sofort: Man hat Respekt vor mir. Ich bin eine reiche Erbin. Muß nur die Abstammung nachweisen.

Man sieht mich an und nimmt mich wahr. Es ist einfach, sich die Welt wohlgesinnt zu erhalten, wenn man schön, vornehm, duldsam und weiblich ist. Als der Arzt in meinem Befund herumblättert und mir erklärt, daß an sich alles in Ordnung sei, weiß ich bereits, daß er mir noch etwas anderes sagen wird. Ich soll zu einer weiteren Untersuchung kommen, vielleicht morgen? Er hätte mich zur Beobachtung gern über Nacht hier. Eigentlich immer, am liebsten wäre es ihm, wenn ich mein Leben unter seinem Mikroskop führte.

Ich bin ein medizinisches Wunder.

Ich gucke auf seine schlanken Tentakeln, die er ineinander verschränkt und durchbiegt. Die Knöchel knacken. Eine Radiokarbonmessung würde er machen wollen. Am lebenden Menschen macht kein Arzt eine Radiokarbonmessung. Mit dieser Methode prüft man das Alter von Leichen.

Der Arzt bestätigt mir, daß ich lebe. Er borgt mir sein Stethoskop. Ich horche mich ab. Da schlägt nicht nur ein, sondern zwei Herzen schlagen in meiner Brust. Solange ich mich wohl und lebendig fühlte, sei die Geschichte gar nicht so dringend, sagt er. Ein jüngerer Arzt hingegen meldet sich zu Wort und meint, daß der Fall gerade angesichts meiner Lebendigkeit sehr unordentlich sei. Der ältere Arzt läßt sich ein Sacktuch reichen, schon zuvor, als ich eingetreten bin, hat er zur Assistentin gesagt, sie möge ihm ein Sacktuch reichen, er hat es verlegt, fragt noch einmal, verlegt es wieder, beim dritten Mal schneuzt er sich endlich.

Ich sitze auf meinem Bett. Bei meiner Untersuchung geht es darum, den Anteil meines Kohlenstoffisotops, genannt C14, zu messen, und zwar in einem speziellen Labor, das hier im Krankenhaus erst seit kürzester Zeit etabliert sei. Man könne damit Originale von Klonen unterscheiden. Neue Zeiten, neue Menschen, neue Disziplinen, obwohl es sich nur um eine Kombination der Pränatal- und Paläomedizin handelt. Ich erbat mir Bleistift und Papier, notierte, soweit ich folgen konnte. Ich hob die kohlschwarzen Augenbrauen und formulierte mit meinem Terrakottamund die Frage, was macht ein Mensch im dritten Jahrtausend nach Christus in einer Abteilung für ausgestorbene Tiere? Bin ich geboren oder nicht?

Ich spielte mit dem Bleistift. Der Arzt fixierte meine schreibende Hand, als wäre der Bleistift der leuchtende Finger von E.T. Er rückte ab, setzte sich außerhalb meines Gedankenfeuers in den Schatten und sprach mit Funkenspucke über fortgesetzte Genome und zog mein Blatt zu sich, beugte sich vor und sagte wie Mr. Spock: Faszinierend. Ich staunte, daß er meine Nummer so anregend fand. Vielleicht hielt er meine Nummer für Maße. Er sollte mich anrufen wegen der Untersuchung. Die arabischen Zahlen habe ich ganz eckig geschrieben und darüber in Hieroglyphen meinen Namen, wenn man so will. Er verwirrte mich total. Wieviel von meinem C14 sei denn schon abgebaut?

Der Arzt warf einen hilflosen Blick zu seiner Assistentin. Als zäumte man das Leben von hinten auf, begann er. Das Leben ist kein Pferd. Man zäumt es nicht von hinten auf. Auf Papier freilich gehe das. Er malte mir mein Todesdatum hin, das die Geburtsstunde meines Leichnams sei. In meinem Fall, so sagte er, gehe der Ritt in die neutestamentarische Apokalypse.

Bin ich eine Auferstandene?

Also, diese Methode der Untersuchung würde feststellen,

wie weit zurück in die Geschichte meine körperliche Herkunft zu datieren sei. Die Gesamtheit meiner Person ist irgendwann zeitlich zu erfassen. Blässe und Schwindel und Herzrasen und Hitze und Rauschen. Als läge Agathe am Meer, wie eine schimmlige Strandstute, die sich gerade in einen Araber verschaut. Man wolle nur weiter ins Detail gehen, um zu überprüfen, ob ich mich vielleicht zersetze bei lebendigem Leib, ob mein Blut sauer sei. Kurz: Man entdeckte, ich bin Nofretete.

Da es nur ihre Büste gibt, nicht ihre Mumie, ist nichts Genaueres zu verifizieren. Mein C14 würde man versuchen fit zu machen. Paradoxerweise wollte man es also auslöschen. Quasi mich aus dem Totsein zurückholen. Daran arbeite die Forschung, hieß es. Ich könnte die Forschung unterstützen, indem ich regelmäßig das Institut aufsuchte und mich beobachten ließe, am besten gleich in die mikrokosmischen Bereiche der Abteilung einzöge und dort wohnte. Da ich in Sorge geraten war, schließlich lief ich mit dem C14 eines vor bald viertausend Jahren verstorbenen Menschen herum, fragte ich, ob es in diesem Zentrum auch eine spezifische Selbsthilfegruppe gäbe, beziehungsweise weitere Betroffene und Erfahrungswerte irgendwelcher Art. Der Arzt verneinte. Ich war und bin allein. In wenigen Jahren würden Finanz und Justiz schon mehr Interesse zeigen und Beratungsstellen eingerichtet haben, meinte er, da das Erbschaftsrecht erweitert werden müsse, und Betroffene darüber aufgeklärt, ob sie sich als Klon selber beerben dürften. Zwischen Stamm und Zweig bestehe ja kaum ein Unterschied, nur die zeitliche Distanz, die man ermitteln könne. Mein Stamm könnte Nofretete sein.

Ich trieb mich in allen Museen der Welt herum, die eine ägyptische Abteilung besitzen. Ich besuchte meine Verwandten, suchte die Mutter und holte mir Proben. Als Restauratorin und Archäologin habe ich meine Kontakte. Ich bin eine ganz schön privilegierte Person.

Ich stand mit meinem Schreibblock in der ägyptischen Abteilung, schlenderte von Mumie zu Mumie, die meine ersten Toten waren, denen ich so ausgiebig wie keinem Verwandten ins Gesicht gaffen konnte. Ich studierte die bizarren Gesichter ohne Scham und Scheu. Ich hatte die ausgezehrten Gesichter mit den zum Teil mit Wolle ausgestopften Mundhöhlen immer schon interessant gefunden, wobei die Vorstellung, Wolle im Mund zu haben, unangenehm war und Erstickungsanfälle provozierte. Die Körper waren zu kurz für mich, entsprachen der damals üblichen Menschengröße. Zum Teil waren die Mumien ausgewickelt. Wahrscheinlich waren sie mir doch zu mumifiziert, um mich ihnen völlig verbunden zu fühlen. Schwarze Knöchlein und Fingernägel. Die Mumien waren mir zu verzerrt. Fern von mir hatten sie eine Art Existenz, als wären sie im Bereich der Ewigkeit, die im Aevum Engeln zugeteilt ist. Ich erwartete eine Regung in mir, ein Zeichen, einen Luftikus, der aus mir heraus zurück zu seinem alten Körper fliegen wollte. Ich bin natürlich sterblich, menschlich und habe kein Ka.

Gute Feen in den Museen zauberten mir Proben in die Hände. Ich senkte den Blick und mischte mich unter das Publikum, verwischte gleichsam die Spuren und wollte die Präparate gentechnisch testen lassen. Plötzlich, wie vom Blitz getroffen, spürte ich einen Stich durch den Körper gehen. Ich war im British Museum. Ich verließ gerade die ägyptische Abteilung, als die Führerin einer Reisegruppe sagte: Ginger ist so gut wie unversehrt.

Wie jämmerlich, so lange tot zu sein und noch immer physisch vorhanden, dachte ich. In einer Vitrine lag die perfekt erhaltene Gestalt eines Mannes mit rötlichem Haarschopf auf dem Hinterkopf. Die Führerin erklärte, daß Ginger ein Wunder sei, ein Geschenk. Denn fünfhundert

Jahre bevor sich die Schrift entwickelt hatte, wurde er schon gekillt, wie das taubeneigroße Loch auf seiner Schädeldecke beweise. Sein Leichnam war wohl in der Wüste liegengelassen, vielleicht verscharrt, vielleicht auch nur bei einem Sandsturm zugeweht worden. Sein Körper war eingepackt gewesen und von der im Zenith stehenden Sonne gesotten und mit der Zeit ausgedörrt worden. Fäulnis und Auflösung waren auf diese Weise unterbrochen worden.

Der After ist ein kreisrundes Loch, das Geschlecht ein Haufen hautiger Knitter. In embryonaler Stellung scheint der kleine Mann zu schlafen. Die Leute gehen um die Vitrine herum. Jeder wirft seinen interessierten Blick auf das Loch im Kopf, doch entdeckt man den zwischen den Sitzknochen gespannten, kreisrund klaffenden After, wird der Blick verstohlen dorthin gelenkt. Niemand kann darüber hinwegsehen. Das Arschloch ist die Sensation für den an sich interessierten Besucher. Opfer bleibt Opfer. Die Anwesenheit der übrigen Museumsbesucher machte das Hinschauen zu einem seltsam peinlichen Akt. Jeder fühlte sich ertappt. Wie beim Übertritt ins Verbot, dabei ist Ginger ein geschätztes, gesellschaftlich akzeptiertes Ausstellungsstück.

Büschelweise, über dem Stirnlappen und hinter den Ohren, ist noch Haupthaar vorhanden. Schamhaar hat sich keines erhalten. Die Ohren sind bis zum Knorpelrand eingeschrumpelt. Der Schneckengang ist verkrustet, grau wie ein aus Lehm geknetetes, unvollendetes Gebilde. Immer wieder richten sich die Blicke auf den After, den scharfkantigen Kreis. Ginger wurde nicht bestattet, kein Katafalk, Sarkophag, nicht einmal eine Bandage oder eine Salbe, nichts, was ihn bewahrt hätte, es gab nur heißen Wüstensand und jetzt die Blicke.

Ich stand mit meinem Schreibblock vor seiner Vitrine. Ich mußte gucken. Zuerst verstohlen und dann immer offener.

Hier lag es also, und so sah es aus. Dieses allen Geschlechtern gemeine schwarze Löchlein, zwischen herausragenden Sitzknochen. Schrecknis, dann überlebensnotwendige Belustigung.

Ich trat an die Vitrine. Ich skizzierte: So sieht sie aus, die nackte Existenz. Ein schwarzes Loch. Form um nichts. Stoffwechsel.

Läge Agathe in dieser Vitrine, gekocht und ausgedörrt, in der gleichen Stellung wie Ginger, und nennte man sie Gingerella, sähe man in ihr die Reduktion auf den weiblichen Körper. Gibt es eine weibliche Betrachtung der weiblichen Betrachtung? Ich kann meine Anwesenheit spüren, mein Hinschauen. Ich spüre die Individualität des Körpers, wie er mir Betroffenheit abverlangt. Ich will Ginger nicht. Er ist zu alt für meine Stammdaten. Und außerdem ist er ein Mann. Der Vater ließ sich ja beweisen. Irgendein gewöhnlicher Mann. Doch wo kommt meine biologische Muttermasse her? Ich suchte weiter nach Nofretete.

LM legt Wäsche zusammen und räumt die Stapel in den Kasten. Sie benötigt Nähzeug. Sie hat ein Loch in Rogers Socken entdeckt. Sie stopft es. Sie bittet mich, etwas mehr auf seine Sachen zu achten. Sie habe fehlende Knöpfe an seinen Hemden entdeckt. Sie bittet mich, gleich morgen in ein Nähzubehörgeschäft zu gehen und die entsprechenden Knöpfe nachzukaufen. Roger solle nicht so verwahrlost herumlaufen, ich möge ein bißchen mehr für ihn sorgen.

Ich träume wohl. Sockenstopfen für einen Pharao.

In der Buchhandlung kennt man mich. Ich werde vom Verkäufer immer zuvorkommend behandelt und bedient. Von der Verkäuferin werde ich gemieden wie die Pest. Ich frage mich, welchen Fehler ich haben könnte. Ich bin eine gewöhnliche Kundin. Ich kaufe nicht alles über Nofretete, was es gibt. Keine Kräutertees, keine Räucherstäbchen, keine Myrrhe oder Salben. Weder Tinkturen noch esoterischen Dreck noch Geruchskegel will ich mir unter die Perücke schieben, um den Talk vermischt mit den Gewürzen aus dem Sudan, die von Karawanen durch die Wüste nach Achetaton gebracht worden waren, zum Schmelzen zu bringen. Ich möchte mir eine seriöse Publikation über die Nofretete kaufen und werde behandelt wie eine Analphabetin. Bürgerlich und stinknormal stehe ich mit meinem Nofretete-Gesicht in einer Wiener Buchhandlung.

Schon beim Übertritt ins Geschäft habe ich bemerkt, daß etwas nicht stimmt, daß die Ankündigungsklingel versagt. Ich grüßte, meine Stimme kam mir leise vor. Ich ging nochmals zurück, betrat das Geschäft erneut, die Sirene heulte wieder nicht, und ich grüßte wieder kleinlaut. Ich schaute angestrengt nach oben. Man hatte einen neuen Melder installiert. Das Auge des Kranichs war noch verklebt. Ich stellte mich direkt unter das Auge. Die Sirene schwieg. Ich hatte einen Hexenschuß, doch sonst war ich wie immer.

Hinter dem Tresen stand die Buchhändlerin. Ich grüßte, so laut ich konnte. Die Buchhändlerin blickte nicht einmal auf. Sie mag Nofretete nicht. Ist der Buchhändler da, ist er immer sofort in mich verliebt. Weil ich so unerreichbar bin für ihn, bedient er mich völlig unterwürfig. Die Buchhändlerin hat mit Frauen wie mir massive Probleme. Roger liebt sie dafür. Bevor diese fette Kuh einer Pharaonin ihre Aufmerksamkeit schenkt, muß ich schon kriechen vor ihr.

Mit Schwung und guter Laune schaukelte ich meine Stimme auf und wünschte zum dritten Mal einen guten und wunderschönen guten Tag. Welch affirmatives, buckelndes Verhalten ich demonstrierte. An Stelle der Buchhändlerin würde ich diese kriecherische Art verachten. Ich bin aber Nofretete und nicht die Buchhändlerin. Sie mag das. Ich fürchte mich regelrecht vor ihr, sie behandelt mich wie ein schlechtes Buch. Manche Bücher liebt sie, andere haßt sie. Dabei liest sie bei weitem nicht alles. Es gibt Bücher, die sie verteidigt, als hätte sie sie selbst geschrieben, und man muß ihr beweisen, daß das nicht stimmt. Andere Titel verachtet sie, und man muß ihr wieder beweisen, daß ihr Urteil nicht gerechtfertigt ist. Man muß wissen, in welcher Buchhandlung man was kauft. Der letzte Dreck ist nicht überall der letzte Dreck. Ich weiß genau, wo man Schund besorgt. Es gibt Buchhändler, denen ins Gesicht geschrieben ist: Sage mir den Titel, und ich weiß, wer du bist.

Ich schaute meiner Buchhändlerin direkt ins Auge und bat sie um meine Nofretete. Die Buchhändlerin grinste, als wollte sie sagen, das hab ich mir gleich gedacht, daß Sie über ägyptische Prinzessinnen schreiben.

Jawohl, Fräulein Schleck, sagte ich, ich werde über Prinzessinnen schreiben.

Die Buchhändlerin lachte laut aus sich heraus. Sie rief ihren Kollegen, sie hielt sich den Bauch vor Lachen und bat ihn, mich zu übernehmen. Ich bemühte mich, nicht katzenartig zu fauchen. Ich lächelte beherrscht.

Der Buchhändler trat aus dem Hinterzimmer hervor und begrüßte mich sofort auf das freundlichste. Er schätzt alle Bücher, die ich kaufe. Bei keinem Titel gebe es etwas auszusetzen oder zu lachen, sagte er. Ihm war das Verhalten der Buchhändlerin genauso peinlich. Doch genau der gleiche Vorfall habe sich heute schon einmal ereignet. Ich wußte gleich, worauf er anspielte. Er befürchtete, daß er keine zweite Nofretete vorrätig hatte.

Die Buchhändlerin brach schon wieder in Gelächter aus, sie konnte gar nicht mehr aufhören zu lachen. Dabei hätte sie sich gern selbst die Lippen angemalt und hochhackige Schuhe getragen und mich gefragt, bei welchem Friseur ich mir die Haare machen lasse. Für manche Frauen beginnt und endet Solidarität mit der Hülle.

Der Buchhändler zeigte Sachverstand. Den Titel habe er nicht hier, sagte er. Ich solle wiederkommen, er werde sich um alle Nofretetes kümmern, die ihm unterkämen. Meinen Namen mußte ich nicht buchstabieren, da er ihn längst auswendig kannte. Er schrieb ihn fehlerfrei auf den Bestellschein.

Ich demonstriere für die Republik. Ich mische mich gern unter Menschen. Ich demonstriere für Europa gegen die Provinzialisierungswünsche der nationalen Populisten Europas. Blabla. Ich demonstriere gegen Rassismus. Sexismus und Sklaverei zähle ich zu diesem Begriff.

Wieso ist Europa eine Kuh? fragte ich mich als Ägypterin, als ich mich unter das Volk mischte. Wie kamen die Griechen auf die Idee, Europa als Kuh anzusehen? Der Peloponnes ist ein Euter mit Zitzen. Die Seefahrer, welche natürlich Männer waren, haben den Peloponnes ins Leder geritzt. Europa, fruchtbar, nährend, weiblich, entführt und gefickt. Man stelle sich vor, in einer Währung zu zahlen, die Milch ist. Kuhbesitzer wären reich. Stillende Frauen auch. Mir wird gleich schlecht. Ich bin Nofretete. Ich bade trotzdem nicht in Milch. Ich liebe die Menschen um mich. Ich mag es, dazuzugehören. Als Nofretete bin ich so besonders, daß ich nicht vermasse.

Ich betrat das Geschäft in freundlicher Stimmung. Am Tag der Großdemonstration gegen die unerfreuliche Koalition, die Österreich in Beschlag nahm, wollte ich in die Buchhandlung kommen und die Nofretete-Bücher abholen. Wie üblich ignorierte mich die Buchhändlerin. Ich grüßte und wartete. Sie sah nicht auf. Ich sagte ihr: Ich hole die Nofretete-Bücher ab. Sie lachte nicht. Der Buchhändler tauchte nicht auf. Ich wartete, grüßte, wartete, grüßte.

Nach ein paar Minuten schaute sie auf und schreckte zusammen, als wäre ein Ungeheuer an ihrem Tresen. Zu meinem Erstaunen verschaffte mir meine Schönheit an diesem Tag Respekt. Sie reagierte auf mich ernsthaft und demütig, wenn sie auch nur so tat, als würde sie mich nicht erkennen. Sie akzeptierte mich als Kundin. Die Brille saß auf der Nasenspitze, und die Buchhändlerin guckte über den Rand. Sie folgte dem suchenden Finger auf dem Nachschlagewerk. Ein flüchtiger Blick zeigte, sie suchte unter dem Buchstaben N. Groß und magersüchtig, wie sie ist, könnte sie meine echte Mutter sein.

Ich vermute, daß diese Buchhändlerin als Agathe-Vorlage hätte dienen können, wäre LM jemand, der keinen Bezug zur Kapuzinergruft hätte durch mich. Sie war zumindest dort gewesen und hat meinem Chef Angst eingejagt.

Ich eliminierte jede Färbung von Schmeichelei und Vertrautheit in meiner Stimme, mit der ich mich der Buchhändlerin stets zu nähern versuchte. Schließlich ging es um ein klar definiertes Geschäft, und ich wußte, daß ich für Nofretete bezahlen muß. Bildung und Ausbildung sind nicht gratis, ich hatte auch jeden Groschen der Mutter zurückerstatten müssen. Ich gab scharf und klar den Titel meines gewünschten Buches an.

Die Buchhändlerin blitzte mich über den Rand der Brille an und saugte die Lippen ein. Wie eine eifersüchtige, alte Hexe starrte sie mich an, als wäre ich die in Wien lustwandelnde Fürstin der Finsternis. Sie blies die Luft aus, und die Lippen stülpten sich wieder heraus, und sie sagte: Einen Moment, bitte sehr, ich darf doch schon bitten.

Ich sage: Bitte, sehr gern.

Ich trage ein Fell und habe einen aggressiven Ton.

Sie schlägt mit stichhaltiger Sicherheit einen Packen Blätter des Nachschlagewerkes um. Sie reißt die Augenbrauen hoch, erwidert nichts und legt ein weißes Papier ein, fingert sich einen Kugelschreiber vom Tresen und schreibt. Sie will mich nicht bedienen, aber sie muß. Sie hat noch Wichtigeres, als mich fertigzumachen. Ich verstehe, daß sie mich nicht sofort bedienen muß, daß sie zuerst eine Arbeit beenden muß, um sich dann um mein Problem zu kümmern. Ich habe Zeit zum Saufüttern, entdecke neben der Kasse einen Stapel kleiner Bücher über die Heilkraft grünen Tees. Ich lese. Die Buchhändlerin richtet nun das Wort an mich und fragt mit unpersönlicher und wenig sanfter Stimme nochmals nach dem Titel des Buches. Ich wiederhole ordnungsgemäß. Darauf verschwindet sie im Hinterzimmer, wo üblicherweise die Bestellware lagert. Ich ergreife unterdessen das Büchlein über den grünen Tee, taste flink über die Bücherrücken, lasse die Augen überallhin laufen, suche LMs Bücher. Ich rieche plötzlich Metall.

Die Buchhändlerin klimpert im Hinterzimmer.

Ich habe aber kein Buch aus Metall bestellt.

Gefunden! schreit LM plötzlich und reißt mich aus den Träumen. Sie hält mir einen Schlüssel unter die Nase. Sie hat ihn auf meinem Bund entdeckt. Ich habe den Schlüssel ganz vergessen, für einen Anhänger aus Ägypten gehalten. Ich habe ihn mit dem Anch verwechselt. Atons Sonnenstrahl hält diesen Schlüssel Nofretete unter die Nase. Kein Wunder, daß ich den Schlüssel zum Schrankraum nicht habe finden können. Er war im Schlafzimmer, sagte LM. Darf ich in den Schrankraum?

Ich hörte die Buchhändlerin, wie sie im Hinterzimmer den Titel vor sich hin flüsterte. Ich bestätigte ihr den richtigen Wortlaut. Ich überflog die Inhaltsangabe der Heilkraft und ließ den Blick klettern. Die Buchhändlerin behauptete, daß die Nofretete nicht da sei, und fragte mich, ob ich die Bestellung überhaupt aufgegeben habe und ob ich wisse, wie genau ich heiße.

Ich kramte im Portemonnaie und suchte den Bestellschein. Ich sagte, daß ich hier schon mehrmals Bücher gekauft und meinen Namen angegeben hätte, sie solle nicht so tun, als sei ich das erste Mal hier und eine inkompetente Leserin. Sie müsse doch wissen, wer ich sei und wie ich mich schreibe.

Ich verlor nicht die Geduld. Ich selbst überprüfte die Schreibweise. Sie war korrekt.

Die Buchhändlerin versuchte die Schrift des Buchhändlers zu entziffern. Hielt sich den Bestellschein knapp vors Auge. Sie betrachtete mich ausgiebig, wie eine Puppe. Sie fuhr mit ihrem Blick aus gemeinen Stummelaugen meine großen schwarzumrandeten Mandelaugen ab, wie die Lettern meines Namens. Plötzlich räusperte sie sich. Sie hielt ein Lachen zurück und schluckte. Ach ja, die Nofretete, sagte sie. Sie behandelte mich wie eine Verrückte. Ihr Gehirn regte sich in meine Richtung, denn plötzlich konnte sie sich meiner erinnern.

Denkt sie mich als Inhalt oder als Form? Sie zu verspotten kommt mir nicht in den Sinn, nur weil ich eine klassische Schönheit bin. Umgekehrt ist das nicht so. Sie lacht und sie hat ihre Werte. Sie bildet aus ihnen eine Hierarchie. Sie glaubt an die Spitze. Sie ist eine Phallische. Sie ist der Chef.

Wenn ich umarmt sein und zu ihrer Gesellschaft gehören will, muß ich mich unterordnen, und wenn sie mich nicht einordnen kann, behandelt sie mich wie eine Verrückte. Ich rede ihr vielleicht zu heimisch?

Da entdeckte ich in einem Fach unter dem Lesepult, zwei großformatige Bücher, auf denen ich die flachen und perspektivisch verkürzten Lettern »Nofretete« versus »Pharao« erlas. Der Rest verspiegelte sich im Lampenlicht. Die Buchhändlerin heftete ihren Blick nach wie vor auf mein Gesicht und sagte: Jetzt weiß ich alles. Sie sind ja die Kleopatra? Ich lächelte trotz der Beleidigung.

Absichtlich verkannte mich die Buchhändlerin, sie verglich mich mit einer billigen Schauspielerin. Ich spürte, wie mir die Farbe aus dem Gesicht wich. Gewiß behielt ich die Façon. Ich zeigte mit kleinem Wink auf die Nofretete. Da, bück dich, so meine Geste. Da ertönte die Stimme des Buchhändlers aus dem Hinterzimmer, oder ist es die Stimme LMs aus dem Schrankraum? Die Stimmen mischen sich im limbischen System.

Plötzlich begriff ich, daß ich um meine Stellung kämpfen mußte, wollte ich überhaupt zu einer Gesellschaft gehören, ein Ich in diesem Wir-Körper sein.

Der Buchhändler betrat den Verkaufsraum. Er verhielt sich reserviert. Übersah mich. Ich schnappte nach Luft. Die Buchhändlerin begab sich zur Kasse und ging dort in die Hocke. Ich wollte mich erklären. Ich sagte, wo ich wohnte, sie lachte mich aus und meinte, daß es dieses Haus gar nicht gebe. Ich zeigte auf die Nofretete-Bücher, bat und flehte den Buchhändler an. Ich wollte ihm zeigen, wo ich lebte. Nofretete lebt nicht in einer Durchzugsstraße, sagte er. Oder gibt es dort etwa eine Pyramide?

Ich berief mich auf dich, sagte LM, und sagte, mein Herr, ich bitte Sie, ich arbeite in der Kapuzinergruft!

Freilich, sagten die Buchhändler, die Nofretete geht in Wien spazieren und dann bestimmt auf einen Besuch zur Sissi in die Gruft.

Meine Zunge war schwer. Ich wollte sie überzeugen. Meine Zunge legte sich quer. Eine Schönheit wird reduziert und bleibt reduziert auf ihre Schönheit. Niemand verstand mich. Die ganze Schönheit nützte mir nichts. Ich mußte mich gegen Neid und Vorurteil wehren. Ich genoß nicht einmal die traurige Besonderheit, so schön zu sein.

Agathe bildete sich Schönheit ein. Sie erhöhte damit Würde und Eigenwert. Eine Frau kann nur intelligent sein, da sie über eine gewaltige Vorstellungskraft verfügen muß, um sich eine Gegenwelt aufzubauen, in der sie sich schön schreiben kann.

Ich verlangte nach Stift und Papier, um in kurzen Worten hinzuschreiben, daß ich Bücher bestellt habe und nun abholen wolle. Es war mir nicht möglich, den Stift zu führen. Die Spitze brach sofort ab, und als man mir den Spitzer reichte, konnte ich wegen der Pfotigkeit in den Händen damit nicht umgehen. Die Buchhändler bedauerten diesen Sachverhalt, halfen mir aber nicht.

Mir blieb nur, die Süße ihres Bedauerns anzunehmen. Schönheit vergeht, wie wir alle wissen. Ich erlebte einen Vorgeschmack in der Buchhandlung. Ich mußte gehen. Ich hatte eine gewaltige Vorstellungskraft, um mich in ihre Welt einzubauen, doch ich hatte keine Chance bei dieser Dominanz.

Ich ließ die Teebücher einpacken. Schönheitsrezepte, Kompressen für kurzsichtige Augen, Cremes, Masken aus der Kraft des unfermentierten grünen Teeblattes. Ich verlangte eine Rechnung, mit Titel und Autor auf meinen Namen ausgestellt. Unter Gelächter schrieben sie Nofretete hin. Ich hatte keine Kraft, mich gegen diese respektlose Behandlung zu wehren. Ich verabschiedete mich und verließ erschöpft das Geschäft. Die Buchhändlerin blickte mir unverhohlen höhnisch nach, als ich, immer müder und schwerer werdend, die Treppe hochstieg. Spätestens morgen, so dachte ich mir, komme ich wieder und hole mir meine Bücher. Ich stieß die Tür auf. Ihr Schwung riß mich mit. Ich stürzte über die Schwelle, stolperte ins Leben. Hinter mir fiel die Tür wieder ins Schloß.

Der Krach jagte mich weiter. Ich fing mich und schritt langsamer, Würde und Ruhe bewahrend, von der Buchhandlung fort. Unfreundlichkeiten und Verarschungen derartiger Dienstleister dürfen nicht beeindruckend sein. Wenn Agathe eine solche Mutter war, dann sollte ich sie töten. Ich hörte hinter mir, wie die Tür geöffnet wurde, ein Quietschen, der Gesang der Sirene hinter mir. Ich vernahm schmatzende

Gummisohlentritte. Vielleicht ist der Buchhändlerin ein Licht aufgegangen? Vielleicht bringt sie mir die Bücher nach?

Ein kräftiges, dreimaliges Klatschen ertönte hinter mir. Ich war aufgefordert, mich umzudrehen. Und ich drehte mich um. Vor dem Laden stand tatsächlich die Buchhändlerin. Sie rief mir nicht nach. Sie nahm überhaupt keine Notiz von mir. Sie hielt in jeder Hand ein Nofretete-Buch. Sie holte weit aus und klatschte die Bücher mit voller Wucht ein paarmal hintereinander zusammen. Staub stob hoch und verhüllte sie.

Nach dem Schönheitssalon war ich wirklich schön und ging deshalb noch unter Leute. Ich war gern eine Ausländerin am Tag einer großen Demonstration gegen Rassismus in Wien. Ich schloß mich der Anschlußgeilheit LMs an. Es schneite heftig und immer aggressiver. Ich sah vor lauter Weiß nichts mehr, und ich schlug mich durch die Menge, tauchte durch einen Milchsee, flüchtete in den Stephansdom.

Die Kälte hielt meine Haut faltenfrei. Sie spannte und brickelte. Ich, als Ägyptische, bin Kälte nicht gewohnt. Die Menschen waren so blaß und groß. Sie beachteten mich nicht. Zeitungskolporteure reagierten auf meinen teuren Mantel. Ich trug den Hermelin. Sie nannten mich Madame, Krona, Kurier. Ich lehnte ihre Anträge ab. Die Zeitungskolporteure waren verblüfft. Sie sind so ungebildet, sie wissen nicht, daß ich Nofretete bin. Sie wunderten sich, daß ich Ägyptisch kann. Es schneite, und ich blickte zum Himmel empor und öffnete den Mund weit und Schneeflocken rieselten in meine Kehle. Die Himmelsgöttin Nuth ließ ihre gefrorene Milch über Wien flocken. Sofort würgte es mich. Es half nichts, ich begriff, daß ich mich bei diesem Wetter niemandem anschließen kann, schon gar nicht meiner lactalphobischen LM. Ich fühlte mich patzig, ich speite mich fast selbst an. Die Schönheit hat ihren Preis, aber sie ist kein Wert, und schon gar nicht gibt es dafür eine Umarmung aus dem Kosmos.

Die Luft in spätgotischen Mauern ist immer kalt, immer muffig, ich atmete tief und unterdrückte den Brechreiz. Zur Weihe schreitende Priester umrundeten gerade das Hauptschiff und trugen den nur mit einem Lendentuch bedeckten, fast lebensgroßen Christus auf einem schwarzen Kreuz vor sich her. Das zittergreise Gesicht eines mutmaßlich pädophilen Kardinals folgte dem Kreuz. Ich wunderte mich, daß dieser Kardinal den Dom noch betreten durfte, noch dazu, wo er mit Novizen gefüllt war. Die Kirchenfürsten hatten ihn doch in ein Kloster versetzt.

Wie geschnitzt wirkte das Kardinalsgesicht, verinnerlichter Glaube oder Schmerz. Die Gesichter der Jungpriester wirkten bloß ernst, unbetroffen, präpotent. Die Kardinalslippen zitterten, der Unterkiefer bebte. Sein geradeaus auf die Lenden des Christus gerichteter Blick war in weite Ferne entrückt, er durchdrang den Gottessohn und fixierte ihn nicht. Die Gebrechlichkeit steigerte mein Mitleid für den ausgestoßenen Alten an sich, diesen von seinen Trieben gefangenen Kirchenmann, der sich an Knaben vergriff, immerhin aber nicht an Töchtern. Verbrechen ist Verbrechen.

Im Gebet schritt er an mir vorbei. Ich hörte seine schwache, nichtssagende Stimme. Wenn er im Sterben liegt, werden seine Sünden im Beben seines Unterkiefers genauso unverständlich sein. Wie viele seiner Taten sind Teufelswerk? Die letzte Ölung wird ihn reinwaschen und kein Öl fürs Fegefeuer sein. Er hat die Schützlinge ausgegriffen, und ich habe Jesus ausgegriffen. Unter das Lendentuch habe ich geguckt und gegriffen, wo das Allermännlichste dieses Erlösungskörpers hätte herumhängen müssen. Da war aber nichts. Gott hütet sein Geschlecht. Das Lendentuch war dem Jesus angewachsen, und ich, in einem anständigen Haus schlafend, wartete darauf, daß ein Stück meines Lakens sich auch um meine Lenden verwachse. Christa wollte ich heißen und dann die Tochter Gottes sein. So schlank wie Jesus müßte man sein. Du würdst eingehen ins Auge Gottes, dessen Pupille dein Licht empfängt, während du dich heute spiegelst im Antlitz des ewigen Spanners. Du wirst in den Tunnel seiner Pupille aufschießen und auf den Sehnerv prallen, wo die Vorstellung wiederholbarer Darstellung auf ein Nervenende trifft. Wird aber dein Sterbewort über die Lippen kommen, sage nicht, dies sei mein letztes Wort, denn du wirst noch das Letzte zu deuten anfangen und alle deine Körper voneinander trennen.

Der pädophile Kardinal hob die Hand, der Ring irrlichterte, als er den Segen über mich sandte. Die Kirche lebt wie eine Schnecke in ihrem Schneckenhaus, und sie befruchtet sich selber. Siebzig Prozent der Energie bringt die Schnecke für die Schleimproduktion auf. Einer der Jungpriester lächelte mit einem Augenzucken. Der aufsteigende Weihrauch umschmeichelte mich. In meinem weißen Hermelin und mit diesen ägyptischen Augen muß ich himmlisch ausgesehen haben. Wie Nofretete eben, die ein Faible für den Monotheismus hatte. Was wissen diese hochmütigen Gottesfrüchtchen! Mir wurde vom Anblick all dessen, vom Rauch und vom schlechten Geruch in der Kirche doch eher schlecht. Die gemurmelten Gebete verbreiteten Stickstoff. Die kalte Luft hielt die Wolke des Stickstoffs der vorbeidefilierenden Kirchenmännergruppe zusammen, ließ sie nicht zu den gotischen Kreuzrippen entweichen. Die sich ständig zersetzenden basischen Verhältnisse im Mund wandelten das »Per dominum nostrum« ins »Foetor ex ore« um.

Nofretete rümpfte ihre feine, kleine, der Schönheitschirurgie maßstabsetzende Nase und floh aus der Kirche. Aus demselben Grund verließ sie auch Moscheen, wo der käsige Fußgeruch durch die Waschungen nicht ganz zu vertreiben ist. Der Prophet hätte dezidiert den Gebrauch von Seife verordnen sollen. Aber wer weiß. Allein von ägyptischen und griechischen Tempeln weiß Nofretete, daß dort ein frisches Lüftchen um die Nase weht, wie in Achetaton. Auch in Syn-agogen, die geschlossene Räume sind, in denen die Betenden sich vereinen, würde sie nicht lange bleiben, es sei denn, man würde ihr einen gut belüfteten Platz zuweisen, was sie sich als Frau in keiner monotheistischen Religion vorstellen kann. Gott mag die Frauen nicht. Nofretete mischt sich lieber unter die demonstrierenden Leute.

Wieso hast du mich eigentlich Arschloch genannt? fragte ich LM.

Ich habe dich noch nie Arschloch genannt, sagte LM, so etwas sagt man nicht zu einer Freundin.

Ich trug den Pelz. Suchte das Volk. Das Politische. Die Gemeinschaft. Die Sympathische. Ich drängte mich in die Masse der Demokratiewilligen. Der performative Charakter war klar. Das Stück hieß Widerstand. Da ich einen falschen Pelz anhatte, der aber echt aussah, und ich kein Blinklicht dabei hatte, das ich zum Zeichen der widerständigen Dazugehörigkeit hätte hochhalten können, betrachteten mich die Gesinnungsfreunde wie Christen ihren Judas, Tierschützer ihren Pelzträger, Vegetarier ihren Fleischfresser oder Fleischfresser ihren Vegetarier. In meinem Pelz zählten sie mich zu den zukünftigen Häschern.

Ich lächelte harmlos. Ich setzte mir die Harmlosigkeit auf. Dabei widerte mich die Sehnsucht nach Verbundenheit mit diesem Gemeinschaftswillen an. Ich drängte mich vorwärts, setzte die Ellbogen ein. Wollte mich hineinarbeiten und konnte im Gewühl kaum atmen. So viel Widerstand auf einmal im Land, daß er sich erdrückt. Die Podiumsgäste referierten, ich klatschte zu den Worten, die mich ermunterten, Sympathie zu diesen vereinigten Einzelwesen zu entwickeln, die sich gegen die unvollendete Zitatenliste eines Hammels im Wolfspelz ausdrückten. Von der Bühne wurden die selbstredenden Reden verlesen. Ich steckte in der Masse. Ich will da raus, dachte ich.

Wohin denn raus? fragte mich einer. Aus deiner Haut, aus deinem Pelz? Panik ist wohl das Letzte, was wir jetzt brauchen können.

Aus Solidarität verbiete ich mir Klaustrophobie. Ich könnte durchdrehen. Die Solidarität ist keine Qualität, die ich bei anderen für mich errege. Da lächelte er mir zu. Denn ich sprach ägyptisch, und augenblicklich war ich kein Paria mehr.

Woher kommst du denn? Und ich sagte: Aus Ägypten. Und er war ganz Flamme, denn eine Ausländerin abzuschleppen, kam für ihn gerade heute in Frage.

In diesem Augenblick hörte ich von der Bühne die Rednerinnen. Mit einer Stimme wie aus dem Werbefernsehen, so eindeutig das Fremde als das Fremde bezeichnend, vor dem man keine Angst haben muß, so dafür werbend, daß ich mich schon selber duldete. Ich wurde aufgefordert, mich zu benennen. Ich sollte das Böse als das Böse erkennen und benennen.

Ich bin ja so schlecht, sagte ich auf ägyptisch. Ich bin nur anschlußgeil und sonst nichts.

Da sagte der eine: Nein, das haben dir böse Leute eingeredet, du bist supergut, und wir sind stolz auf dich.

Danke, sagte ich.

Bitte, sagte er, sei herzlich willkommen, gehen wir zu mir?

Die demonstrierenden Massen klatschten. Ich schloß die Augen, verinnerlichte mir die Worte und dachte mir zum Geklatsche einen Platzregen. Wäre ich in einem Hörspiel gewesen, ich hätte mich in den Platzregen verwandelt, mich schnell und kurz hintereinander mitklatschend auflösen können. Meine Vereinzeltheit hätte sich in den anschwellenden Beifall gefügt, mein nofretetisches Aussehen hätte sich mit dem Wirgefühl vermasst, mich vereinigt. Nun hatte ich aber einen Verehrer, und er rückte mir nicht von der Seite. Er war ein Teil der Anerkennung, aber gerade diesen Teil wollte ich nicht. Ich steckte in einer Herde Fremder, und jedes Gesicht war mir unsympathisch. Ich fragte ihn, wieviel Geld er wolle für eine Heirat. Er sagte mir, aus Liebe zum Antirassismus heirate er mich heute gratis. Wieviel ich ihm bezahlen müsse, damit er mich in Ruhe ließe, fragte ich auch. Darauf beschimpfte er mich als zickiges Arschloch. Ich mußte mir dieses Bild vorstellen.

Mit vierhundert Millionen Kilogramm lastete ich auf dem Boden des Stephansplatzes und fürchtete einzubrechen und bei den Pesttoten in den Katakomben zu landen. Ich wunderte mich über die Floskeln, die *anti-, anti-, anti-*Häufung, die mich an Schreibversuche deiner ersten Stunde erinnerte. Ich erwartete mir eine höchst künstlerische Revolution und keine persönliche Haltung, diese korrekte. Die Luft war schlecht. Es stank nach modrigen Mänteln, nach Ammoniak aus erkälteten Hälsen. Die Leute um mich tranken aus Thermoskannen heiße Milch. Ich mußte mich auf der Stelle übergeben, die zahlreich erschienenen friedenswilligen, widerstandsbereiten Körper wichen vor mir zurück. Man beschimpfte mich, weil ich alles schmutzig machte, schmutziger, als es war. Man schupfte mich in meinem Webpelz herum, man drängte mich hinaus, erst als mich der Unbekannte als Ägypterin outete, weitete sich vor mir ein Spalier, und ich konnte ungehindert den Platz verlassen.

In Zukunft beuge ich mich wieder nur mehr aus dem Fenster. Ich will mich nicht melden müssen, wenn ich ohnehin da bin. LM kann mich gern haben und selber mitmarschieren.

Warum bin ich ins Krankenhaus gefahren? Ich glaube stets, daß das Krankenhaus mit seinen Untersuchungen etwas über mich herausfinden kann. Befunde ergründen, Probleme wegoperieren. Ich kam dort gleich zum Psychologen. Ich bin die Summe meiner Behandlungen und dann erst die Summe meiner Handlungen, sagte LM. Sie bügelt jetzt wieder. Den Schlüssel vom Schrankraum hat sie gefunden für mich, und ich habe mich nicht einmal bedankt bei ihr.

Ich hasse die Natur und ihre Gesetze, ich liebe die Kunst und ihr Gesetz. Ich empfinde mich nicht als Agathe. Aber ich stecke in ihr, und sie zwingt mich, dir zu helfen.

Bitte, sage ich, schmeiß das Bügeleisen weg, wenn es dich nervt.

Die Wahrheit über mich ist nie ganz. Ganz ist meine Geschichte, Warheit statt Wahrheit, Gewesen statt Wesen, sagte LM. Ich sterbe in Denkgeschwindigkeit und bringe mich genauso flott hervor.

Kaum habe ich mich kennengelernt, bin ich schon wieder fort, und was Neues kommt daher. Ich schreibe mich auf und ordne, um das Gemisch von mir zu lesen. Satzweise werde ich mich kennenlernen. Ich besitze eine Pixelhaut. Die Tasten sind das Werkzeug. Sie errechnen mich Punkt für Punkt, der Inhalt wird sich nicht ändern, doch das Bild.

Nofretete, danke, daß du mir eingefallen bist, aber jetzt verlasse ich dich.

Ich hörte das Klirren von Besteck. Wonach kramte meine liebe Freundin herum? Suchst du was? fragte ich, wunderte mich über meine schwache Stimme und wollte mich erheben, hinausgehen und nachsehen.

Wer geht denn bei euch fechten? rief LM.

Sie hatte Maschas Florett gefunden. Dann hörte ich das Ratschen des Bügelbrettes. Ich bemerkte den Knicks des

Lichts, als sie das Bügeleisen aussteckte. Ich hörte ein saugendes Geräusch, das Ausatmen des Sprühnebels. Das Klimpern des Floretts.

Wo ficht sie denn jetzt herum? Ich stand auf und suchte LM. Vielleicht war sie gekommen, um mir mitzuteilen, daß aus Roger und ihr etwas geworden war, vielleicht forderte sie mich zum Duell. Für edel braucht sich kein Mensch zu halten. Ich war bisher zu faul, mich zu trennen.

Ich ging am Schrankraum vorbei, wollte ins Wohnzimmer, wo ich LM vermutete.

Ethaga, rief jemand, als wäre ich die Spiegelschrift einer erfundenen Figur, die man rückwärts sprechend anrufen muß. Ich sah in den Spiegel, und sofort dachte ich an die *Spiegelgeschichte*, fürchtete, da hineingezogen zu werden und mein Leben rückwärts zu treiben und mich am Ende selbst abzutreiben.

Ich konnte mein Gesicht nicht ertragen. Diese Geiernase und dieser dünne, faltige Hals. Wie in Trance wankte ich mit halb geschlossenen Augen im Vorraum herum. Ich setzte meinen nächsten Schritt rückwärts an, sah, wie ich mich von mir entfernte. Ich schob mich auf meinen Sohlen noch weiter weg. Es war leise, bis auf das Geklimper des Floretts. Ich hörte das Rauschen und Bauschen von Stoff. Erst als ich auf der Schwelle zum Wohnzimmer stand, ließ ich mich weit entfernt von mir aus den Augen und wendete mich von meinem Spiegelbild ab.

LM stand im Wohnzimmer. Sie steckte in meiner Wäsche und sprang wie eine vielfach vergrößerte Bakteriophage auf dem Parkettboden herum. Sie visierte den Zinnkrug auf dem Kaminsims an. Zückte das Florett, machte einen Ausfallschritt und touchierte den Krug. Der Krug tanzte. Die Knochensplitter darin klimperten. LM ging hin und untersuchte den Fund. Sie griff in den Krug und pickte die Knochensplitter heraus. Sie beschnupperte sie und legte sie einen neben dem anderen auf den Kaminsims auf. Ich wagte sie nicht zu stören. Sie beäugte jedes Knochenstück genau. Sie griff sich an die Schläfen. Sie setzte sich hin. Sie betastete den Hinterkopf. Dann sah sie zur Decke hoch und zum Schrankraum hin. Sie nahm eine frisch gestopfte Socke vom Boden und schlüpfte hinein. Sie zog sich ein weißes Nachthemd an und richtete sich für irgend etwas her. Sie wird doch nicht bei mir für alle Zeiten zu Bett gehen wollen?

LM war nicht dabeigewesen, als Agathe starb. Sie schloß die Augen und fürchtete, daß sie das Sterben nicht schaffen würde, daß sie die Hürde nicht überwinden könne, daß sie niemals in den Schatten springen würde.

Ich Ahnungsloser nahm sie in die Arme und lag auf ihr wie eine lebensechte Sargskulptur, obwohl sie schon erkaltet war, sagte Roger.

Sie hat sich für uns umgebracht, sage ich zu LM auf der Schwelle.

Sie erhebt sich und geht in ihrem Hemd zum Sims. Sie nimmt die Knochensplitter und steckt sich einen in den Mund.

Bist du total verrückt? frage ich.

Ich werde Agathe verdauen, sagt LM.

Ich gab mir einen Schubs. Für mich geht's zum Computertomographen weiter.

Ich ging geradeaus, die Bilder spulten sich in Richtung Zukunft ab. LM dreht alles um. Sie schlüpfte in Agathe und bewegte sich in ihr zu mir, erwischte mich und machte mich zu ihr. So kamen wir also ins Krankenhaus. LM ist der junge Körper in einer alten Frau, die ich zu Tode träume. Sie verweigerte, sich in den Tunnel fahren zu lassen, verlangte aber eine Dekomposition. Die Ärzte hatten keine Wahl.

Sie lag schon auf der Bahre und wurde angeschnallt. Sie verstand einen Sprachfetzen der Schwester.

Sie sagte: ... gerade das Läppische ist es.

Sie legte die Finger an ihre Schläfen und rückte den Kopf in Position. Hinter jedem Jucken kann sich ein Tumor verbergen.

Sie lächelte uns oder mir oder ihr, ich weiß nicht, wie ich es sagen soll, aufmunternd zu.

Wenn die Haut brickelt wie bei einem neurodermitischen Anfall, sei das eine elektronische Berührung.

Ich solle mir Kälte vorstellen, dann fühlten sich die Gammastrahlen flächig und nicht stichig an. Jede Masse unterliegt dem Trägheitsgesetz, auch der Körper, der den Einstich erst spürt, wenn schon alles vorbei ist. Ich werde scheibchenweise in Daten zerlegt. Diese Leistung solle ich bedenken und was in Zukunft noch alles möglich sein wird. Kühlende Gedanken soll ich mir ausmalen, Eisspitzen und Zapfen in meinem Inneren, dann trete eine Linderung des

Gesamtempfindens ein. Hauptsächlich wird mir langweilig sein.

Auf Schienen gleitet die Bahre in das CTG. Uranos' Genital in Gaias Scheidegang. Ich bin das potentielle Leben. Das rastlose Entsetzen über die Möglichkeit eines berechenbaren Todes stirbt ab. Ich schärfe ein Sensenblatt, zupfe mit der Daumenspitze über die Klinge. Ich behauche das glatte Metall der Sense, und sofort ist das Blatt von Reif überzogen. Der Gedanke an einen Tumor gefror in den Enden meiner Nervenspitzen, die Synapsen gefroren im Tropfen, ich trennte mit der Sense, deren hoher metallischer Klang die Vorstellung von einem diamantenen Eispalast erleichterte, die genetische Verbundenheit mit einer Agathe durch. Ich bin nicht vorbelastet.

Der hartnäckige Glaube an die Transformation von Körperempfindung in einen Idealzustand führt zur Selbstbestimmung. Die Ursache für angeblich euphorische, schmerzlose Sterbezustände der letzten Phase liegen im Mangel an Widerstandskraft. Der Körper ist zu schwach, die Schmerzen weiterzuleiten. Der Kopf ist dann eigentlich frei. Der Tastsinn ertaubt, und in meinen Adern fließt Blei. Die Pfotigkeit beginnt mit einer Schwere in den Gliedern. Die Schwere zerfällt, und ihre Teilchen setzen sich an meiner äußersten Grenze wieder zusammen. Die schmerzempfindlichen Pünktchen in der Haut werden taub.

Die Schwester redete mir durch den Lautsprecher gut zu, erzählte, wie ich mich draußen auf dem Schirm zusammensetzte, ein pointillistischer Zyklus, der sich aus meinem natürlichen Körper konstituierte, mich digital verpuppte und nach Fremdkörpern suchte, die mein Ideal zu einem computerisierten Pin-up zusammenstellten. Eine dreiviertel Stunde lang durfte ich mich nicht bewegen. Selbst die vegetative Motorik der Gedärme war wie abgestellt. Ich lag in diesem weichen Licht. Erst zum Schluß stiegen mir Schweißperlen auf, als ich an meine Fesseln dachte und ihre Umklammerung immer deutlicher zu spüren war. Ich konnte nichts unternehmen, mein Körper lebte, ich konnte mir Kristallpaläste und Eishöllen vorstellen, soviel ich wollte, je kälter ich dachte, um so höher kletterte meine Temperatur. Die Eisblöcke schmolzen, und das Wasser floß mir im Mund zusammen, ich mußte schlucken und spürte Hitze um meinen Kopf, bis mir das Bewußtsein zerstäubte. Der Schatten einer Puppe segelte über mein Gesicht. Ein Flugdrache verdunkelte den weißlichen Himmel. Ich riß mich am Riemen, und ein Zucken bewegte mich. Ich schreckte hoch, ich wollte die Enteignung meines Körpers nicht. Ich flüchtete vor medizinischer Betreuung. Ich lege die Arme um meine multiple Agathe.

In meinem Wohnzimmer steht noch der Quälgeist von heute nacht. Sie frißt die Knochensplitter einer Selbstmörderin. Ich gehe hin und schlage ihr auf den Mund und auf die Hand.

LM blinzelte mit den Augen. Ohne Zusammenhang sagte sie: Weißt du eigentlich, daß ich meine Bedienerin abbestellt habe, weil ich sehr gerne selber bügle, aber zu wenig Wäsche habe, um mich länger mit dem Bügeln zu beschäftigen? Selbst wenn ich meine komplette Garderobe wasche und trockne und bügle, inklusive Tisch- und Bettwäsche, bin ich kaum länger als ein paar Stunden mit etwas Sinnvollem beschäftigt, da ich eine Fingerfertigkeit und Geschicklichkeit besitze, die mir die Arbeit immer flotter von der Hand gehen läßt. Dabei denke ich an Agathe, mir macht das Bügeln Lust auf sie. Aber wenn es nicht mehr Wäsche gibt, gibt es auch nicht mehr Agathe. Es wäre doch unsinnig, sich mehr Wäsche zu kaufen, als man tatsächlich auftragen kann. Ich habe den Bügelvorgang bis zur Unsinnigkeit in die Länge gezogen. Agathe wurde nicht glatter. Eine Stunde ist die Grenze. Es ist wie mit dem Schreiben. Eine Stunde, dann wird's nicht mehr besser, Ich danke dir für deine Wäsche. Willst du dich nicht umziehen? Dieses weiße Leinenhemd anziehen? Schau her, wie ordentlich und klar seine Form ist.

LM klappte ihre Arme auseinander und zeigte mir ihr Gewand.

Wo hast du das her? fragte ich.

LM sprach stoßartig, wie eine Schauspielerin, die auf künstlich macht.

Im Eingangsbereich des Krankenhauskolosses befand sich die Shopping Mall, wo man sich fürs Kranksein ausrüsten konnte. Toilettenartikel, Bettkleidung und Behelfsmittel. Krücken und Prothesen, auch für Kinder. Zusätzlich gab es eine Trafik, eine Drogerie, eine Bäckerei, ein Blumengeschäft, das Kränze auf Bestellung offerierte. Ich stapfte über die Wiese, um den Kreislauf zu stabilisieren. Ein Parkwächter scheuchte uns fort, versperrte uns den Weg, so mußten wir durch das Kinderspital ins Haupthaus zurück. Entlang der Hinweispfeile Dialyse, Onkologie, Neonatologie und angeborene Behinderungen führte unser Weg an der Milchküche vorbei, wo eine dickliche Milchschwester stand. Sie verwechselte mich wohl, sie winkte mich zu sich. Ich trug das Hemd unter meinem Mantel. Sie hielt mich für eine Mutter. Sie sagte, daß ich soviel trinken müsse, wie ich könne, was heißt trinken, sagte sie, saufen, saufen, saufen Sie wie eine Kuh. Ich ging weiter. Ich wandelte wie ein Waisenkind im glockig abstehenden Kittel durch den Gang vor der dicklichen, weißbeschürzten Milchköchin davon. Ich trippelte. Meine Beine zappelten. Ich faßte Fuß.

Das weiße Hemd, das mir LM vor Augen hält, sieht zwar aus wie das Anstaltshemd, stammt aber aus der Kapuzinergruft. Ich nehme nie Berufskleidung mit. LM muß es mitgebracht haben. Also war sie tatsächlich in der Gruft und hat mich gesucht. Ich möchte sofort meinen Chef anrufen und mir LMs Besuch bestätigen lassen. Diese Art Hemden, die hinten am Nacken und in Brustwirbelhöhe zuzubinden sind, trage ich nie. Und nun steckte LMs Körper drin, mit ausgebreiteten Armen wie eine Gekreuzigte. Dem Schnittmuster jedes Kleidungsstückes liegt die Idee einer zweiten Haut zugrunde. Kostümgeschichtler behaupten sogar, jedes Gewand habe seinen kannibalistisch mörderischen Ursprung. Königsmäntel und Schleppen verbrauchten Material im Überfluß, und der Überfluß bedeutete Macht. In den Anfängen der Menschheit, als sich die Horde ordnete und einen Anführer benötigte, behauptete sich nicht das größte und stärkste Mitglied, sondern das listigste. Je kleiner die Herrscher, um so gemeiner. Sie ziehen eine große Schleppe hinter sich her und zerren den Leichnam des besiegten Feindes durch den Staub. Die Schleppe ist die abgezogene Haut des Feindes, in die der König schlüpft, und was zu groß ist, zieht er eben hinter sich her. Je länger die Schleppe, um so größer die Macht. Die Gesellschaft entsteht durch das vereinigende Wir, die abgezogene Haut ist der Mantel, der unsere Ichs umhüllt. Diese Haut schützt, und wer sie trägt, erfüllt ein Amt, das einen König ermächtigen kann, auch Untertanen das Fell über die Ohren zu ziehen. Der Schleier ist ein Hymen. Wie es auf den Schädel kam? Die Tracht entwickelt sich aus dem Trachten nach Menschenhaut.

Pack es weg, bat ich LM, zieh es aus. Ich mag das Totenhemd nicht. Es ist ja eigentlich kein Totenhemd, sondern ein Schutzmantel vor Toten. Es ist lächerlich, vor diesem Kleidungsstück zurückzuweichen.

Als ich zur Entgegennahme des Befundes in das Ärztezimmer trat, sah ich durch das Glasfenster die CTG-Trommel, die mich an meine Waschmaschine erinnerte, nur daß die CTG-Trommel größer war, so daß man das Leichentuch des weißen Riesen darin hätte waschen können. Der Arzt sah haarscharf an mir vorbei ins Licht und mußte niesen.

LM niest jetzt auch. Ihr Gesicht verrutscht. Es ist zweischichtig und wird durch das Niesen ineinander verschoben. In den Nasenlöchern stecken nochmals Nasenlöcher, in den Augen nochmals Augen und die Lippen sind doppelt, nur die Zähne scheinen einfach zu stimmen.

Die geborgenen Leichen aus der Kapuzinergruft werden im gleichen Gerät tomografiert.

Man hat das Verfallstadium meines Isotops gemessen. Ich wurde bis zu Nofretete zurückdatiert. Wer weiß, in welcher Form es sie gibt. Vielleicht bin ich auferstanden. Vielleicht ein Klon. Vielleicht leidet LM unter einer Rotverschiebung und muß ein Gravitationsfeld verlassen.

Ich leide an Unikatsverlust. Wir Frauen wissen das längst. Zurück zur Geburt, du Tod. Staune. Ich will, daß du seiest. Liebe LM, steckst in Agathe. Was kann dagegen mein Körper? Den Stift halten? Das Heft aufschlagen und Bücher lesen? Ins Gesicht schlagen? Mit den Lidern zucken? Die Augen sehen. Wäre ich blind, könnte ich dann aus deiner Perspektive schreiben?

Willst du dich befreien, finde den Fluchtpunkt.

Sie legte zum Nachdenken die Hand an die Stirn. Vor meinen Augen schlug sie das Gesicht in Position.

Zum Schreiben muß ich mich zum Schreiben hinsetzen. Weder mit Augen noch mit Ohren schreiben. Jetzt sein, jetzt schreiben. Ich höre den Regen, ich höre seine Verstärkung, wenn er prasselt, trommelt, aufschlägt, und seine Stille, wenn er zu Flocken gefriert. Ich höre es tropfen aus dem undichten Hahn. Der Springbrunnen auf der toskanischen Terrasse drechselt sich aus dem Nebel und rinnt eine dreistöckige Torte hinab. Die Hochzeit fand bei der Signora aus Rottweil statt. Ihr bissiger Hund hieß Pluto. LM kannte die Signora über Giorgio, und so weiter und so fort.

Ich suche sie. Meine hochverehrte Freundin, die von Agathe eingeschlossen ist. Wo ist sie hin? Das Eßzimmer. Das Schlafzimmer. Das Arbeitszimmer. Ich öffne Kästen. Nirgends ist sie. Ich öffne sogar den Computer. Ich öffne die Datei Agathe, wo wir alle ihre Daten für Mascha gespeichert haben. Ich kann Agathe ohne Generationenverlust weitervermehren. Ich öffne das Kapitel Phönix und gehe hinein in ein paar Zeilen von Kantorowicz: The Phoenix represented one of the rare cases in which the individual was at once the whole existing species so that indeed species and individual coincided. The species of course, was immortal, the individual mortal. There was always only one Phoenix alive at a time, who after having lived his cycle of many years – 500 or more – set his nest ablaze, fanned the fire with his wings and perished in the flames, while from the glowing cinders the new Phoenix arose. Phoenix usually signified the idea of immortality of perpetuitas and aevum. The self begott'n bird, however emplified also virginity and it served further as a symbol of the resurrection.

Na schön. Mich kotzt Gesellschaft an. Ich brauche keine Agathe in meiner Wohnung. Ich packe ihr Dokument und stecke es in den Papierkorb.

Ich roch Feuer. Ich schaute an mir hinunter, ich roch am Computer, irgendwas steckte sich hier in Brand.

LM ist jetzt Phoenix, oder was? Fauchen und Knistern. Ich laufe ins Wohnzimmer. LM heizt mit dem Holz aus dem Wienerwald. Sie bemerkt mich nicht. Sie schaut in die Flammen. Der Widerschein des Feuers zuckt über ihr Gesicht. Sie bewegt sich nicht, und sie hört mir nicht zu. Ich lege meine Hand auf ihr Hemd. Es ist körperwarm.

Was hast du?

Sie streift mich mit kaltem Blick. Ich wage kein Wort zu äußern, aber wenn ich nicht spinne, verändert sie ihre Augenfarbe. Bis jetzt hat uns eindeutig die Augenfarbe getrennt. Die Augenfarbe verändert sich nur bei Leuten, die einen Exorzisten brauchen. Ich bin nicht gläubig, also auch nicht abergläubisch. Aber komisch ist mir jetzt schon. Sie schaut mich mit meinen Augen an. Wir stehen einander gegenüber. Sie steht mir im Weg.

Ich werde jetzt zu Bett gehen, sagte sie, du wirst verstehen, ich muß dich langsam hinauswerfen.

Ich hörte, wie schwer ihr das Sprechen fiel. Sie röchelte, als würgte sie jemand von innen, sie riß den Mund auf und rang nach Luft. Niemand würgte sie. Ein Druck lag auf ihrem Kehlkopfdeckel.

Ich will dich nicht aufhalten, sagte ich.

Du zweifelst immer noch?

Woran?

Laß mich raus! flehte mich meine irre Freundin an.

Die Tür ist offen, sagte ich.

Denke doch nach, sagte sie. Denke klar.

Entschuldige, sagte ich und wußte nicht, was sie meinte.

Du hast was vergessen! Die Haut ist nicht aufzubrechen. Ich habe sie nicht erfunden.

Die Flammen leckten nach ihr.

Schlitze mich auf, bat sie, sei so gut, oder ich geb mir die Kugel oder geh ins Feuer. Sei so gut.

Ihre Rolle zerquetscht mich. Sie erstickt mich mit ihren Forderungen nach Klarheit, sie verschlingt mich mit ihrer deutlich begrenzten Körperlichkeit.

Mich fröstelte. Ich verschränkte die Arme, rieb mich warm. Ich war überfordert.

LM riß die Augen weit auf. Ich konnte die kleineren Äuglein heraustreten sehen. Die Haut zog sich im Nacken zusammen, die Wimpern standen spröde ab, oberes und unteres Lid rissen und kräuselten sich. Tränen lösten sich von den Augäpfeln und tropften über die Wange. LM riß die Hände hoch und rieb sich die Augen. Wo sie hingriff, rutschte sie wieder ab. Sie schlug auf sich ein, tollpatschig wie ein kleines Kind. Plötzlich bekam sie Dellen überall. Der Luftdruck nimmt zu und in meinem Wohnzimmer wird sie zuammengequetscht wie eine Konservendose. Es gibt keine andere Rettung. Ich konnte nicht mehr zusehen, ich mußte handeln. Sie wurde vor meinen Augen von dieser Agathehülle ermordet.

Ich befreie dich, rief ich, hastete in die Küche und holte ein Messer. Ich nahm das Messer in die rechte Hand und in die linke den Fleischerhammer. LM lag auf dem Boden und krümmte sich.

Ich setzte mich hinter ihren Rücken. Ich wollte nicht, daß sie mich sah. Ich weiß nicht, was geschehen ist. Alles, was geschehen ist, ist aufgeschrieben, und es geschah in Trance.

Ich setzte das Messer zwischen die Schulterblätter, und mit dem Fleischerhammer schlug ich die Spitze durch Agathes Hülle.

Ich mußte vorsichtig sein, denn drang ich tiefer als durch die Hülle, lief ich Gefahr, LM zu erwischen und zu verletzen. Ich legte den Fleischerhammer zur Seite und ritzte nur mit Hebelkraft Agathes Rücken auf.

Ich war ruhig und beherrscht. Ich durfte keinen Fehler machen. Konzentration hilft über jeden Wahnsinn hinweg. Ich bin kein Mörder. Ich befreie LM. Erstaunlich wenig Blut war zu sehen. Agathes Hülle war höchstens daumendick. Zu wenig Platz für große Blutgefäße. Ich legte das Messer aus der Hand und steckte die Finger in den Spalt. Ich biß die Zähne aufeinander und stemmte den Corpus der Agathe wie Flügeltüren auf. LM leuchtete heraus. Ich mußte an den gestiefelten Kater denken, als sie sich aus den hochbeinigen Schäften schälte. Sie streckte das linke Bein aus und bat mich, ihr beim Ausziehen zu helfen. Wie ein Pferdeknecht nahm ich erst den einen, dann den anderen Fuß zwischen die Knie, hielt ihn fest, und sie trat mir in den Hintern und stieß mich weg, so daß ich die Haut mitriß und auf dem Boden landete. Ich hatte kein schlechtes Gefühl bei dieser absonderlichen Szene. Alles erschien mir ganz normal. Auch als sich LM Agathe vom Gesicht schälte wie eine Bananenschale, war mir klar, daß Agathe eben eine Hülle war. LM verzog den Mund. Blutverschmiert, verschwitzt und aufgeweicht, doch sonst total unversehrt stand sie in einem Velourslederkleid da, genau wie ich in meinem.

Sie bewegte die Finger, als klapperte sie auf den Tasten einer Schreibmaschine herum. Ein Luftzug wehte durch den Raum, Seufzer erklangen, leise und polyphon, ihre Haut atmete aus tausenden Poren. Asche wirbelte hoch, und ein Wind zog durch den Kamin hinaus ins Freie. Ich sank in den Fauteuil neben den Kamin. LM klappte den Kiefer auf und zu. Sie legte die Hände auf ihre Schultern und fuhr die Silhouette entlang bis zu den Knöcheln hinab. Sie horchte, an ihrem linken Handgelenk tickte die goldene Armbanduhr. Ein Vergleich mit der Kaminuhr bewies, sie ging richtig. LM streckte sich, sie schaute sich um und ließ sich Zeit. Sie hörte in jede Richtung, sie drehte sich vor mir hin und her.

Na, fragte ich? Alles in Ordnung, oder fehlt dir was?

LM sagte nichts.

Ich wartete und spürte, wie sich Geduld in mir breitmachte. Wie mich diese Geduld auskleidete und ein samtiges Wohlgefühl erzeugte. LM bewegte die Lippen. Sie versuchte zu sprechen. Sie schnitt Gesichter, brachte aber keinen Ton heraus. Sie schrieb mir ihre Bitte auf: ob sie eine Dusche nehmen dürfe?

Ich hatte nichts dagegen. Ich nickte also. Dann zeigte ich auf die kaputte Puppe, diese Schale, diesen Agathe-Körper. Was machen wir mit ihr? Sie verstand mich wohl, aber ohne Stimme ist sie nicht zu verstehen. Hauptsache, sie kann *mich* verstehen, dachte ich.

Ohne Panzer war sie natürlich nicht so steif. Sie pendelte schlacksig mit den Armen. Die Knochen verbogen sich regelrecht, Knie und Sprunggelenke kugelten sich aus, als sie den ersten Schritt auf dem Parkett wagte. Sie rutschte und stürzte gleich hin. Ich half ihr auf. Sie wollte ihre Unsicherheit überspielen. Die Kraft, mit der sie Agathe bewegt hatte, war nun überflüssig. Sie stemmte sich hoch, streckte sich und stand auf den Zehenspitzen. Diese Haltung renkte den Körper ein und richtete das Skelett aus. Der Schwerpunkt sitzt im Kopf, und wie ein Lot zieht die Schwerkraft, dem Radius folgend, auf den Erdmittelpunkt zu. Wie ein Eislauftänzerin kreiselte sie um ihre Achse in Richtung Badezimmer. Vor der Wanne drehte sie die letzte Piourette. Sie nützte die Fliehkraft, um das auratisch Gewichtige um sich zu bündeln und sich zu stabilisieren. Ich ließ ihr das Wasser ein, damit sie sich reinigen konnte von den Anstrengungen und etwaigen Fleischspuren.

Kann ich dir noch einen Gefallen tun? fragte ich.

Sie schüttelte den Kopf.

Ich ließ die doppelte Menge Badeöl ins Wasser tropfen. Vermischte die Essenz und sagte, daß sie sich nun entspannen könne.

Sie zog sich aus. Ich wollte nicht direkt hinsehen. Aber über den Spiegel beobachtete ich sie. Alles dran. Körperlich gesund. Sie stieg ins Wasser. Sie tippte mich an, ich solle mich umdrehen. Sie deutete auf etwas beim Waschbecken hin. Wollte sie die Zahnbürste, die Reinigungsmaske, oder was?

Sie formulierte und formulierte. Sie brachte kein deutsches Wort heraus.

Sapone, sagte sie.

Ich stand neben der Wanne. Ich hob meine Hand und schob sie über den Rand. Das Pin-up aus der Gruft fiel mir ein. Diese Haut, dieses Abbild im Vergleich zum lebendigen Körper. Meine Hand senkte sich tiefer und tauchte ein in das warme Wasser und nicht in die Kälte des Zinns, das man das Metall der Liebe nennt. Ich hatte Lust, in die Wanne zu steigen, in den Schaum zu beißen. Ich schrubbte LM den Rücken. Ich wollte sie nicht mit meiner nackten Hand anfassen. Ich nahm den Lappen, tauchte ihn ins Wasser und schrubbte über den Hals und die Schultern, und irgendwann fiel der Lappen ins Wasser.

Ich bemerkte es nicht. Ich wusch ihr die Seife ab, ich wusch nicht, ich glitt auf ihrer Haut auf und ab. Ich vernahm ein erstickendes Knistern. Ich schamponierte das Haar ein, meine Finger glitten über die Schulterblätter, über den Nacken und so weiter. Verstört zog ich die Hand zurück. Das Gefühl für die Pfotigkeit war weg.

Ich dachte an Schritte von genagelten Schuhen. Geierkrallen schreiten daher. Ich trocknete mich ab, legte das Handtuch hin und ging aus dem Bad. Niemand Fremder war in der Wohnung, nur Möbel und Möbelschatten, Garderobe und Mantelwürfe, Bretterboden und Astaugen, Tisch und Stuhl und ein Exemplar der Königskörper und Nofretete lagen auf dem Sofa, Tee in den Tassen, als hätte noch keiner genippt, dampfend, er war gar nicht ausgekühlt. Auf dem Sekretär meines Arbeitszimmers befand sich der Stapel gebügelter Wäsche. Im Vorzimmer lag der Text, den LM, als sie vor dem Haus auf mich wartete, zu schreiben begonnen hatte. Es war ein dickes Manuskript. Unmöglich, es in den paar Stunden des Wartens geschrieben zu haben, wie sie irgendwann behauptet hatte. Die Blätter waren numeriert, doch alle dreißig Seiten fing es wieder mit der Seite eins an. Wendezeit. Ich ging ins Wohnzimmer und siehe, da lag die Hülle der Agathe. Aufgeschlitzt und ausgenommen. Ich las irgendwo im Manuskript, daß Agathe, auf dem Sarkophagdeckel der zum ewigen Leben erwachenden Kaiserin Maria Theresia liegend, an Jean Pesne denken mußte, während sie den Brüsten der Prunkfigur eine Pestprobe entnahm. Ich zerknüllte die Seite und stopfte sie Agathe in die Brust, nahm das weiterführende Blatt und stopfte es in die zweite Erhebung, las über den Präparator und zerriß ihn in winzige Stücke, steckte die Schnipsel in die Finger, mit denen man präpariert. Ich las von LM über LM, und ich las von LM über mich, und ich las von mir über mich von mir über mich und so weiter. Ich zerriß jedes Blatt fein säuberlich. Was immer LM denkt über mich, ist erfunden, Verstehen, so meint sie, sei, sich Erfahrung einzuverleiben, um darüber zu schreiben. Ich wechsle vom Verstehen ins Nicht-Wissen und beides zusammen ist eine Erfahrung. In Agathes Hinterkopf hielt ich ein Plätzchen frei, das Agathe für Agathe allein reserviert sein soll. Das ist der Raum für sie allein. Da kommt die Eigenart hinein, in diesem Fall die Pfotigkeit.

Papier ist Papier, Metall ist Metall, Knall ist Knall, wo kommen die Gespenster hin?

Der Metallrestaurator führte mich dort unten herum und erklärte die Toten und war still und andächtig und berichtete von Gespenstern in seinen Augen. Wohin diesen Satz stellen? Was soll Agathe sich denken? Die Agathe-Hülle auszustopfen ist leicht vorgestellt. Aber welche Sätze regen sie zu welchen Hintergedanken an?

Immer sage ich Hintergedanken, dabei meine ich weitergedachte Gedanken. Ich könnte die Sätze in Silben zertrennen, und Agathe verknüpft sie selbst. Sie verfolgt das Zickzack des LMschen Denkens und baut einen Plan.

Ich holte mir die Schere und begann in die Seiten zu schneiden, die Worte und Sätze herauszuoperieren, die abstrakt genug sind für den Geheimraum der Agathe, wo sie konkrete Geschichten entdeckt und mit ihrem Körperwerkzeug in vita activa umsetzt. Sie soll sich herabsenken und mir einen Spiegel vorhalten, mich überführen und die Stachelzellschicht meiner Haut aktivieren. Die Kindergeschichten sollten ins Riechhirn. Doch dieses ist klein wie ein Mandelkern. Da paßt kaum die Pfotigkeit hinein. Was finde ich da? Einen Brief von Agathe?

Ich hebe Agathes Zunge. Na klar, die Münze fehlt. Deshalb ist sie da. Ich ciszendierte und transzendierte sie nicht. Ich ging ins Vorzimmer und holte die Brieftasche. Alle Münzen, die ich besitze, schüttete ich unter Agathes Zunge, und schließlich hatte sie das Maul voll. Charon würde die Unbestattbare nun hinüberfahren. Bestimmte Wörter warf ich ins Feuer. Ich wollte Agathe nicht verm**o**dern wissen.

Ich mußte Agathe alleine schließen, wollte ich nicht, daß ihre Hülle ewig als Papierkorb herumlag. Ich entdeckte das Wort Wirbel hier und dort. Ich wollte die Wirbel zusammenfügen. Ich riß die Seiten in schmale Streifen und rollte sie zu kleinen Ringen. Ich brauchte etwas zum Kleben und Fädeln. Ich legte die Ringe hin. Ging in mein Arbeitszimmer und stöberte in der obersten Lade meines Sekretärs. Mein Herz schlug schnell, der aufgewühlte Staub machte mich asthmatisch. Die richtige Lade war natürlich die klemmende Lade. Jede Spur, aus dem Labyrinth zu entkommen, hatte LM bereits durchgestrichen. In der Lade war genau das drin, was ich suchte. Sie sprang auf, und ich entdeckte sofort die Zwirnspule mit dem roten Faden! Eine altmodische Spule. »Odradek« stand auf dem Etikett. Ich nahm meinen »Odradek«. »Odradek« sei mein Deus ex machina. Ich ging mit »Odradek« in Händen zurück zur Hülle Agathes. Fädelte den roten Faden durch die Wirbelringe und baute eine Kette. Bei einer Erzherzogin – es war Eleonore? –, sagte der Restaurator – und zwar meiner! –, hätte sich das Amulett der Sklavinnen der Tugend als Grabbeigabe befunden.

Wohin mit einer Sklavin der Tugend? fragte ich mich. Und bei diesen Worten hörte ich wieder Schritte. Die Schritte kamen aus keiner Richtung. Sie traten auf der Stelle. Ich hörte, horchte, machte schnell meine Stiche, legte das Rückgrat ein, Blätter stoben auf und fielen aus Agathes Körper. Leichenfledderer stand drauf. Was mache ich nun mit diesem häßlichen Wort. Die Schritte wurden lauter, sie näherten sich Stich für Stich. Wohin soll ich den Leichenfledderer stopfen? Wo kommt er her? Meint jemand Roger damit? Sie hat sich umgebracht, und ich sitze jetzt hier. Daß er geschwiegen hat, geschah wegen mir. Mir? Ich hörte ein kräftiges Rumpeln, ein Trippeln in der Mauer, waren jetzt die Siebenschläfer da? Ich nähte und stach mir die Finger wund. Die heilige Agathe zwickte sich die Brüste ab und servierte sie in Zinnschüsseln als Wackelpudding zukünftigen Vergewaltigern. Jaja, ich leide ja mit. Ich ciszendierte und transzendierte sie nicht.

Ich hörte ein Rumpeln, ich riß den Kopf zurück. Ich schaute nach oben.

Ich bin doch kein Leichenfledderer, sagte der Restaurator, als er vom Amulett der Sklavinnen der Tugend sprach, das ein Museum zu Ausstellungszwecken sofort für sich beansprucht hatte. Der Respekt vor dem Toten verlangt den Respekt vor seinem Glauben, den dieser gehabt haben mag. Mein Restaurator garantiert die vollständige Rückgabe aller Beigaben. Und mag es ein rassistisches Rückgrat sein. Eine Sklavin der Tugend soll eine Sklavin der Tugend bleiben, bis zur nächsten Sargöffnung. Es gibt keine freiwillig erwählte Sklavenschaft.

Ich bin kein Leichenfledderer. Ich lief zum Kaminsims. Die Knochensplitter waren noch da. Zum Glück hatte LM sie nicht gefressen. Ich sammelte die Splitter auf, trug sie zu Agathe hin und warf sie in ihren Corpus. Jetzt war alles drin, was zu Agathe gehörte. Ich nähte sie zu. Die Schritte hörten trotzdem nicht auf. Kein Wunder, über uns gab es ja neue Mieter.

Ich ging um Agathe herum. Kam mir im eigenen Haus vor wie ein Museumsbesucher. Auf dem touristisch genutzten Kuschelfriedhof der Habsburger ängstigen sich die Kapuzinermönche nicht. Glaube verdrängt Phantasie. Ich ängstigte mich wegen der Auferstehung. Agathe war deutlich zu sehen. Sie stieg in der Wohnung herum. Durch sie kann ich mich abgrenzen. Der Siebenschläfer faucht. Mit aufgerissenem Maul faucht er gegen den Himmel.

Der Restaurator nahm das Wort »Vergewaltigung« nicht in den Mund. Er pflegt die Vanitas der Männer. Ich ziehe dem Euphemismus und der Verniedlichung die Konzentration und die Bewußtheit im mordenden Gesicht der Judith von Artemisia Gentileschi vor.

Soll ich Agathe bestatten? Soll ich sie mit Erde bestreuen? Soll ich sie bedecken?

Ich ging um sie herum, als wollte ich meinen Blick an ihr üben.

Ich war froh, daß sie bekleidet war. Sie war sehr schön. Das Betrachten kann ja Lust machen.

Ich will mir keine Lust machen. Ich suche nach der Botschaft. Diese Hülle muß mir doch irgend etwas Existentielles mitteilen. Vielleicht ist mein Blick nur verstellt.

Ich verwandelte sie mir in einen Mann. Damit er mir keine Lust machte, stellte ich mir einen alten, ausgemergelten Mann vor. Ich holte mir Papier und dachte an Ginger aus dem Museum.

Wie jämmerlich, so lange tot zu sein und noch immer physisch vorhanden. Wie spät ist es? Sachlich interessiert, schlich ich um Gingerella herum. Ich war eine ganze Reisegruppe. Eine Agathe nach der anderen stellte sich an die Vitrine und schaute hinunter auf die Puppe.

Die beste Art der Bestattung wäre eine Auflösung. Eine Auffahrt bei lebendigem Leib. Die Mutter Gottes ist beneidenswert. Dea in machinam. Sie bleibt unversehrt und ist somit die einzige und wahrhaftig von der Kreatur Erlöste. Ewig ist sie diese Fiktionalisierte, und damit unglaubwürdig.

Was ist, wenn mein Ka in sie einführe? Ich spürte einen heißen Wind. Wer hat den Fön eingeschaltet? Ich hörte meine persönliche Wüstenwindmaschine. Wer trocknete sich das Haar?

Im Bad duftete es nach meinen Essenzen. Ich sah LM gerade noch in einem Nest aus Schaum verschwinden. Der Schaum türmte sich zu einer gewaltigen Krause um ihren Hals, um ihr schmales Vogelgesicht. Sie fächelte mit den Händen, schlug auf das Wasser ein, und ich schwöre, auf ihren Schulterblättern waren Flügel gewachsen, sie breitete die Schwingen aus und fächelte, der Schaum schloß sich über ihr.

LM ist nicht mehr aufgetaucht. Ich krempelte die Ärmel hoch, steckte die Arme ins Wasser und ruderte in der Wanne herum, bis ich ganz naß war. Ich zog schließlich den Stöpsel heraus. Ich suchte die komplette Wohnung ab. Ich raste durch alle Zimmer und riß alle Kästen auf. Daß jemand mit langem Lockenhaar in der Wanne gesessen hat, ist beweisbar. Ich habe eine Locke am Wannenrand kleben lassen.

Gingerella liegt noch immer da und wartet auf das Finale. Wie leben, um nicht so zu enden? Agathe soll lachen. Sie ist das heitere Material. Sie trägt eine Brille auf der Nase und keine Stundengläser. Ich suche kühle Räume auf. Die Apokalypse findet in klimatisierten Räumen statt. Die Apokalypse ist eine kühle Hölle. Ich starre in die Höllenmäuler, jage mit den Toden auf fahlen Pferden über die getönten Wände auf den feuerfarbenen Drachen mit zwei gehörnten Köpfen zu. Der gigantische Schweif wischt die Sterne vom Himmel. Oder sind es noch immer Knochensplitter? Die

Frau, mit der Sonne bekleidet, ist nicht mit der Sonne bekleidet. Sie hat den Feuerball verschluckt und leuchtet und hat deshalb einen dicken Bauch, der uns das Leben spendet. Der Drache peitscht wilde Loopings ins All. Den Schweif wird ein himmlischer Reiter abschlagen müssen, will man nicht, daß er alles verwischt und dunkel macht. Der invalide Soldat wird der Hure von Babylon die verkritzelte Hand zwischen den Beinen herausziehen und das Schwert schwingen und den Drachenschwanz schlachten. Das Grab ist offen und das fahle, pralle Mädchen, das hinabsteigen soll, wird sich umwenden, und der Tod wird ihr Haar loslassen und nicht mehr ihrer Schönheit spotten. Sie wird in seine Gesichtsknochen fassen und seinen Schädel aufreißen. Die Vanitas in seinem Schädel wird entweichen, und er wird die Schönheit begreifen, den Tod beseitigen. Weshalb seine Lust an ihr? Soll er seinesgleichen holen. Er quetscht noch sein gefletschtes Gebiß mit den faulenden Fetzen in ihre verzerrten Lefzen. Wieso wird sie von ihm geküßt? Der Griensche Tod leistet sich nur Vergnügen. Die Wollust in diesen Bildern. Sie möge begraben sein. Hoffentlich kommt die Putzfrau bald. Ich muß dann kräftig klopfen. Wenn ich sie überhöre, kann es sein, daß sie das Beweishaar hinunterspült. Trotzdem gehört die Badewanne geputzt, denke ich. Es geht nicht um Mann oder Frau, Agathe oder Roger, es geht um Leben und Tod. Und deshalb gibt es sie, diese Liebe also. Ist das nicht irre. Wie ich da sitze und wie ich mich jetzt umarme. Die Puppe sei mein Körper. Ich gestalte meine Puppe. Wieder und wieder auferstanden, trete ich in ihr Leben und erfahre. Wieso, fragt mich Agathe, gibt es Verachtung? Wieso der Haß zwischen den Geschlechtern? Scheiß drauf, sage ich.

Sie lag auf dem Boden. Ich saß im Fauteuil und rauchte eine Zigarette. Auf meinem Schoß lag die Spule mit dem roten Faden. Ich warf die Zigarette ins Feuer. Ich wickelte den roten Faden von der Spule und nähte Agathe den Rücken zu. Sie spürte keine Stiche. Ich packte sie unter den Armen und setzte sie auf. Ich suchte den Schlüssel zum Schrankraum. Der Schlüssel steckte, die Tür zum Schrankraum war offen. Ich hob Agathe hoch und trug sie wie meine Braut über die Schwelle in den Schrankraum. Ich setzte sie ins Regal. Der ganze Raum ist voll von ihr und mir. Eigentlich fehlt nur LM.

Auf der altdeutschen Anrichte stand das Datum meines letzten Eintritts in Staub geschrieben. Das Licht vom Vorzimmer fiel schräg über die Puppen. Die Profile deckten einander, ich verglich unsere Gesichter. Der Blick spann ein Netz. Die Tür fiel ins Schloß. Ich bekomme sie nicht mehr auf. In der Lade der Anrichte fand ich die Kerzen. Ich sah noch etwas Verschlungenes. Ich suchte Papier und fand keines. Ich mußte Agathe noch einmal auftrennen und ihr das Papier entnehmen. Was zu glätten war, glättete ich, und auf die Rückseite habe ich meine Sicht der Geschichte geschrieben. Ich schreibe, solange ich kann. Im Grunde kann ich Agathe abschreiben. Jede Spur, aus diesem Labyrinth zu entkommen, ist durchgestrichen. Natürlich will ich entkommen. Ich werde die Blätter unter der Tür hindurchschieben. Die Putzfrau wird sie finden. Möglich, daß bei dieser Prozedur die Zettel durcheinanderkommen, ich werde sie später schlichten. Doch jetzt erlischt die Kerze –

Die Deutsche Bibliothek - CIP-Einheitsaufnahme

Ein Titeldatensatz für diese Publikation ist bei
Der Deutschen Bibliothek erhältlich

Gestaltung und Satz: Brigitte Müller, Stuttgart
Druck und Bindung: Bercker Graphischer Betrieb, Kevelaer
Diese Ausgabe wurde auf chlor- und säurefrei gebleichtem,
alterungsbeständigem Papier gedruckt.
Printed in Germany
ISBN 3-421-05182-8